W0339508

la tour du bonheur

Barbara Cartland est une romancière anglaise dont la réputation n'est plus à faire.

Près de trois cents romans variés et passionnants mêlent aventures et amour.

Les Éditions J'ai Lu *en ont déjà publié plus de quatre-vingts que vous retrouverez dans le catalogue gratuit disponible chez tous les libraires.*

Les Éditions J'ai Lu *publient également* Les romans préférés de Barbara Cartland, *un choix des livres qui ont enchanté sa jeunesse.*

BARBARA CARTLAND

la tour du bonheur

traduit de l'anglais par Mariel Sinoir

Éditions J'ai Lu

A Marjorie Sotheby
« Sympathie et compréhension
— ses richesses »

Ce roman a paru sous le titre original :

SWEET PUNISHMENT

PROLOGUE

« Diana! Diana! »

Le malade répétait son cri incessant, agitant les bras et rejetant les maigres couvertures du lit improvisé à même le sol. Une silhouette massive se glissa avec précaution sous la tente et lui souleva la tête pour lui faire boire un peu d'eau.

Dehors, les porteurs indigènes étaient allongés, épuisés par une rude journée de marche. Le feu de camp mourait car l'aube approchait. Des profondeurs de la brousse parvenaient le cri des bêtes sauvages à la recherche de leur proie et le hurlement rauque des chacals.

A l'intérieur de la tente, le malade avait sombré dans un sommeil pesant. Son ami se coucha sur le tapis, près du lit et se laissa glisser dans ce sommeil auquel s'abandonnent si aisément les hommes habitués à saisir le repos dès que l'occasion leur en est donnée.

Une heure plus tard, l'aube africaine baignait de sa première lueur le visage des dormeurs. Ian Carstairs dormait, la tête rejetée en arrière et le bras levé. C'était un homme robuste, de haute taille, en parfaite condition physique, souple et bronzé par le soleil des tropiques. Le menton volontaire et les traits accusés étaient ceux d'un homme qui avait toujours agi à sa guise, mais son front large et haut indiquait davantage qu'une simple force brutale. Sa bouche révélait des signes d'humour.

Son compagnon, même sans tenir compte des effets de la maladie, était d'une constitution beaucoup plus faible. Son visage mobile et sensible était celui d'un rêveur. Il était plus jeune aussi – vingt-cinq ans environ.

Il s'agita nerveusement et ouvrit les yeux. Son mouvement, bien que faible, n'avait pas échappé à Ian qui bondit et se précipita à son chevet. Il dégagea le front moite du jeune homme et humecta les lèvres desséchées.

– Tu te sens mieux? demanda-t-il gentiment.

Jack Melbourne secoua la tête.

– Je ne peux pas continuer aujourd'hui, murmura-t-il d'une voix brisée qui s'échappait de lèvres exsangues et gercées par la fièvre.

– Sottise! répliqua Ian. Il reste environ quatre-vingts kilomètres et les boys te porteront en faisant attention.

Jack secoua la tête.

– Non, soupira-t-il. Je suis incapable de continuer.

Les Noirs s'affairaient déjà à rassembler le matériel déballé la nuit précédente et préparaient la civière de fortune sur laquelle ils avaient porté le jeune homme pendant des kilomètres.

En les voyant chuchoter entre eux, en surprenant leurs regards furtifs, Ian fut pris d'inquiétude. Il hésita un instant, puis s'avança carrément comme s'il faisait face à l'ennemi. Il se pencha vers le malade et lui parla. Ses mots étaient rudes, mais sa voix demeurait pleine de bienveillance.

– Tu dois le faire, Jack, lui dit-il.

– Je ne peux pas, Ian; c'est vraiment impossible. Je vais mourir, et même toi ne pourrais l'empêcher.

Jack parlait avec intensité et c'était un effort trop grand pour lui. Une quinte de toux secoua tout son corps, son front ruisselait de sueur et, d'une main faible, il essaya d'essuyer ses yeux. Un dernier frisson le secoua, puis il se renversa en arrière, littéralement épuisé, claquant des dents, et les mains crispées dans un effort pour reprendre le contrôle de lui-même.

Il était indiscutablement très malade et Ian Carstairs le regarda en silence, dissimulant la terrible anxiété qu'il éprouvait. Ce n'était pas quatre-vingts kilomètres qu'il restait à parcourir, mais trois cents; trois cents kilomètres d'une marche pénible avant de retrouver la civilisation et, plus important encore, de l'eau. La nourriture, ils en avaient en abondance, mais leur réserve d'eau touchait à sa fin.

Leur marche avait été naturellement retardée par la nécessité de porter le malade. Tant qu'ils avaient pu marcher en file indienne, la brousse avait été relativement aisée à traverser, mais depuis que les porteurs devaient marcher de front avec une civière sur les épaules, il fallait souvent débroussailler.

Ian examinait ce terrible problème, cherchant vainement une solution, quand il sentit la main de Jack se poser sur son bras; il se baissa en hâte pour saisir le faible murmure.

– Tu n'y peux rien, mon vieux. Partez et laissez-moi. Qu'est-ce qu'une vie en regard de neuf autres?

Ian ne répondit pas. Il s'agenouilla auprès de son ami et, pendant un moment, cacha son visage dans ses mains.

Le boy noir à qui Ian avait confié la charge des autres serviteurs s'approcha de la tente.

– Il est l'heure de partir, maître, dit-il.

Ian se leva et sortit pour lui parler à l'écart.

– Nous ne pouvons pas partir aujourd'hui, Joe.

– Il le faut, maître, dit le vieil homme d'un ton ferme. Nous n'avons pas d'eau pour plus de trois jours. Après, nous aurons soif jusqu'à ce que nous trouvions un village.

– Nous ne pouvons pas le laisser, répondit Ian en désignant la tente du doigt.

– Il le faut, maître. Il n'y a pas d'autre moyen, dit lentement le vieil homme.

– Jamais! Même si je devais le porter moi-même, répondit Ian.

A cet instant précis éclata un bruit qui les rendit muets d'horreur : un coup de revolver. Il ébranla l'air immobile, fit bondir sur leurs pieds les indigènes qui coururent derrière Ian à l'entrée de la tente.

Jack gisait sur le sol où il s'était traîné depuis son lit. Sa main tenait un revolver et de sa poitrine le sang coulait, ruisselait sur le sable.

– Jack! Jack!

Ian souleva l'agonisant et le prit dans ses bras.

Par deux fois, Jack essaya de parler. Enfin, dans un effort convulsif, il parvint à prononcer quelques mots que seul Ian entendit :

– Dis à Diana que je l'ai aimée.

Le sang alors jaillit à flots de sa bouche et il retomba, mort.

1

Parmi toutes les femmes présentes au bal, lady Diana Stanlier était incontestablement la plus belle. La soirée était donnée par un membre influent de la bande des jeunes couples et peu de jeunes filles y assistaient. Mais, à cause de sa beauté et de sa célébrité, Diana faisait toujours partie des manifestations qui pouvaient avoir lieu dans la société londonienne.

Elle n'était pas très grande, mais elle avait le port de tête des Stanlier, ce port que ses ancêtres avaient rendu célèbre. Elle avait des cheveux blonds teintés de reflets roux, des yeux sombres et une bouche expressive. Elle était, à vingt-cinq ans, la jeune femme dont tout Londres parlait.

Sa beauté, qui provoquait l'admiration et l'envie de toutes les femmes, se retrouvait dans nombre de vitrines de photographes et d'expositions ainsi que dans les magazines illustrés. Une cavalcade ou un spectacle historique avait-il lieu, elle en était la reine de beauté. Qu'il y ait une campagne de charité ou une manifestation nationale, Diana était toujours en tête de liste; s'il y avait une course à gagner, un essai sur route, en mer ou dans les airs, Diana était immanquablement la première à le tenter et à le réaliser. Elle était riche, belle et spirituelle.

Elle avait, on le comprend, des admirateurs à foison; toutefois, jusqu'ici, elle les avait tous refusés. Ils l'amusaient un moment, puis elle s'en lassait très vite et le soupirant ardent voyait alors la porte de Grosvenor Square se refermer.

Rien d'étonnant à ce que, pour Diana, avec un père qui l'adorait et une mère béate d'admiration devant elle, la vie semblât si facile. Par réaction contre toute cette harmonie dans laquelle elle baignait, elle avait besoin d'excitation, de plaisir; il les lui fallait à n'importe quel prix. Ce stimulant, elle le trouvait parfois dans des escapades aussi stupides que les articles qu'elles inspiraient aux journaux à potins; mais le moment d'excitation passé, elle jugeait ses actes aussi méprisables que les jugeaient ses plus sévères critiques.

Ce soir-là, au bal de Verity, elle avait découvert un amusement nouveau. Il allait être de courte durée, et Diana eût-elle pris le temps de réfléchir qu'elle aurait su que le jeu, indigne d'elle, ne justifiait pas non plus les conséquences qui s'ensuivraient inévitablement. Mais elle n'avait pas hésité : le futur, comme toujours, ne la concernait pas, jusqu'à ce qu'il soit devenu le présent.

L'objet du nouvel amusement était un parlementaire récemment élu auquel ses succès électoraux avaient complètement tourné la tête. Se considérant comme quelqu'un de passionnant, il avait importuné tout le monde afin d'être présenté à Diana; et maintenant, inconscient des sourires provoqués par ses manières affectées, inconscient aussi du fait que Diana, qui avait été prévenue, l'encourageait dans cette voie, il se pavanait devant elle, lissant ses plumes à la manière du paon.

Dans le jardin, il lui pressa la main et, enhardi par l'absence de réaction, demanda s'il pouvait la raccompagner. Diana permit. Il en fut ravi et ne put résister à la tentation de mentionner le fait, de façon trop cavalière pour être naturelle, à une ou deux personnes.

Des événements qui suivirent dans la soirée, il ne se rappela, après coup, que peu de chose. C'était un tourbillon d'humiliation et de souffrance. Il gardait toutefois un souvenir cuisant du mépris de Diana quand il avait tenté de l'embrasser dans le taxi, et gardait aussi quelques bleus et contusions lui rappelant désagréablement comment, à son arrivée chez elle, une bande de joyeux lurons, qui les attendaient, l'avaient éjecté de la maison, l'envoyant atterrir sans ménagement dans une fontaine du jardin.

Les vêtements trempés et claquant des dents, il avait regagné son club en courant avec, dans les oreilles, l'écho des rires et des moqueries de ses persécuteurs. Honteux et rempli d'une fureur impuissante, peut-être aurait-il trouvé quelque consolation s'il avait su que, lasse soudain de cette plaisanterie, Diana avait brusquement renvoyé ses petits amis et était allée se coucher.

Dans sa chambre, elle avait passé un long moment à se regarder dans le miroir. L'image qu'il lui renvoyait était vraiment ravissante. Elle semblait, dans sa robe blanche qui rehaussait la pâleur de son teint, échappée d'une des toiles de Lawrence (1) accrochées dans la salle à manger. Mais un froncement entre ses sourcils et sa bouche éclatante exprimait la contrariété.

D'un mouvement impatient, elle se détourna du miroir. Elle retira sa robe et enfila un peignoir; puis elle leva le store et ouvrit la fenêtre.

Sa chambre donnait sur le square. L'aube com-

(1) Peintre anglais (1769-1830), élève de Reynolds, spécialisé dans les portraits des nobles anglais. *(N.d.T.)*

mençait à poindre; elle pouvait entendre au loin le fracas des camions se pressant vers Covent Garden avec leur chargement de légumes et de fruits. Le square avait un air mystérieux avec le bleu de ses ombres tranquilles. Un taxi passa bruyamment, ramenant chez lui quelque fêtard, et un policier s'arrêta dans sa ronde pour vérifier si toutes les portes étaient bien fermées.

Elle aperçut soudain un homme qui se tenait dans l'ombre d'un arbre aux branches tombantes. Elle ne l'avait pas remarqué tout d'abord, car il était tout à fait immobile. Très grand, avec des épaules d'une largeur inhabituelle, il regardait fixement la maison. Il était en smoking, les mains enfoncées dans les poches de son veston, la tête nue, et donnait l'impression, en dépit de l'heure, d'être sorti pour prendre l'air.

Levant la tête, il la vit et la fixa comme s'il cherchait à l'identifier malgré la distance qui les séparait. Puis, quand elle se retira dans l'obscurité de la chambre, il fit demi-tour et s'éloigna lentement. Elle l'observa jusqu'à ce qu'il ait disparu de sa vue, mais il ne se retourna pas.

L'espace d'un instant, Diana se demanda qui il pouvait bien être et pourquoi il était là. Elle était habituée à ce genre de sérénade silencieuse. Des jeunes gens, éperdus d'amour, s'étaient souvent tenus sous sa fenêtre; mais elle était certaine, bien qu'elle n'ait pu distinguer ses traits, de n'avoir jamais vu cet homme.

Toutefois, et sans raison, il l'intéressait. Pendant un instant, elle avait songé à aller lui parler; puis, se moquant d'elle-même, elle avait baissé le store et, dix minutes plus tard, elle dormait profondément.

Le matin lui remit en mémoire qu'elle s'était, une fois de plus, conduite de façon stupide. Elle se sentit navrée pour le jeune homme ridicule qui avait payé son étourderie d'une punition disproportionnée.

Elle fut brusquement écœurée en se rappelant l'incident de la veille. Avoir participé à cette brimade de collégiens n'était pas digne d'elle; mais sa fierté ne lui permettait pas de le reconnaître publiquement et, quand sa mère lui en fit le reproche, elle se contenta de rire.

Les Stanlier avaient toujours été fiers; quand Jacques Ier avait créé le comté, le chef de famille avait refusé de l'accepter autrement que sous son nom. Et, de ce fait, la lignée Stanlier aujourd'hui était unique dans le Debrett (1), car le titre de comte comportait, pour l'héritier, le droit au titre de courtoisie de vicomte Stanlier, et toute autre postérité porterait aussi le seul nom de Stanlier.

Diana était l'unique enfant du septième comte. Gâtée comme elle l'était, la fierté de sa naissance s'était transformée en une sorte de dureté et d'indifférence à l'égard d'autrui, dureté qui touchait presque à l'insensibilité. Ce qui avait été élégante bravoure chez son arrière-grand-père, faisant face à la mort avec le sourire, ce qui avait été courage chez un autre Stanlier qui avait attaqué quand seule la retraite eût pu lui sauver la vie n'était, chez Diana, qu'un manque de sentiment vrai et d'émotion profonde.

Elle ne tolérait pas la faiblesse, même chez les femmes, et en détestait toute manifestation; mais, n'ayant jamais été confrontée à quelque chose de plus important que la décision de choisir un prétendant, elle était une piètre compagne, sauf pour les êtres superficiels, qui ne vivent que pour la minute présente. Elle était ravissante, intelligente, mais personne encore n'avait découvert son cœur.

(1) Almanach nobiliaire. *(N.d.T.)*

En ce qui concernait les hommes, sa famille avait renoncé à essayer de l'influencer; mais Diana ne dissimulait plus l'exaspération que lui causait sa mère quand elle exprimait son point de vue sur un quelconque prétendant, et lady Stanlier devait trouver sa consolation dans le vieil adage « un de perdu, dix de retrouvés ».

Diana descendit l'escalier en courant, en tenue de cheval, et croisa sa mère dans le hall.

– Chérie, il y a là un Mr Carstairs qui demande à te voir. Il dit que c'est important.

– Oh, zut!... Qui est-il? Que veut-il?

D'humeur désagréable ce matin-là, tout allait vraisemblablement l'agacer.

– Il a insisté pour te voir, répliqua lady Stanlier; mais il semble charmant. Je ne pense pas l'avoir déjà rencontré.

Diana demeura immobile comme si elle réfléchissait. Elle était en jodhpurs, portait une chemise bleu pâle, et était nu-tête et sans jaquette afin d'être plus libre de ses mouvements. Son seul accessoire était une petite cravache qu'elle tenait dans sa main non gantée.

Décidément ce nom ne lui rappelait vraiment personne. Peut-être était-ce quelqu'un de la presse. Elle espérait fermement que l'incident de la nuit dernière n'était pas encore venu aux oreilles toujours avides des journalistes.

– Ça ne peut pas être vraiment si important, dit-elle à sa mère en se dirigeant vers la bibliothèque.

Debout devant la cheminée se tenait un homme superbe, le plus beau de tous ceux jamais vus jusqu'ici. Il lui sembla vaguement l'avoir déjà rencontré mais elle ne pouvait se souvenir où.

– Comment allez-vous? (Il prit la main qu'elle lui tendait.) Je suis navré de retarder votre promenade, lady Diana, mais j'ai un message pour vous. C'est avec beaucoup de retard que je vous le transmets, en fait un peu plus d'un an.

– Un message pour moi?

– De Jack Melbourne, expliqua-t-il.

– Jack Melbourne? répéta-t-elle. Je ne vois pas... (Elle hésita, puis reprit après un silence :) Oh oui! je me rappelle. Je le connaissais, il y a quelques années. Comment va-t-il? Mais pourquoi m'enverrait-il un message?

Une légère expression de colère passa sur le visage de Ian en entendant qu'elle avait peine à se souvenir de Jack. Il ne se rappelait qu'avec trop de force le cri lancinant du mourant : « Diana! Diana! » De nouveau, il revit le visage de Jack quand, dans ses dernières paroles, il mentionna l'amour qui l'avait tourmenté, hantant son sommeil nuit après nuit, quand la fièvre montait.

Ian, en cet instant, eût pu tuer Diana pour la beauté qui avait causé une telle souffrance et pour sa légèreté vis-à-vis d'un homme pour lequel elle avait tant compté. Il lui répondit tristement :

– Jack Melbourne est mort.

L'espace de quelques secondes seulement, son visage s'altéra, puis elle dit d'une voix tranquille :

– Je suis navrée.

– Il est mort, dit Ian, afin que ses compagnons ne soient pas retardés par son incapacité physique. En se suicidant, il a sauvé neuf vies, y compris la mienne. Je viens juste de rentrer d'Afrique et mon premier devoir est de vous dire ses derniers mots qui étaient un message pour vous.

– Oui?

Diana attendait; elle avait les yeux levés vers lui, mais son expression était impénétrable.

– Tandis qu'il se mourait, dit Ian, il m'a murmuré : « Dis à Diana que je l'aime. » (Inconsciemment sa voix se fit plus douce en prononçant ces mots, mais c'est sur un ton durci qu'il ajouta :) J'espère que vous vous rappelez maintenant qui il était.

Diana se raidit au son de sa voix, pleine de mépris. Elle n'était pas habituée à ce que les hommes lui parlent ainsi. Elle réagit comme le cheval qui sent soudain l'éperon, mais c'est d'une voix calme qu'elle répondit :

– Bien sûr, je me souviens à présent. Mais, quand vous m'avez dit son nom, j'ai été surprise. Je n'avais pas vu Jack depuis deux ans.

– Je ne savais pas, dit Ian d'un ton amer, qu'une femme pouvait si aisément oublier un homme qui l'a aimée.

– Peut-être ne savez-vous rien de l'amour? répliqua Diana.

– Pas de ce que vous entendez par « amour ».

Pendant un instant, ils restèrent à se dévisager. La guerre entre eux était déclarée : Ian, grand, bronzé, un être de plein air, un homme au vrai sens du mot, simple, presque primitif, mais en même temps sûr de lui; Diana, le produit d'un monde trop civilisé, policée au point qu'en elle l'authenticité disparaissait sous un vernis artificiel, ravissante, désirable, avec cependant son véritable tempérament déguisé et caché, même à elle-même.

Tandis qu'elle le fixait, elle voulait le voir s'incliner devant elle, comme les autres. Elle le voulait obséquieux et elle était piquée par son mépris, comme une reine asiatique pourrait se sentir outragée par l'impertinence d'un esclave. Et, bien que furieux contre elle, Ian était conscient, en même temps, de ce qu'elle avait d'adorable. La tête rejetée en arrière, les yeux brillants, la mince silhouette tendue de toute sa hauteur, elle était incroyablement belle; elle était aussi la personnification de la jeune fille moderne, sur laquelle il avait beaucoup à apprendre.

– Comment osez-vous être aussi impoli? dit Diana d'une voix furieuse. Vous vous permettez de venir ici m'insulter parce que j'ai oublié quelque insignifiant jeune homme. Comme si je devais me rappeler immédiatement tous les fous qui ont été amoureux de moi! Jack Melbourne était un pleurnichard, éperdu d'amour, dont je n'avais rien à faire. S'il a quitté cette vie, c'est tant mieux! Sans doute votre histoire de « grand amour »...

– Assez! dit Ian en s'avançant et en la saisissant par le poignet. Je ne permettrai pas qu'on parle ainsi de Jack. Il était trop bien pour être compris de vous, à ce que je vois! Il est préférable qu'il soit mort qu'amoureux de quelqu'un comme vous.

Tous deux brûlaient de colère.

Diana se débattait pour libérer son poignet de l'étreinte puissante. Ian était à peine conscient de son geste. L'affront lui faisant perdre tout contrôle, Diana leva sa cravache et le frappa au visage.

2

Une longue marque rouge et cuisante sur la joue, Ian demeurait immobile, les poings serrés, les jointures blanches. Dans le paroxysme de sa fureur et de son égarement, le visage de Diana s'était empourpré, puis, la colère tombant, il était devenu d'une pâleur mortelle. Mais ses yeux continuaient à défier Ian.

Ce qu'il aurait dit, ce qu'aurait été leur premier mouvement, ils ne le surent jamais car la porte s'ouvrit et lord Stanlier entra dans la bibliothèque.

– Ah! Diana, ma chérie, dit-il. J'ignorais que vous étiez ici.

Diana se tourna vers son père qui, avec une parfaite courtoisie, salua Ian, en lui tendant la main.

– Mr Carstairs, père, murmura-t-elle de mauvais gré.

– Comment allez-vous? dit lord Stanlier. Vous devez être le fils de Bobbie Carstairs?

– Oui, sir, répondit Ian.

– Vous lui ressemblez. Je vous aurais reconnu n'importe où, mais vous étiez certainement en Afrique? Je me rappelle l'avoir entendu dire quand j'ai appris sa mort, il y a trois mois.

– C'est exact, sir, répliqua Ian. J'étais dans une région presque inaccessible et n'ai appris la nouvelle qu'un mois plus tard. Je suis revenu aussi vite que possible – mon premier retour en cinq ans.

– Trop long, mon garçon! Vous devez rattraper le temps perdu en nous laissant vous distraire aussi souvent que possible. Votre père était un de mes vieux amis, bien qu'il m'ait toujours battu au bridge.

– Merci, sir, mais je dois partir ce soir pour le Nord.

– Dans votre île? dit lord Stanlier. Votre père disait souvent, je m'en souviens, que la résidence de la famille était trop isolée pour lui. De toute façon, vous devez déjeuner avec nous, maintenant. Je n'admettrai pas de refus.

A contrecœur, mais jugeant impossible de repousser l'accueil amical de lord Stanlier, et aussi un peu amusé par l'expression de désapprobation de Diana, Ian accepta.

Diana se changea pour le déjeuner. Elle troqua la tenue de cheval qui lui donnait un air charmant, un peu garçon, pour une robe de mousseline très féminine et assez collante pour révéler un corps parfait. Ses cheveux blonds étaient retenus derrière les oreilles et retombaient en une masse de boucles minuscules; elle avait assombri ses cils et coloré sa bouche méprisante du même rouge violent que celui des roses qu'elle portait à la taille.

Ian, absent d'Angleterre depuis si longtemps, fut choqué par l'agressivité de son maquillage. « Elle se pare, pensa-t-il avec dégoût, comme une fille de trottoir. » Il ne pouvait, toutefois, nier qu'elle était séduisante pour tout homme normalement constitué.

Tandis que lord et lady Stanlier parlaient, l'interrogeaient sur ses aventures qui les intéressaient, Ian se surprit à observer Diana. A une référence à Jack, ses joues se colorèrent et elle leva sur lui des yeux furieux; dès cet instant, une étrange cruauté, contraire à sa nature, s'empara de lui; pris du désir de la tourmenter, il ne cessa de s'adresser à elle pour la forcer à lui répondre.

Elle était, pensa-t-il, comme un superbe animal sauvage que la captivité n'a pas dompté, cependant, comblée par le luxe et les flatteries, en de rares occasions seulement, elle révélait sa violence latente. Elle était complètement femme dans sa séduction et sa perfection physique, mais pas le moins du monde éveillée à une certaine douceur féminine de l'âme ou du cœur.

Quand lady Stanlier demanda à Ian comment lui était venue la marque qu'il avait sur la joue, Diana sourit d'un air sarcastique.

– Sans doute récoltée dans un acte de bravoure, dit-elle avant que Ian n'ait eu le temps de répondre.

Son ton était doux comme le miel pour tromper ses parents; mais Ian reconnut l'ironie sous-jacente et vit dans son regard l'éclair malicieux.

– Je crains que non, répondit-il. Juste une rencontre inattendue avec quelque chose sans importance.

De nouveau, la fureur monta en elle à l'idée que cet homme, ce raseur grossier et primitif, osait l'ignorer.

Elle ne pouvait nier qu'il avait de l'allure et reconnaissait qu'en toute autre circonstance sa force physique seule aurait pu l'attirer. Mais c'était son apparente indifférence qui l'exaspérait un peu plus chaque minute. Eût-il eu l'air visiblement furieux ou même gêné, elle se serait arrangée de la situation, mais c'était elle maintenant qui, des deux, était la plus embarrassée.

Elle le suspectait – chose intolérable – de se moquer d'elle; or, jamais, de toute sa vie, elle n'avait été autre que souveraine, quelles que fussent les circonstances. Elle était celle qui, à tort ou à raison, méprisait un homme ou le transportait de bonheur. Celui qu'elle avait méprisé pouvait être furieux contre elle, mais cela prouvait, en soi, qu'elle avait provoqué une émotion profonde.

Or, elle était là devant quelque chose de nouveau; il était impossible qu'un homme pût tolérer ses insultes, de l'air amusé d'un spectateur témoin des sottises d'une enfant en colère. Elle sentit qu'elle haïssait Ian, qu'elle ferait n'importe quoi pour lui montrer qu'elle lui était supérieure.

Une idée lui vint soudain. Elle prouverait son pouvoir en amenant ce fou qui la dédaignait à lui rendre l'hommage le plus grand que puisse rendre un homme. Elle allait le rendre amoureux. Ses amis n'avaient-ils pas souvent vanté son charme et son attrait qui avaient conduit à ses pieds tant d'hommes inaccessibles? Diana ne doutait pas un instant de réussir pour ce qui était de Ian. Les hommes, toujours, étaient tombés amoureux d'elle et presque trop facilement; mais il lui était arrivé de vouloir en attirer certains délibérément, et elle était toujours parvenue à ses fins.

Elle se rendait pleinement compte que Ian ne serait pas une prise facile. Elle avait assez d'intelligence et connaissait suffisamment la vie pour deviner qu'en ce qui concernait la femme qu'il aimerait, il aurait un sens de la propriété très « victorien ». En y réfléchissant, elle se dit que la victoire n'en serait que plus totale s'il succombait à sa modernité.

Diana n'avait pas beaucoup de principes. Elle n'avait pas été cependant durant cinq ans un des membres les plus en vue de la société londonienne sans avoir des opinions si tolérantes et si larges que bien des gens les auraient considérées comme laxistes. Ses amis respectaient quelques barrières conventionnelles et un code de l'honneur dont ils s'affranchissaient aisément.

Les hommes qu'elle connaissait empruntaient de l'argent qu'ils étaient incapables de rendre, couchaient avec les femmes de leurs amis et l'affichaient avec cynisme. Ses amies femmes étaient charmantes mais totalement dépourvues de scrupules dès qu'il s'agissait de prendre un jeune homme dans leurs filets. Elles étaient plutôt heureuses d'une certaine manière, et recherchaient le plaisir avec avidité, leur seule vertu étant le courage avec lequel elles faisaient face aux changements financiers de leurs vies.

Le plaisir était la seule chose qui comptait pour elles; aussi longtemps qu'un être leur paraissait amusant, elles l'admettaient dans leur société; c'était le seul passeport exigé pour un nouveau venu dans le clan. Il se devait de divertir et de leur en donner pour leur argent; c'était l'expression employée.

Alors que, dans la génération précédente, une fille de sa classe aurait été chaperonnée et surveillée, Diana fréquentait n'importe qui. La nature humaine, en conséquence, n'avait plus beaucoup de surprises pour elle. Elle n'avait pas d'illusions et, hélas! pas d'idéal. Comment l'aurait-elle pu alors qu'elle avait connu et jaugé chaque type d'homme?

Elle dînait, un soir, avec un représentant de la plus vieille aristocratie et, le lendemain, avait comme compagnon de table un artiste de cabaret, un homme né dans les taudis de Whitechapel. Et leur conversation, cependant, était curieusement semblable, car un homme, quel que soit son rang social, a toujours la même attitude envers une fille jeune et jolie.

Diana vivait d'amour et vivait dangereusement, mais c'était la seule vie qu'elle désirât, le seul divertissement qui l'amusât vraiment. Elle aimait le sport, mais seulement en fonction de son partenaire; elle prenait le même plaisir à passer l'après-midi dans un cinéma auprès d'un homme qui lui plaisait qu'à rouler à ses côtés sous un beau soleil.

Elle croyait en son corps, ne connaissant que trop bien le pouvoir que lui conférait sa beauté. Elle n'avait d'autre divinité qu'elle-même et, menant une vie vide et trépidante, il n'y avait rien ni personne pour lui prouver qu'elle avait tort.

Maintenant, elle manifesterait son pouvoir et la toute-puissance de ses dieux. La vengeance, lui avait-on dit, était douce; elle la goûterait pleinement quand Ian, comme les autres hommes, aurait faim d'elle.

Si elle avait su, la chose eût pu être si facile, elle n'eût pas eu besoin de préparer un plan.

Dans les affaires de Jack Melbourne, Ian avait trouvé une petite photo de Diana prise dans la campagne; elle avait environ dix-neuf ans; debout dans un jardin, elle tenait dans ses bras un gros chiot setter. Elle riait dans le vent qui chassait ses cheveux en arrière et plaquait sa jupe sur son corps mince. Elle avait l'air très jeune et merveilleusement heureuse – le type même de la jeune fille anglaise belle et saine.

Ian avait mis la photo dans sa poche dans l'intention de la rendre à Diana quand il la rencontrerait. Il s'était souvent surpris à la regarder pendant les heures passées dans la jungle. Elle lui avait donné le mal du pays, la nostalgie de la campagne verte et des longues journées paisibles où aucun danger ne vous guette et où le seul bruit est celui des abeilles qui bourdonnent autour de vous. Dans sa vie solitaire, il avait souvent désiré avoir une compagne.

Il n'avait connu que peu de femmes. Sa mère, à laquelle il vouait une véritable adoration, était morte alors qu'il n'était qu'un petit garçon, mais le souvenir qu'il en avait gardé était intense. Il se rappelait sa voix douce et sa distinction, les baisers qu'elle lui donnait et la façon dont elle le serrait dans ses bras en lui souhaitant une bonne nuit. Sa beauté et son charme étaient, en fait, si vivants dans son esprit, qu'il en était venu, en grandissant, à attendre de la femme qui l'attirerait qu'elle correspondît à ses souvenirs d'enfant.

Et ainsi, bien qu'il ait joui de la société des femmes, aucune n'avait encore réussi à l'attacher. Femmes gentilles, gaies, filles du temps de guerre désespérément désireuses de faire des six précieux jours de permission une orgie de plaisirs et de divertissements – il les avait embrassées et oubliées, s'en tenant à son idéal qu'il attendait de rencontrer.

Et, pendant les marches sous le soleil torride, après la mort de Jack, il avait tellement pensé à Diana que le visage qui n'était qu'une image sur une photographie avait progressivement pris chair et était devenu une compagne invisible, vivant à ses côtés. Il lui avait parlé, lui avait dit combien il désirait réussir dans l'expédition en cours; lui avait confié que la réserve d'eau touchait à sa fin, que les boys noirs avaient besoin d'encouragement et lui avait avoué que sa fatigue allait croissant.

Son objectif enfin atteint, c'était pour apprendre qu'il ne lui était pas possible de rentrer immédiatement en Angleterre. Une autre mission l'attendait, et il ne pouvait décevoir les autorités qui comptaient sur lui pour obtenir l'information qu'elles souhaitaient.

Ils s'étaient remis en route, à travers des forêts où aucun Blanc n'avait encore pénétré, à travers des marécages si dangereux que le moindre faux pas signifiait la mort instantanée; dans les marais où la fièvre guettait; et, comme un talisman, cette photo de Diana avait voyagé avec lui.

Ils s'étaient arrêtés un jour dans un village indigène. Les habitants étaient d'une race belle et forte. A cause d'un mélange avec les Arabes, ils étaient moins sombres de peau que l'indigène africain. Ian, en faveur auprès du chef, avait obtenu de ce dernier une importante concession avec, en retour, l'assurance de la bienveillance et de l'appui anglais; il se trouva dans une étrange situation : le chef lui offrait en présent une de ses filles.

Agée d'une quinzaine d'années, elle était superbe avec l'exquise silhouette d'une maturité précoce, à laquelle s'ajoutait ce port de tête presque royal, apanage de la femme africaine. Elle avait d'immenses yeux sombres dans un visage ovale. Entièrement nue, à l'exception d'une ceinture de perles, ses petits seins parfaits, comme le reste de son corps, avaient la couleur du bronze.

Ian n'avait pas vu de femme blanche depuis plus de six mois, à l'exception des femmes d'officiels au teint brûlé par le soleil et desséché par la chaleur; mais la photo dans sa poche ne permit pas qu'il acceptât ce cadeau magnifique. Il n'était pas tenté et il fallait résoudre le problème avec tact.

Dans la faible clarté de sa tente, il avait détourné son regard des yeux brillants qui le fixaient avec adoration; il avait ignoré, sans le moindre effort, la séduction de ce superbe corps bronzé et le mouvement des petites mains qui s'agitaient en suppliant.

Il avait courtoisement remercié le chef et refusé son présent; et avec une excuse si diplomatique qu'elle interdisait toute possibilité de ressentiment.

Mais le chef, désappointé, s'était retiré et Ian n'avait pas dormi de la nuit.

L'aube l'avait trouvé debout et habillé, rédigeant un rapport qui, en dépit de sa sécheresse, aurait pour effet de hâter son rapatriement.

Et maintenant, regardant Diana de l'autre côté de la table, il pensait qu'il avait imaginé pouvoir lui dire, un jour, ce que sa photo avait signifié pour lui. Mais prenant conscience, soudain, des voix douces des parents de Diana, de l'atmosphère de luxe, il comprit l'impossibilité de traduire par des mots la situation d'un homme qui doit se cramponner à une bouée ou se laisser entraîner dans le tourbillon sans retour.

Comment lui dire ce qu'est une solitude si écrasante que la boisson en paraît le seul remède; ce qu'est la séparation d'avec l'univers familier, qui pousse un homme à s'unir à des femmes de couleur et à recourir aux détestables pratiques des sorciers indigènes?

Même si elle connaissait les faits dans leur brutalité, elle ne pourrait jamais éprouver la compassion dont s'accompagne une véritable compréhension des faiblesses humaines.

Un homme était mort sous le soleil africain, mais Diana l'avait oublié en dansant; un homme avait cru en elle, mais il comptait beaucoup moins qu'une plaisanterie; un homme avait rêvé d'elle et ne rencontrait que la désillusion.

Les doigts de Ian se crispèrent dans sa poche sur la photo froissée et pâlie et, brusquement, il la déchira en mille morceaux.

3

Ian reçut de ses gens un accueil délirant.

L'île de Ronsa, à l'extrême sud des Western Isles, n'était séparée du continent écossais que par un étroit canal. Elle était large d'environ trente kilomètres, et sur presque toute leur étendue elle constituait un merveilleux terrain pour la grouse (1); dans son centre, elle s'élevait de quelques centaines de mètres pour s'abaisser au nord jusqu'aux marais où la bécassine abondait.

Le château de Ronsa se dressait sur les hautes falaises, face à l'Atlantique; le bâtiment lui-même était encadré de pins, les seuls arbres de l'île. Construit en pierre grise, son apparence était plutôt sinistre. Des tourelles de pierre défendaient chaque angle et une haute tour centrale faisait un beau poste d'observation. Les fondations d'origine avaient plusieurs siècles d'âge; toutefois, l'ensemble de la construction remontait principalement au XVIIe siècle.

Dans cette forteresse on avait dressé des plans de bataille, un roi fugitif s'y était abrité, mais après l'échec du jeune Charles Stuart, les générations de

(1) Sorte de petit coq de bruyère. *(N.d.T.)*

Carstairs ayant trouvé trop soumise et trop calme la politique écossaise, avaient passé la plus grande partie de leur existence dans le Sud.

Cependant, en recueillant la succession, le grand-père de Ian s'était établi là où il avait régné pendant plus de soixante ans sur les quelques habitants de l'île. Selon d'anciennes habitudes, il avait fait en sorte que l'île vive presque en autarcie, dédaignant d'être aidée par le continent. Les cultivateurs adoraient le grand-père de Ian, alors que son fils, en préférant vivre en Angleterre, les avait beaucoup déçus.

Ils étaient peu nombreux à parler anglais; et le vieux laird (1), le grand-père de Ian, n'avait jamais parlé que le gaélique, même à son fils. Les cultivateurs de Ronsa se rendaient rarement sur le continent; ils vivaient comme une grande famille car ils étaient tous parents, plus ou moins proches; c'était un peuple superstitieux et froid, sauf avec les siens.

Le père de Ian s'en était fait des ennemis; il n'y avait donc rien d'étonnant à ce que le château ait été fermé vers la fin de sa vie.

Après la mort de sa mère et jusqu'à celle de son grand-père, Ian avait vécu à Ronsa, son père jugeant trop pénible de s'occuper de l'éducation d'un petit garçon. Ian avait adoré chaque instant de sa vie passé sur l'île, et le « petit laird », comme l'appelaient les habitants, était aimé de tous. Il n'y avait pas un cottage où il ne soit accueilli et avant même ses six ans, il connaissait chacun par son nom; plus tard, son grand-père veilla à ce qu'il sût aussi leur histoire.

Le vieux laird s'occupait de ses gens; point n'était besoin d'avocats à Ronsa; dès qu'une querelle sur-

(1) Châtelain en écossais. *(N.d.T.)*

gissait, c'était lui qui était chargé de juger et de trancher. C'était une population simple à laquelle convenaient les méthodes simples. Les poings, le plus souvent, réglaient une discussion, avec le laird comme arbitre. Mais quel que fût son verdict, ils s'y conformaient; ils le respectaient; en fait, ils le révéraient presque et, jusqu'au jour de sa mort, sa parole fit loi.

Il mourut au milieu de la guerre et Ian, qui avait obtenu une permission spéciale pour assister aux funérailles, n'avait jamais oublié l'étrange et émouvant spectacle. Le père de Ian était souffrant et ne put assister aux obsèques : Ian était le seul représentant de la famille. Le vieil homme avait laissé des instructions, et elles furent respectées.

Venir de France jusqu'à Ronsa représentait un long voyage : Ian arriva le matin des funérailles; les habitants de l'île avaient déjà salué la dépouille mortelle et n'attendaient que sa présence pour commencer l'enterrement.

C'était une belle matinée de septembre. Sous le soleil, la mer était couleur d'émeraude et une légère brume recouvrait au loin les pics de l'île de Skye. La bruyère était en fleur et, dans la lande, la grouse lançait son cri. Ian fit la traversée avec le bateau à moteur reliant le continent à Ronsa; en approchant du château, il vit une foule de gens massés à l'entrée; sur la tour le drapeau était en berne et tous les volets étaient fermés.

Il mit pied à terre; personne ne le salua; en silence il remonta le sentier, puis la foule s'écarta afin de le laisser passer par la grande porte garnie de clous qui s'ouvrit sur ses vieux gonds de fer forgé, et il entra à pas lents, nu-tête, dans l'immense hall seigneurial.

Dans la faible lumière, il vit le cercueil où reposait son grand-père. Celui-ci était revêtu du kilt écossais aux couleurs de son clan, ses mains étaient croisées sur le grand sabre à deux tranchants qui reposait sur sa poitrine.

Ian resta debout devant lui pendant un moment, disant adieu au vieil homme qu'il avait aimé; puis on entendit le son aigre des cornemuses et les porteurs quittèrent le hall, lentement.

Les joueurs de cornemuse marchaient derrière le cercueil, et Ian suivait; après lui venait la foule, les femmes en larmes et les hommes la tête baissée.

En haut de la vallée, vers la colline, la longue procession se déroulait à travers la bruyère, sous la lamentation ininterrompue des cornemuses. Au sommet se dressait une torche non allumée, près d'une tombe profonde bordée de bruyère. Sans cercueil, à même la terre nue qu'il avait tant aimée, le vieil homme fut étendu pour son dernier sommeil. Il n'y eut pas de service, aucune prière ne fut dite, sauf dans le cœur de ceux qu'il avait servis, comme eux l'avaient servi. Les cornemuses exprimaient la douleur de tous, et les vagues qui les entouraient de tous côtés gémissaient, disant leur sympathie.

Ian, comme c'était son privilège, lança la première poignée de terre sur la tombe, après que la douce bruyère eut recouvert le corps; puis, quand le sol fut nivelé, tous apportèrent une grosse pierre grise, jusqu'à ce qu'ils aient construit un énorme tumulus sur la dernière demeure de leur seigneur. On alluma la torche et l'air des cornemuses se transforma en un chant de triomphe, un hymne de vie : « L'âme n'est pas morte, elle vit. »

La mélodie s'enfla tandis que les flammes s'élevaient de plus en plus haut et, dans un éclatement final et émouvant, ce fut la marche des Highlanders; puis la procession redescendit.

Arrivés au château, ils se tournèrent en silence

vers la colline. Près du tumulus, le feu brûlait avec éclat, disant son message d'espoir. Dans le ciel tout bleu, le soleil doré brillait, éclairant la bruyère, les champs de la vallée où mûrissait l'orge, et les vagues quand elles venaient se briser sur la côte.

L'île était la tombe qui convenait à un grand homme. Dans la foule il n'était pas une âme qui ne se souvînt de sa gentillesse, de sa tolérance et de sa générosité. Tous les yeux étaient humides chez ces gens dont les vêtements noirs contrastaient avec les merveilleuses couleurs du décor environnant.

Ian parla :

– Que Dieu lui donne le repos! cria-t-il en gaélique.

Tout autour de lui s'éleva un son profond, un amen éclatant de sincérité. Sans plus de façons, ils pénétrèrent dans le château où les attendait le repas de funérailles.

Après que son père eut hérité de Ronsa, Ian ne se rendit que rarement dans l'île, le colonel Carstairs étant jaloux de la popularité de son fils. La guerre finie, il revint plusieurs fois puis s'embarqua pour l'Afrique, et Ronsa resta des années sans le voir. Mais les gens ne l'avaient pas oublié, et ils l'accueillaient, maintenant, les bras grands ouverts et heureux de bavarder avec lui.

Après avoir salué les nombreux amis de son enfance, buvant à sa santé le whisky de leur propre alambic, Ian s'était entretenu longuement avec l'intendant du domaine; la lande était en excellente condition, la grouse abondait car on ne l'avait pas tirée durant plusieurs saisons, les fermes payaient leur part des frais et les fermiers étaient satisfaits.

Ian se trouvait devant un héritage important et sa gratitude allait à ceux qui avaient veillé sur le domaine pendant les années où son père l'avait négligé.

Pour moderniser le château, il suffisait d'y installer l'électricité. En bon état et splendidement meublé, il était aussi confortable que magnifique. Le grand hall seigneurial situé au centre du bâtiment s'élevait jusqu'au toit et s'ornait d'une rare collection de poignards et de sabres. La salle à manger, donnant sur l'océan, était ornée de boiseries dont les étranges sculptures avaient été exécutées autrefois par les menuisiers de l'île. En haut, l'immense chambre d'apparat contenait le grand lit à colonnes orné de tapisserie, dans lequel des générations de Carstairs avaient vu le jour et où Charles Stuart avait dormi une nuit.

Toutefois, Ian préféra pour lui une chambre plus modeste dont les fenêtres donnaient à la fois sur la mer et sur les pins.

Sur les pâturages situés à l'est du château, il vit qu'on pouvait aisément faire atterrir un avion. Le vieux laird avait élevé de très beaux chevaux qu'il avait revendus pour de grosses sommes et l'élevage de Ronsa, en fait, était célèbre.

Il avait été extraordinairement économe et, bien qu'il eût un revenu considérable, il continuait à gagner de l'argent de différentes manières. Il était assez écossais pour aimer faire une affaire, mais assez sage, toutefois, pour replacer son capital dans d'autres projets, de sorte que Ian, en dépit de la période de négligence, hérita d'une belle somme d'argent et de plusieurs industries locales, petites mais prospères.

Il était heureux en pensant qu'il pourrait faire du sport, mais il se promettait également que l'entreprise de son grand-père continuerait et qu'il compenserait ainsi, auprès de ses gens, l'indifférence de son père.

Ici était son chez-lui; et c'était ici, les années d'errance oubliées, qu'il avait l'intention de vivre et de travailler. Il se rendait compte, toutefois, qu'il ne pourrait pas se couper entièrement du monde. La vie qu'avait menée le vieux laird n'était plus compatible avec les conditions actuelles. Il commanda aussitôt une automobile et étudia les différents modèles d'avions.

Dans les jours qui suivirent son retour, il rendit visite à ses fermiers, allant d'une maison à l'autre sur une belle jument alezane. Au troisième jour de visite, il se trouva à l'heure du thé à l'extrémité de la colline.

Une grande ferme s'étendait à l'abri de la colline; Ian s'approcha. Mettant pied à terre, il frappa à la porte. Il se souvenait parfaitement de Jack Ross, un beau caractère et un bon fermier. En attendant qu'on lui ouvre, Ian observait les granges remplies de foin et le gros bétail paissant dans les champs proches. Dans la cour de la ferme, les canards fouillaient le sol à la recherche de quelque nourriture et, par les portes de l'écurie restées ouvertes, il aperçut les chevaux de trait se reposant après leur journée de labeur.

Soudain, il y eut un bruit à l'intérieur de la maison, une chaîne tomba et la clef grinça dans la lourde serrure. La porte s'ouvrit et une jeune fille apparut sur le seuil.

– Bon après-midi, dit Ian en gaélique. Mr Ross est-il là?

A sa grande surprise elle lui répondit en anglais.

– Bonjour, monsieur Carstairs. Mon père sera là pour le thé. Voulez-vous entrer?

– Votre père? Alors, vous devez être Jean, dit Ian en lui tendant la main.

– C'est aimable à vous de vous souvenir de moi. Entrez, dit-elle avec un sourire.

Ian entra. Il revit l'enfant mince aux longues jambes qui, il y avait de cela des années, était toujours gagnante dans les jeux et l'entraînait dans toutes sortes d'escapades qui lui valaient généralement d'être puni. Plus tard, elle était devenue plus potelée, mais était toujours un peu gauche, à la manière d'une jeune pouliche. Il ne s'attendait certes pas à ce qu'elle devînt une aussi jolie femme.

– Vous parlez anglais, Jean; ce n'est pas courant, ici.

– Après votre départ, je suis allée à l'université d'Edimbourg, répondit-elle.

Ian décida qu'elle était presque belle quand elle souriait. Elle était grande avec un corps très plein et les larges épaules d'une fille de la campagne qui a connu depuis l'enfance le travail manuel, mais elle avait une chevelure rousse qui flamboyait en boucles fines sur une peau blanche que plus d'une beauté londonienne lui aurait enviée. Elle avait de grands yeux et une bouche généreuse naturellement colorée et tentante. Elle était vraiment surprenante dans son épanouissement quand on se rappelait l'enfant maigre, au nez retroussé, aux nattes couleur de carotte, et au visage couvert de taches de rousseur.

– Je ne vous aurais pas reconnue, Jean, si je vous avais rencontrée ailleurs qu'ici, dit Ian.

– Vous n'avez pas changé, se hâta-t-elle de répondre.

Ian resta silencieux. Un incident du passé lui revenait à la mémoire.

La veille de son départ pour l'école, tous deux avaient passé la journée sur la lande. Ils s'étaient allongés dans la bruyère pour manger leurs sandwiches, ensuite ils avaient erré et joué jusqu'à ce que le crépuscule les ramenât à la maison.

A la grille du château, Jean avait retrouvé sa bicyclette, et s'apprêtait à rentrer; avec une poignée de main solennelle, ils s'étaient dit adieu.

– Je souhaiterais que vous ne partiez pas, Ian, avait dit Jean avec un soupir.

– Moi aussi, avait répondu Ian. (Il avait vivement ajouté :) vous êtes formidable, pour une fille, Jean. Quand je serai grand, je vous emmènerai faire le tour du monde.

Jean l'avait pris par le cou et l'avait embrassé avec affection. « Adieu », avait-elle dit, retenant un sanglot, et elle s'était enfuie par le chemin poussiéreux avant que ses larmes ne la trahissent.

Ian, maintenant, se rappelait d'autres incidents, les moments où ils roulaient dans la bruyère en éclatant de rire, les moments de crainte quand on avait appris certains méfaits au vieux laird... Puis, plus tard, un moment de larmes – il était revenu à Ronsa pour dire adieu à son grand-père et à ses amis de l'île avant de partir pour le front. La plupart des fermiers importants avaient fait le voyage jusqu'au château pour lui souhaiter un prompt retour. Jean était parmi eux, en compagnie de ses parents.

Le vieux laird les avait reçus avec, à côté de lui, Ian plutôt gêné dans son nouvel uniforme. Après avoir prononcé quelques paroles, Ian avait serré les mains à la ronde, mais quand il était arrivé près de Jean, celle-ci avait poussé un cri et s'était sauvée en pleurant.

En face d'elle maintenant, Ian était embarrassé par ses souvenirs. Il se sentit soulagé en entendant la grosse voix de Jack Ross, dans la cour de la ferme.

– Je vais chercher père, dit Jean, qui se précipita dehors, évitant les yeux de Ian comme si, elle non plus, n'était pas à l'aise.

Autour d'un thé accompagné d'une pile de scones (1) brûlants, Ian écouta les potins de l'endroit contés par Mrs Ross, une grosse femme pleine d'entrain qui avait le don de rendre excitant l'incident le plus banal. Le fermier se joignit à la conversation mais Jean demeurait silencieuse, les yeux baissés, immobile, excepté pour passer le plat de scones ou aller chercher de l'eau bouillante à la cuisine.

Ce ne fut qu'au moment où Ian allait prendre congé qu'elle lui demanda :

– Vous reviendrez?

– Bien sûr, répondit Ian en riant, si Mrs Ross peut se permettre que je la ruine en nourriture. Je ne peux pas résister à ses scones!

– Sauvez-vous! cria Mrs Ross, ravie.

Mais Jean, elle, ne rit pas, et en regagnant le château à cheval, Ian s'interrogeait sur l'expression sombre qu'elle avait eue quand il lui avait dit au revoir.

(1) Pains au lait cuits sur une plaque. *(N.d.T.)*

4

Une semaine plus tard, souriante et détendue, Diana attendait Ian qui devait l'emmener dîner. Son miroir lui disait combien elle était ravissante dans cette robe aussi verte qu'une rivière sous le soleil et qui moulait son corps mince. Des diamants brillaient à ses oreilles et de larges bracelets ornaient ses poignets. Elle savait qu'elle était belle et ne doutait pas de réussir, ce soir, dans son plan qui était la conquête définitive de Ian.

Le premier jour, avant qu'il ait quitté la maison, elle avait été assez bonne comédienne pour le convaincre que les excuses qu'elle lui faisait étaient sincères. Ian ne pouvait douter qu'elle ne se sentît honteuse et que les mots de repentir échappés de ses lèvres ne soient aussi francs que ses yeux dans lesquels il crut voir briller une larme. Et plus tard, après son arrivée en Ecosse, il avait reçu d'elle une lettre dans laquelle elle lui demandait comme une faveur de le rencontrer afin de pouvoir parler tranquillement de Jack; elle avait même fait allusion à un monument en souvenir du disparu. Ian ne pouvait refuser de la revoir et l'invita donc à dîner un soir.

En homme habitué aux gens simples et aux passions simples, il était prêt à oublier l'éclat de colère de Diana. Il était curieux de découvrir si la vraie Diana, que Jack avait aimée et que lui-même avait imaginée d'après sa photographie, était un mythe ou une créature glacée par un vernis social. Diana qui fardait son visage maquillait-elle aussi sa véritable personnalité afin qu'un observateur éventuel ne pût la reconnaître?

L'imagination d'un homme qui vit loin de la civilisation est semblable à celle d'un enfant. Un enfant joue avec des compagnons de jeux imaginaires jusqu'au moment où ils deviennent pour lui aussi réels que des créatures de chair et de sang. Ainsi fera un homme dans la jungle; et, malgré lui, Ian répugnait à ce que la compagne dont il avait rêvé en Afrique s'évanouît dès l'arrivée à Londres.

Satisfaite de son apparence, Diana s'assit sur le bord du lit et prit le téléphone. Elle appela Rosemary Makines, une de ses grandes amies. Elle aussi était une des beautés de la société londonienne, sans être toutefois aussi célèbre que Diana. Elle avait épousé Henry Makines par amour, mais n'avait pas tardé à découvrir que l'amour ne réglait pas les factures; l'argent n'était pour eux qu'un sujet d'incessantes querelles et, après avoir lutté pendant des années pour joindre les deux bouts, elle s'était lancée dans le journalisme. Lord Leadhold et elle-même étaient devenus de grands amis.

Grâce à son appui, il était rare que les journaux de Leadhold soient mis sous presse sans un article de « la belle Mrs Makines, leader de notre clan de jeunes couples ». Pour quelques livres, Mrs Makines était prête à donner au public anglais des conseils sur la santé, la beauté, la nourriture, l'amour ou l'éducation des enfants, ou sur tout autre sujet.

Lord Leadhold était aussi suffisamment intéressé pour soutenir Henry Makines dans une circonscription du Nord nécessitant sa présence fréquente.

Rosemary était toujours éprise de son mari, quoique ce sentiment fût assez vague et ne se manifestât guère, mais elle trouva si confortable l'idée d'une vie débarrassée des soucis matériels qu'elle ne résista pas à la tentation. Henry, garçon sans caractère et ignorant l'évidence de la situation, ne manquait jamais une occasion de défendre et de louer lord Leadhold. La société ne bannissait pas Rosemary Makines, se contentant simplement de ricaner derrière son dos.

Rosemary se précipita au téléphone en apprenant que Diana désirait lui parler.

– Est-ce vous, chérie? demanda-t-elle d'une charmante voix traînante.

– Je devais vous appeler, répondit Diana, pour vous dire que je m'apprête à sortir avec Ian Carstairs.

– Votre ami de la brousse? dit Rosemary qui avait eu droit au récit complet de la visite de Ian. Comme c'est amusant! Vous croyez que vous réussirez à le rendre amoureux de vous? Je suis certaine qu'il vous considère comme une prostituée.

– Sûrement! répliqua Diana sur un ton sinistre. Mais il aura sa punition, même si cela doit prendre un an.

Rosemary éclata de rire.

– Oh! vous l'aurez avant, ma chérie, à moins qu'il n'ait une femme et une famille cachées quelque part. Dans ce cas, il sera éternellement fidèle – je connais le genre.

– Non, il est beaucoup trop inhumain. A propos, comment va notre vieil ami? demanda Diana, faisant référence à lord Leadhold.

– Plus attaché que jamais, Dieu merci, répondit Rosemary. Mais Henry revient ce soir.

– Eh bien, pensez à moi, jouant l'innocente incomprise, conclut Diana en riant.

En dépit de ses assurances, même celles qu'elle s'adressait à elle-même, Ian l'intéressait en dehors de la vengeance qu'elle préparait.

Elle ne pouvait s'empêcher de comparer son physique à celui d'autres hommes avec lesquels elle s'amusait : James Reynolds, un compagnon divertissant, mais maniaque sur le chapitre de la nourriture et souffrant d'indigestions; Monty Richards qui, comme sport, n'aimait que la danse; Roy Gremling, très beau mais trop paresseux pour tenter même de la divertir; et le jeune lord Rankin avec sa taille ridiculement petite et qui était invariablement grippé au moment où elle avait le plus grand besoin de lui. Diana ne comptait plus les propositions de mariage mais, bien que flirtant avec ses admirateurs, elle ne pouvait jamais se résoudre à les accepter.

Tout au fond de son cœur, caché sous la dureté qu'elle se forçait à ressentir et qu'elle affichait, elle nourrissait un rêve qui refusait de se laisser détruire entièrement : elle voulait être amoureuse. Elle pensait avoir rejeté sa foi en l'amour, tout comme sa croyance en Dieu et en un idéal, mais un coin de douceur demeurait en elle et résistait. Les princes des contes de fées, les héros des romans de sa jeunesse qu'elle avait aimés, sa propre douceur fondamentale avaient maintenu vivante en elle cette merveilleuse chose-là, en dépit de l'extrême sophistication du monde qui l'entourait.

Elle n'était pas entièrement responsable de son cynisme. Elle avait « débuté » à dix-huit ans, très jolie et impressionnable. Ses parents avaient été assez sots pour lui permettre d'entrer dans un clan dirigé par une cousine, de six ans plus âgée qu'elle, groupe de jeunes femmes mariées s'ennuyant avec leurs époux, filles de vingt-cinq ans et plus qui ne désiraient que se distraire dans la compagnie des jeunes ratés de Londres, et Diana fut amenée, quitte à être ridiculisée et taquinée, à se conduire comme eux tous.

Elle découvrit que les hommes qui, la veille, lui avaient déclaré un amour passionné, s'excusaient le lendemain en invoquant leur ivresse. Son premier baiser, assez important pour elle, elle l'avait donné à un homme qui, une semaine plus tard, était cité dans un divorce célèbre.

Elle avait été, une fois, sur le point de céder à un homme marié et n'en avait réchappé qu'en apprenant son intention de tenir leur liaison secrète tandis qu'il resterait publiquement fidèle à son épouse, une femme très riche.

Elle ne mit pas longtemps à perdre ses illusions. Elle devint dure, ne s'intéressant que superficiellement aux gens, et restant toujours impassible. Quand sa beauté lui valut un triomphe spectaculaire – ce qui était inévitable – elle fut gâtée par les applaudissements. Elle avait assez de caractère pour mépriser ses compagnons, mais pas assez de détermination pour les quitter. Plus elle était indifférente, et plus ils la recherchaient, la couvraient de louanges et la rendaient si sûre d'elle que sa suffisance et sa vanité eussent été intolérables si elles n'avaient pas été aussi justifiées.

Cachée à l'intérieur d'elle-même restait l'enfant qui pleurait parce que ses beaux jouets étaient cassés; extérieurement, c'était une jeune femme dédaigneuse qui condescendait à participer à la gaieté forcée d'une bande de sots.

La seule personne avec laquelle elle était naturelle et spontanée, en même temps que douce, était sa vieille nourrice. Celle-ci s'était occupée d'elle depuis qu'elle était bébé. Très vieille maintenant et rendue presque infirme par les rhumatismes, elle ne quittait plus sa chambre située en haut de la maison; mais pas un jour ne se passait sans que Diana vînt lui rendre visite. Elle seule connaissait la Diana disparue depuis longtemps.

Ellen avait vécu tant d'années pour Diana qu'il était rare qu'elle pense à quelqu'un d'autre qu'elle; avec ses pauvres doigts tout déformés, elle cousait tout au long du jour, travaillant à de fines parures que porterait Diana. Le soir, elle attendait avec impatience le pas léger dans l'escalier qui annonçait l'apparition de Diana. Rendue radieuse par un quelconque succès ou autre chose d'agréable, elle faisait irruption dans la chambre, parlait avec vivacité pendant une dizaine de minutes et repartait comme elle était venue, laissant derrière elle une vieille femme heureuse.

Ce soir, disposant encore de quelques minutes avant l'arrivée de Ian, Diana, relevant les pans de sa jupe de mousseline, courut à la chambre d'Ellen; elle dégageait une faible senteur de parfum et de poudre, et offrit à la vieille femme une image ravissante qu'elle pourrait évoquer durant les longues heures de la nuit où la souffrance la privait de sommeil.

– Avec qui sortez-vous ce soir, ma chérie? demanda Ellen.

Elle s'intéressait beaucoup à tous les jeunes gens que fréquentait Diana, aimant celui-ci, détestant celui-là mais n'en trouvant aucun assez bien pour elle.

– Ian Carstairs, répondit Diana; l'explorateur dont je vous ai parlé.

– Ah! je me souviens, dit Ellen. Il a l'air d'un homme bien, mon petit; bien mieux que tous ces autres jeunes niais.

Ellen avait un parfait mépris pour les pâles jeunes gens à l'air frêle que Diana, parfois, lui amenait pour qu'elle pût les juger.

– C'est une brute, Ellen! cria Diana. N'essayez pas de le défendre.

Elle savait avec quelle facilité Ellen se faisait une opinion sur quelqu'un, opinion généralement, et méchamment, opposée à la sienne; et son admiration une fois assurée, Diana savait qu'elle ne voudrait pas entendre parler de la disgrâce de l'heureux homme. Ellen pouvait être aussi obstinée que Diana; en fait, lady Stanlier avait souvent déclaré, en le regrettant, que Diana du point de vue du caractère devait plus à l'exemple d'Ellen qu'à l'hérédité parentale.

– J'aimerais voir ce Mr Carstairs, dit lentement Ellen.

– Quelle idée, chérie! répondit Diana. Vous trouvez toujours à redire à tous les hommes que je vous présente, et je ne vais certainement pas vous amener celui-ci pour entendre votre désapprobation.

– J'aimerais le voir, répéta Ellen avec insistance. Je vous en prie, ma petite, vous savez le plaisir que j'ai à rencontrer vos amis.

Diana se laissa fléchir. Elle résistait rarement aux demandes d'Ellen.

– Vous serez toujours la même, dit-elle en l'embrassant avec affection. Il ne vous plaira pas; mais si vous voulez juger par vous-même, je dois m'incliner, je suppose. Je vais voir s'il est arrivé.

Il n'y avait personne dans le hall; mais comme elle descendait l'escalier, on sonna à la porte et elle accueillit Ian.

Elle était adossée à une haute fenêtre à vitraux située d'un côté du hall, et Ian, pendant un instant, eut l'impression qu'elle en faisait partie. La lumière éclairait ses cheveux blonds comme un halo, et sa longue robe collante avait une allure médiévale; elle ne provoquait certes pas, en cet instant, la déplaisante impression qu'il gardait d'elle depuis leur dernière rencontre. Mais dès qu'elle parla, cette illusion d'image sacrée s'évanouit, car elle l'accueillit gaiement avec, dans les yeux, un éclair de malice.

– Bien à contrecœur, il est tout de même venu, dit-elle avec ironie.

– Au contraire, corrigea Ian. Je suis content de vous voir.

Elle lui confia rapidement qu'Ellen souhaitait le voir, lui expliquant qui elle était.

– C'est presque un ordre royal, conclut-elle.

– Alors, on doit bien sûr lui obéir, dit Ian en la suivant dans l'escalier.

La plupart des jeunes gens étaient un peu embarrassés après avoir été présentés à Ellen; il y a si peu à dire à quelqu'un de presque invalide; de plus, ils étaient loin de se sentir à l'aise sous le regard inquisiteur d'Ellen et le sérieux avec lequel elle les observait. Généralement, elle trouvait – ils le sentaient – qu'ils ne répondaient pas à ce qu'elle attendait pour Diana.

Mais, et celle-ci en fut un peu surprise, Ian non seulement trouva beaucoup à dire à Ellen, mais se lança avec elle dans une discussion amicale et animée. Ils semblaient si intéressés mutuellement que Diana en fut vexée comme s'ils l'excluaient. Ellen l'avait habituée à lui accorder toute son attention.

Brusquement, elle fit mine de partir et, comme Ian se levait à regret, elle se précipita dans le couloir. Mais de sa voix chevrotante, Ellen la rappela :

– Alors, mon poussin, on ne dit pas au revoir? demanda-t-elle d'un ton fâché. (Et, tandis que Diana, repentante, se baissait pour l'embrasser :) Il est bien, chérie. Il me plaît, lui dit-elle à l'oreille.

Diana ne répondit pas, mais, en arrivant à la

porte, elle se retourna pour dire à sa vieille nounou, en lui faisant une grimace :

– Vous croyez que vous êtes bon juge mais, cette fois, vous vous trompez!

Puis, Ian sur les talons, elle quitta la maison et monta dans la voiture qui attendait.

5

Diana avait choisi de dîner à l'Embassy, en partie parce qu'elle s'y amusait toujours et en partie poussée par un désir puéril de se faire valoir devant Ian. Elle savait que la plupart de ses amis seraient présents; pour une femme, le fait de connaître les trois quarts des gens dans un restaurant est une chose qui lui donne confiance et crée un climat favorable à sa séduction.

On les dirigea vers la meilleure table qui – quel que fût le restaurant – était invariablement réservée à Diana; elle fit signe à quelques connaissances, parla à deux ou trois personnes en traversant la salle et, à peine étaient-ils assis, que d'autres vinrent bavarder avec eux. Elle présenta Ian qui devint immédiatement l'objet d'une curiosité non dissimulée. Les chevaliers servants de Diana étaient trop connus pour qu'un nouveau venu ne fît pas sensation.

Une fois qu'ils furent installés et eurent commandé, Diana se rendit compte, soudain, que la conversation risquait d'être un peu difficile. Elle était habituée à parler de banalités, qui consistaient en bavardages locaux, concernant des gens que tout son clan connaissait. Se trouver avec un homme étranger à son monde et en ignorant tout lui rappela pendant un instant les premiers jours de sa vie de « débutante ».

Elle lui demanda en souriant :

– De quoi allons-nous parler?

Ian lui rendit son sourire :

– En d'autres termes, comment vous amuserai-je?

– Si vous le pouvez, se hâta de répondre Diana.

– Je ne cherche pas à me rendre intéressant, dit-il. Je ne suis que trop conscient que nous appartenons à deux mondes différents.

– Et le mien est superficiel, ajouta Diana.

Elle fut surprise de voir que Ian la prenait au sérieux.

– Oui, n'est-ce pas? fit-il.

– Tous les gens ne peuvent pas être des explorateurs et accomplir de grandes actions aux avant-postes de l'empire, lança-t-elle, sarcastique.

– Non, seulement ceux qui y sont envoyés, répliqua Ian vivement.

Elle lui jeta un regard furieux, elle le détestait; mais, bien vite, se souvenant du rôle qu'elle avait choisi de jouer, elle lui adressa un sourire exquis en lui disant :

– Voulez-vous me parler de Jack?

Ian commença l'histoire simplement; mais bientôt, emporté par son sujet, il fit de son récit quelque chose de poignant, de dramatique et Diana, malgré elle, en fut saisie. Il lui dit comment Jack Melbourne était venu en Afrique et avait demandé à participer à une expédition à l'intérieur du pays. Ian n'avait pas hésité à lui décrire les dangers qu'il courrait, mais Jack avait insisté, affirmant que c'était la vie qu'il désirait.

– Au début, dit Ian, il ne parlait jamais de vous, puis, quand nous fûmes devenus amis, il me dit combien il vous avait adorée et combien, durant des années, il avait espéré avoir une chance un jour. Puis il avait peu à peu compris qu'il vous importunait; et avec ce qui me semble être une détermination extraordinaire chez un être manquant plutôt de fermeté, il avait décidé de mettre fin à la torture qu'il endurait. Il avait débarqué en Afrique, et cela, je suppose, parce qu'il était jeune et suffisamment impressionnable pour croire à la tradition selon laquelle quiconque désire oublier trouve là-bas la consolation. Je suis simplement surpris qu'il n'ait pas essayé le cliché classique de la chasse au gros gibier.

» J'ai tout d'abord cru que c'était un faible, mais sa vraie force morale se révéla. Il n'était pas fort physiquement, mais était toujours gai et de bonne humeur en toutes circonstances. Nous avons vécu des moments très pénibles qui en auraient démoralisé beaucoup. J'y étais habitué mais lui pas. Il est tombé malade, a souffert toutes les petites tortures qu'un homme qui a connu les douceurs de la civilisation découvre quand il tente sa première aventure. Jack ne s'est jamais plaint et a toujours continué à sourire. Il nous encourageait même – moi qui avais traversé ces épreuves des centaines de fois, et les boys noirs nés dans cette vie-là. Et, durant tout ce temps, sachez qu'il avait un mal du pays si intense que, même moi, je ne pouvais comprendre.

» Je n'ai jamais aimé une femme comme Jack vous aimait, et toujours il était rongé par cet incessant sentiment de solitude que vous seule auriez pu apaiser. Il avait réussi à nous cacher si totalement ce qui le torturait intérieurement que c'est seulement quand la fièvre l'abattit qu'il livra son secret dans son délire et que j'appris l'intensité de la blessure qu'il avait dissimulée sous sa bonne humeur. Puis quand heure après heure, jour après jour, nuit après nuit, il vous appelait, j'ai compris comment une jolie femme pouvait faire sombrer un homme qui l'aimait. De sa mort je vous ai déjà parlé, ainsi que de son sacrifice héroïque qui a permis à ses compagnons de survivre.

Ian se tut et, pendant un moment, se retrouva dans cette brûlante et traîtresse jungle africaine.

Elle fut presque surprise de découvrir que l'orchestre jouait, que des couples évoluaient autour de la pièce, et qu'elle était devant une assiette garnie et une coupe de champagne.

Le visage fermé de Ian, car lui aussi avait été troublé par le rappel de l'histoire de Jack, ramena Diana à la réalité. Cet homme la détestait, la rendait responsable de la mort de Jack.

L'espace d'une fraction de seconde, elle éprouva le besoin soudain de s'excuser, de dire à Ian qu'elle n'avait pas voulu que Jack lui portât cet amour fou.

Elle savait qu'elle avait séduit certains hommes délibérément; mais pas Jack. Elle l'avait rencontré plusieurs fois par hasard, et avant qu'elle ait eu conscience de particulièrement l'intéresser, il lui avait dit son amour, et sans minauder elle l'avait refusé, gentiment, mais fermement. Il n'avait pas tardé à devenir une gêne. Il était follement amoureux, et assez jeune pour le montrer. Quand elle n'était pas à ses côtés, il était malheureux et quand ils étaient ensemble, il lui faisait des scènes.

La situation avait atteint son paroxysme le jour où il avait insulté la personne avec laquelle elle se trouvait, à laquelle elle tenait suffisamment pour être fâchée d'une situation aussi inconfortable. Elle lui avait dit, sur un ton définitif, qu'elle n'avait que faire de lui, n'avait aucune affection pour lui et, qu'en conséquence, elle désirait ne plus le revoir.

Une semaine plus tard, étonnée par son absence

et ses constants appels téléphoniques lui manquant un peu, elle avait appris qu'il était parti pour l'étranger. Elle s'était demandé, au début, ce qu'il avait bien pu devenir, mais n'avait pas tardé à oublier son existence. Et quand Ian lui avait rendu visite, pour lui conter cette lamentable histoire, c'était la première fois, depuis deux ans, qu'elle entendait mentionner le nom de Jack.

Mais sa fierté lui interdisait de se montrer faible, même pour un moment. Ian l'avait insultée et, jusqu'à ce que la revanche ait effacé l'affront, elle ne pouvait pardonner ni oublier.

Qu'elle l'ait insulté à son tour ne comptait pas. Le tempérament des Stanlier était célèbre depuis des générations. Son arrière-grand-père avait tué un homme qui s'était moqué de lui. Son père, avant lui, avait gagné une colonie à l'Angleterre parce que quelqu'un avait raillé le luxe de l'existence qu'il menait chez lui.

Diana tenait d'eux. Dans le fond, elle était aussi primitive que les Noirs que Ian avait commandés si récemment. Mais ni l'un ni l'autre ne savait cela, et la main blanche aux ongles peints, si symboliques d'une civilisation douillette, était posée sur la table à côté de celle de Ian, bronzée, marquée de cicatrices.

Après un temps de silence, Diana changea de sujet; mais malgré sa hauteur, Ian eut l'impression que ce qu'il lui avait dit ne l'avait pas laissée indifférente.

Ils parlèrent alors d'un tas de choses banales, mais en même temps, tous deux étaient intensément conscients l'un de l'autre. Et quand, enfin, Diana se leva car la salle était presque vide, Ian dit :

– Est-ce que cela vous ennuierait de faire une promenade en voiture? L'air est doux et je me rends compte que je dors très mal à Londres. Il me semble que les murs m'étouffent.

Il fut lui-même surpris en s'entendant lui poser cette question, car son intention n'était pas de prolonger la soirée. Diana parut ravie d'accepter.

La nuit était chaude avec seulement quelques étoiles dans un ciel rouge violacé. Ian ouvrit la voiture et, quelques minutes plus tard, ils descendaient Piccadilly presque désert, à l'exception de quelques taxis et des silhouettes sombres habituelles se hâtant pour chercher un coin pour dormir, sur un banc de bois ou contre les grilles de Green Park. Les réverbères cédaient peu à peu la place aux arbres et aux haies.

Diana soudain se sentit inondée de plaisir par la nuit et la vitesse. Elle aimait la violence du vent qui soufflait dans ses cheveux et les rejetait en arrière.

Elle avait sans cesse conscience de la présence de Ian à ses côtés, conscience de son profil bien découpé et de ses mains puissantes sur le volant. Elle était curieuse de lui et, bien qu'ayant déjà décidé qu'elle le haïssait, elle éprouvait le sentiment encore inconnu qu'elle ne cernait pas complètement le personnage.

Diana avait eu tant d'hommes qu'elle était convaincue qu'aucun ne pourrait la surprendre. Après quelques heures passées dans la compagnie d'un homme, quel qu'il fût, elle avait l'impression de tout connaître de lui, de pouvoir anticiper chacune de ses réactions au cours d'un flirt avec lui. Quand Ian l'avait invitée à faire une promenade, elle avait pensé qu'il s'agissait d'une de celles qu'elle avait faites si souvent, à errer dans les alentours de Londres par les chaudes nuits d'été, s'attardant le long de la rivière ou à l'ombre de quelque grand arbre, séduite et amusée par la cour amoureuse à laquelle se livrait son chevalier servant jusqu'au moment où l'aube, trop rapide à venir, les ramenait en hâte à la ville.

Ce soir-là, toutefois, l'atmosphère n'était pas au flirt. Ian, en fait, semblait presque oublier sa présence. Les sourcils froncés, il était plongé dans ses pensées. Réaction bien féminine, elle désira immédiatement qu'il s'occupât d'elle; mais elle ne parla pas, et il resta distrait. Un jour ou l'autre, se dit-elle sauvagement, elle lui ferait regretter sa négligence.

La voiture roulait toujours, les phares projetant leur lumière dorée sur les routes sombres jusqu'au moment où la lune, lentement, sortit des nuages, éclairant tout d'une lumière argentée. Quand ils se trouvèrent seuls dans la campagne déserte, Ian arrêta la voiture; entre eux et autour d'eux, c'était le silence.

– Voulez-vous une cigarette? demanda Ian après un instant en sortant son étui.

Diana en prit une et il lui tendit du feu; elle leva les yeux dans la lumière de l'allumette – utilisant instinctivement un vieux truc qui n'avait jamais manqué d'attirer l'attention sur sa beauté. Mais Ian resta sans réaction, et ainsi, poussée à bout et forcée de capituler, elle fit le premier pas dans ce qu'elle appelait le « jeu ».

– Pourquoi êtes-vous si sérieux?

– Je suis désolé, répliqua Ian d'un ton léger. J'ai l'habitude d'être seul, et quand je ne le suis pas, j'oublie de surveiller mon comportement. Pardonnez-moi de vous ennuyer, ajouta-t-il en riant.

– Tout au contraire, dit Diana. Vous m'intéressez.

– J'en suis heureux. Voyez-vous, vous m'intéressez, vous aussi.

Diana eut un petit sourire intérieur de triomphe.

Pendant un moment, victime du charme de la nuit et aussi de celui de Diana devenue soudain si incroyablement douce et délicieuse, Ian fut tenté de lui parler de sa photo et de lui dire combien elle avait enflammé son imagination. Mais, prudence écossaise, ou simplement timidité naturelle d'un homme peu démonstratif, toujours est-il qu'il laissa passer l'occasion. Changeant de sujet, il posa des questions sur Ellen, et Diana, qui n'était retenue par aucune espèce de timidité, lui parla de son enfance.

Elle essaya de rendre pathétique sa situation d'enfant unique et elle y réussit. Car, bien qu'elle n'en fût pas consciente, l'histoire était, en vérité, assez triste.

Tous les enfants uniques sont à plaindre, à moins qu'ils aient des parents assez sages pour les envoyer à l'école où ils trouvent de petits camarades et apprennent à n'être pas égoïstes. Mais les parents de Diana, jugeant leur fille trop précieuse pour la soumettre à la dureté d'une quelconque formation scolaire, elle fut alors élevée entièrement par des adultes béats d'admiration; et n'ayant pour toute compagnie que des adultes, elle ignora la joie du partage et n'apprit jamais aucune leçon de modération.

Rien d'étonnant donc à ce qu'elle n'ait à présent d'intérêt que pour ce qui la concernait directement. En écoutant l'histoire de sa solitude d'enfant, Ian comprenait comment une faiblesse parentale totale, se combinant avec une beauté inhabituelle, avait formé – ou plutôt déformé – le caractère de Diana au point d'en avoir fait quelqu'un de complètement égocentrique.

Ian aussi était enfant unique, mais la perte de sa mère et une vie d'écolier l'avaient préservé du danger et l'avaient conduit à l'autre extrême : une vie dénuée d'affection profonde.

– Vous voyez donc, conclut Diana, pensant deviner dans l'attitude attentive de Ian le succès de son désenchantement affecté, à quel point j'ai été seule.

– Jusqu'au moment où vous êtes devenue une jeune fille, corrigea Ian.

– Plus maintenant, bien sûr, répondit Diana. J'ai tant d'amis. Mais quand même, parfois...

Un soupir acheva la phrase.

Il se rappela la collection d'amis qu'elle lui avait présentés à l'Embassy, et il comprit ce « parfois », bien qu'il fût assez sage pour deviner que Diana elle-même « jouait » à avoir des amis. Ils se jetaient à son cou tout en critiquant ce qu'elle faisait dès qu'elle avait le dos tourné.

Il se demandait si elle connaîtrait jamais la joie de l'amitié véritable.

Ils bavardèrent ainsi pendant peut-être une heure, puis, sans un mot gentil, sans un regard, sans un geste, sans même – pensa Diana après coup – le moindre compliment, il mit le contact et la ramena chez elle.

C'était une expérience nouvelle et surprenante. Sur le seuil, elle lui tendit la main et dit, sincère pour un instant :

– Je veux vous revoir.

6

Ronald Stewart était jaloux. Pendant trois mois, avant l'arrivée de Ian, il avait été le favori de Diana. C'était ainsi qu'il se voyait et bien que dans le fond de son cœur il eût peu d'espoir de jamais atteindre à une position plus élevée, il avait joui de sa brève victoire sur les autres prétendants.

Il était beau garçon dans le genre ténébreux un peu fat; Diana le trouvait amusant comme compagnon de table. Et Ronald, maintenant, se trouvait détrôné au profit du « chef de brousse », comme la bande de Diana avait surnommé Ian.

Jamais Diana n'avait autant négligé son petit clan. Même Rosemary, depuis quelque temps, ne la voyait presque plus; excepté durant le voyage de Ian en Ecosse, elle avait passé tout son temps avec lui.

– Que peut-elle bien trouver à ce type-là? Je me le demande, dit Ronald à Rosemary.

– Il n'a pas beaucoup d'argent, et certainement pas de conversation, répondit Rosemary. Je n'aurais jamais pensé qu'il durerait plus d'une semaine.

Ronald et Rosemary se trouvaient dans un night-club. Ils avaient terminé leur souper et parlaient encore quand Diana et Ian firent leur entrée. Elle était excessivement jolie et Ian semblait le type physique rêvé pour mettre en valeur sa beauté. Elle était blonde et petite et lui très grand, bronzé et sans aucune gaucherie en dépit de ses proportions. Mais dans l'atmosphère bruyante et artificielle d'un night-club, il donnait cependant l'impression de s'être fourvoyé.

L'orchestre était assourdissant, déversant une musique discordante sur des couples qui se balançaient en s'étreignant amoureusement, le visage congestionné par la boisson et la lourdeur de l'air; il n'y avait aucune espèce de ventilation dans ce qui, à l'origine, avait été une cave. Des serveurs, pâles, s'affairaient, portant du champagne et des plats de harengs et d'œufs qu'on consomme à Londres pour le souper, la simplicité de ce mets contrastant avec le plantureux dîner savouré quelques heures auparavant.

Des filles jeunes dansaient de façon grotesque avec des hommes qui auraient pu être leur père; de grosses femmes couvertes de bijoux respiraient avec peine dans les bras de ridicules gigolos.

C'était cela la vie, le divertissement et le soi-disant plaisir.

Un numéro de plaisanteries égrillardes et de chansons d'actualité épicées de sous-entendus indécents voulait amuser les danseurs durant la courte pause de l'orchestre. Puis de nouveau, ces marionnettes, ces parasites d'un monde civilisé se remettaient en marche, se balançant, tourbillonnant au rythme d'une musique qui achevait d'engourdir ce qui pouvait leur rester de cervelle.

La salle elle-même était somptueusement décorée, mais la plupart des ornements étaient laissés dans l'ombre par un éclairage multicolore très faible, considéré comme troublant. Les sofas disposés tout autour des murs recueillaient une collection de gens les plus divers. Quelques-uns étaient des hommes brillants occupant d'importantes positions, mais ils n'étaient pas des habitués; la soirée n'était pour eux qu'un spectacle dans lequel ils jouaient les voyeurs et se distrayaient tristement d'autres réalités plus mornes encore.

Les femmes avaient contribué au succès de cet endroit, continuant nuit après nuit à le fréquenter jusqu'au moment où l'on trouverait ailleurs quelque autre cave transformée en boîte de nuit – des femmes belles, élégantes et distinguées, ayant une position, de l'argent et des enfants, assoiffées de sensations excitantes. Leur indifférence calme et leur expression d'ennui n'étaient qu'une attitude cachant le tumulte de leurs désirs. « Donnez-nous du plaisir! » « Electrisez-nous! » « Scandalisez-nous, si vous le pouvez! » auraient-elles pu crier, jamais satisfaites, jamais rassasiées de ce plat d'indécence, de perversion du sexe et de saleté.

Une jeune fille vient d'entrer, une « débutante »; peut-être sa mère s'est-elle lassée de la chaperonner, ou peut-être a-t-elle échappé, ce soir-là, à sa vigilance. Jolie à couper le souffle, comme seule peut l'être la jeunesse dans toute sa fraîcheur, elle regarde autour d'elle; ouvrant des yeux immenses avec un peu d'appréhension, se demandant si elle aime, ou non, ce qu'elle voit. Les danseurs, la musique insidieuse dans sa brutalité, la lumière tamisée sous laquelle s'agitent des corps chauds viennent finalement d'agir sur elle. Elle rit, elle s'est décidée, elle trouve cela drôle... elle reviendra. Une autre convertie! Dans un an, elle sera une habituée, droguée comme les autres avec des sensations bon marché.

Rosemary et Ronald étaient installés dans un coin très reculé de la pièce, où les miroirs autour d'eux reflétaient à l'infini leurs profils. Ronald appartenait à ce type d'homme qui n'est à son avantage que dans un restaurant. Il était incapable de parler sans une table devant lui et l'accompagnement d'un orchestre. Ce n'est qu'un des nombreux complexes qu'on a vu naître depuis que la vie familiale n'est plus réservée qu'aux enfants et aux malades.

Une jolie femme, de la musique et de l'alcool étaient pour Ronald l'image même de la félicité. Il se croyait amoureux de Diana; mais si elle n'avait pas été la plus belle de toutes les femmes qu'il connaissait, et aussi la plus lancée socialement, il est douteux qu'il eût jamais songé au mariage.

– Eh bien, dit-il en regardant entrer Ian et Diana et en s'efforçant de rire malgré son dépit, Diana a éduqué le type. Quand il est venu pour la première fois, je crois qu'il ne savait même pas ce qu'était un cocktail.

Rosemary éclata de rire.

– Je ne pense pas qu'il y ait beaucoup de choses qu'elle ne lui ait pas apprises, répliqua-t-elle assez malicieusement, savourant sur le visage courroucé de Ronald l'effet de ses paroles.

Depuis que ses jours d'opulence avaient l'air assurés, Rosemary était un peu comme un chat bien nourri; elle sortait ses griffes et les aiguisait sur la personne qui se trouvait près d'elle à ce moment-là; mais elle était trop gâtée pour être intéressée ou émue par quoi que ce soit. Elle se contentait de garder un œil vigilant sur lord Leadhold et laissait les autres hommes aller et venir comme il leur plaisait.

Diana fit un signe de la main à Rosemary et à Ronald mais ne se dérangea pas pour venir leur parler comme elle l'aurait fait deux mois plus tôt. Puis Ian et elle se mirent à bavarder.

– Vous pensez qu'elle est amoureuse de lui? demanda Ronald.

– Peut-être. Comment le saurais-je? répondit

Rosemary. Je pense que c'est très improbable. Diana a toujours préféré le type plus théâtral – comme vous, mon cher Ronald.

– Pourquoi ne retourne-t-il pas chez lui, en Ecosse, et n'y reste-t-il pas? grommela Ronald.

– Pourquoi ne pas le lui demander? répondit Rosemary.

– J'en ai terriblement envie.

Il parlait avec une telle véhémence que Rosemary le regarda avec une légère inquiétude.

Il avait pas mal bu, et quand il était dans cet état, il lui arrivait souvent de se laisser aller à faire des choses regrettables. En le regardant, Rosemary eut l'impression que, s'il provoquait une bagarre, il aurait peu de chances de l'emporter sur Ian.

– Ne soyez donc pas ridicule, dit-elle sèchement. Vous n'y gagneriez rien, si ce n'est quelques insolences, et vous irriteriez Diana.

– Tout de même, répondit Ronald un peu calmé, c'est franchement stupide. Je ne vois plus jamais Diana.

– Nous en sommes tous au même point, répondit Rosemary. Mais donnez-lui un peu de temps et elle nous reviendra.

– Je ne demande qu'à vous croire, mais à moins que quelqu'un ne nous débarrasse de ce type, je ne vois pas comment nous pourrions la récupérer... Oh! Assez, pour l'amour du ciel. Allons-nous-en!

Il appela le garçon et demanda l'addition.

A ce moment précis, Diana parlait justement d'eux. En deux mois, son plan concernant Ian n'avait pas beaucoup avancé; et, cependant, elle n'avait pas la moindre intention de renoncer à son objectif; eût-elle été franche avec elle-même, elle aurait avoué que le jeu l'amusait. Cependant elle ne faiblissait pas.

Elle était sortie chaque jour avec Ian; ils dînaient

ensemble, allaient aux courses, se promenaient en voiture et, malgré cela, elle n'était pas certaine de l'avoir rendu plus amoureux que le premier soir.

La saison approchait de sa fin et Diana avait décidé que les choses devaient aboutir sans tarder. Dans une ou deux semaines, comme le voulaient les exigences de la vie mondaine, on quitterait Londres. Ian – elle le savait – regagnerait son fief écossais; elle-même avait reçu plusieurs invitations et n'avait pas encore décidé laquelle elle accepterait.

Déjà ses amis et, ce qui était plus important, les amis de sa mère commençaient à parler d'elle. Bien qu'ils eussent depuis longtemps renoncé à croire qu'elle se résoudrait un jour à se marier, ils ne pouvaient cependant s'empêcher de spéculer sur sa nouvelle affaire de cœur. Lasse d'être si aimable avec quelqu'un qu'elle détestait, Diana décida qu'elle devait, dans la semaine, amener les choses à leur point de non-retour. Ian devait se déclarer, ce qui lui donnerait l'occasion de le rejeter et, en même temps, de le mépriser pour désirer un amour dont il s'était moqué.

La tâche était plus ardue qu'elle ne l'avait imaginé mais elle était certaine de finir par triompher. « Je suis belle », se dit-elle en admirant son reflet dans un miroir.

Le reflet de Ronald sur cette même glace lui donna l'idée qu'une petite jalousie pourrait être utile à son plan. Elle avait souvent fait mention de Ronald dans ses conversations avec Ian, et elle le lui désigna.

– Il est vraiment adorable, et je l'aime beaucoup.

Ian considéra le jeune homme à l'air plutôt maussade, vautré à côté de Rosemary Makines.

– Vous ne trouvez pas qu'il est divin? poursuivit Diana.

– Si, répondit Ian sèchement, tout en pensant que ce dont Ronald aurait besoin, c'était d'une année de travail et d'un bon coup de pied quelque part.

Déçue par sa réponse, Diana eut une autre idée.

– Venez bavarder avec eux, dit-elle en se levant. Je n'ai pas vu Ronald depuis des semaines.

Elle traversa la salle en courant et Ian n'eut d'autre choix que de la suivre.

– Chérie, dit-elle à Rosemary, nous sommes venus faire un brin de causette avec vous. Ian trouve ma compagnie si insipide que la vôtre l'amusera certainement davantage.

Elle s'installa entre eux deux, laissant Ian près de Rosemary et se lança dans une conversation intime avec un Ronald qui ne demandait pas mieux. Il était par trop satisfait du tour inattendu que prenaient les événements pour en vouloir à Diana de sa négligence passée. Il devint animé, s'évertuant à l'amuser. Il renvoya la note qu'il avait demandée et commanda du champagne qui, la soirée étant bien avancée, fut finalement servi dans un pichet.

– Venez danser, dit-il à Diana d'un ton suppliant, sachant qu'il était là dans son élément.

C'était un merveilleux danseur, expert à murmurer des choses attendrissantes à l'oreille de ses partenaires. Diana accepta et ils ne tardèrent pas à évoluer au rythme de l'orchestre, donnant visiblement l'impression de s'amuser; mais Ian ne montra pas le moindre signe de ce qu'il pouvait éprouver et continua à s'entretenir poliment avec Rosemary. Ce ne fut que lorsqu'ils regagnèrent la table qu'il se trahit en déclarant à Diana :

– J'espère que vous m'excuserez si nous partons maintenant – à moins que vous teniez à rester avec vos amis? Je dois me lever de bonne heure demain matin et je ne veux pas être en retard.

– De bonne heure, pourquoi? demanda Diana.

– Je dois m'absenter pour un jour ou deux.

Soulagée, mais un peu vexée qu'il ne lui en ait rien dit plus tôt, Diana se leva, sachant qu'il était inutile de discuter avec lui. Elle avait déjà appris que Ian rentrait toujours chez lui quand il en avait envie.

– Bonne nuit, chérie, dit-elle à Rosemary. Je vous verrai demain, Ronald.

Ennuyée de partir si tôt, mais ne voulant pas rester seule, elle s'engouffra dans le taxi qui attendait.

– Vous n'êtes pas fâché que j'aie dansé avec Ronald? lui demanda-t-elle.

– Pourquoi le serais-je? dit Ian d'une voix totalement neutre.

– Je me demande si je vais l'épouser.

– Vous êtes seule à pouvoir en décider, répondit Ian.

Toutefois, il fut pris de peur. Il n'avait pas voulu tomber amoureux de Diana. Après leur première rencontre, il l'avait jugée vide et méprisable; mais en la voyant souvent, il avait appris que, sous l'apparence artificielle, se cachait un vrai caractère et un charme qu'aucun homme n'avait encore découverts. L'exploration l'avait toujours séduit. La détermination qu'il avait déployée dans un pays vierge, il l'appliquait maintenant à dégager le cœur qu'il sentait derrière la barrière d'indifférence et de vanité.

A mesure que les jours passaient, il s'éprenait davantage de Diana; il finit par comprendre que la situation était maintenant sans espoir, en ce qui le concernait. Elle avait gagné son amour. Il se jura, toutefois, qu'il n'en laisserait rien paraître, jusqu'au moment où il saurait s'il l'intéressait ou non. Il n'allait pas se rendre ridicule et se faire rejeter comme les autres. Bien qu'elle se montrât charmante avec lui et semblât toujours ravie de sa compagnie, il ne croyait pas qu'elle ait encore aucun vrai sentiment pour lui.

En dépit de l'indifférence apparente qu'il avait montrée, sa patience, ce soir, avait été mise à rude épreuve. Ronald lui avait déplu et il n'avait pu s'empêcher d'être jaloux de lui, comme de n'importe quel homme à qui elle se serait intéressée. Il savait qu'elle était gâtée et ne lui avait pas encore pardonné au sujet de Jack, mais il croyait fermement qu'une fois loin de son monde superficiel elle se révélerait.

Sa passion à lui n'était pas celle, impétueuse et aveugle, d'un jeune homme qui ne sait rien de la nature humaine, mais l'amour profond d'un homme mûr, plein d'expérience, qui n'espère pas rencontrer la perfection, mais connaît et aime même les défauts de l'être aimé.

Et ainsi, après réflexion et les yeux grands ouverts, Ian avait l'intention, finalement, d'épouser Diana.

Il la voulait. Sa beauté le ravissait. Il aimait sa grâce, son sourire avec la vénération du véritable amour; son impuissance à faire les choses par elle-même, sa faiblesse lui inspiraient une immense tendresse; le toucher de sa main à la peau si douce, le magnétisme de son corps superbe, son cou blanc et sa gorge le faisaient trembler de désir. Mais, en même temps, il n'oubliait pas ses imperfections; il détestait ses éclats soudains d'humeur et haïssait les trivialités qui l'amusaient.

Ils restèrent silencieux dans le taxi qui les ramenait à Grosvenor Square; quand il s'arrêta, Diana se tourna vers Ian.

La lumière des réverbères de la rue tomba sur ses cheveux et sur son épaule blanche de laquelle sa cape d'hermine avait glissé; sa main toucha légèrement la main de Ian et il y eut dans l'air un faible parfum un peu troublant.

– Si vous partez demain, dit-elle gentiment, ne pensez-vous pas qu'il vaudrait mieux me dire au revoir?

Elle leva son visage vers lui et aucun homme n'aurait pu se méprendre sur son invitation. Mais, sans un mot, Ian ouvrit la porte du taxi et l'aida à sortir. Prenant la clef qu'elle tenait, il monta les marches du perron.

Diana le suivit, étouffée par la fureur. Puis, comme la lourde porte s'ouvrait et que Diana, passant devant lui, entrait dans le hall obscur, il la suivit et avant qu'elle ait eu le temps de se retourner, il l'avait prise dans ses bras.

Il chercha ses lèvres et l'embrassa, non pas brutalement, mais avec une intensité de passion qu'elle n'avait encore jamais connue.

Puis il la libéra et, avant qu'elle eût retrouvé son souffle, la porte claquait derrière lui.

7

Pour Ian, ce baiser avait eu une énorme importance. Pour Diana, le premier moment de surprise passé, il constituait simplement un autre pas en avant vers le triomphe. Elle alla se coucher, les joues encore en feu, mais elle oublia bien vite Ian dans un sommeil paisible et sans rêves.

Lui, passa le reste de la nuit à déambuler à travers les rues désertes, rencontrant ici et là un policier ou une prostituée malchanceuse.

Il comprenait maintenant à quel point il aimait Diana; sa nature avait été refoulée pendant tant d'années. Il avait réprimé et étouffé tous ses sentiments et ses instincts avec une rigueur toute écossaise; mais, maintenant, comme un volcan en éruption, ils jaillissaient en une passion débordante et avec une force dont il n'était pas maître.

Il voulait Diana et avait l'intention de l'avoir. Durant des années, il avait réalisé, par sa seule détermination et sa volonté, ce que d'autres estimaient impossible. Il avait entretenu ses forces intérieures en menant tout combat engagé jusqu'à la victoire. Et ce pouvoir accru était dirigé maintenant vers quelque chose qu'il désirait davantage que tout.

A l'aube, il rentra à l'hôtel. Quand il s'éveilla après

quelques heures de sommeil, le soleil brillait à travers les fenêtres dont les rideaux étaient demeurés ouverts.

Avec le breakfast il trouva plusieurs lettres; la plupart étaient des invitations d'amis de son père, impatients de le connaître. Une de son garde, en Ecosse, l'assurait que la grouse serait bonne à tirer vers le 12. Une autre lui fit froncer les sourcils; elle était de Mrs Melbourne qui, rentrant d'Amérique, demandait à le voir pour avoir des détails sur la mort de Jack.

Il trouva désagréable, ce matin-là, ce rappel de la mort de Jack. Il tenait à oublier le rôle que Diana avait joué dans cette malheureuse histoire. Jack, s'il ne l'avait pas connue, aurait mené la vie d'un Anglais moyen; il aurait chassé, pêché, se serait marié finalement, se serait établi à la campagne où il aurait coulé une existence tranquille avec sa femme et ses enfants.

Ian pensait à lui maintenant, pensait à cette tombe solitaire dans la jungle, avec au-dessus d'elle, après que les boys l'eurent creusée, les charognards battant des ailes. Quoi qu'il arrive, rien, jamais, ne pourrait lui faire oublier les mois heureux qu'ils avaient passés ensemble, et il se souviendrait toujours de ce visage enfantin déformé par le dernier spasme de l'agonie.

Son devoir était clair. Il devait voir Mrs Melbourne, et le plus tôt serait le mieux. Avec sa courtoisie habituelle, il annula les arrangements pris en vue de son départ de Londres et téléphona à l'appartement de Mrs Melbourne pour dire qu'il serait là à midi.

Cependant, malgré tous ses efforts, il ne pouvait oublier – ne fût-ce qu'un instant, même avec le souvenir de Jack tourmentant son esprit – ce baiser de la nuit précédente. Il était là, encore brûlant sur ses lèvres, et il sentait encore ce corps mince blotti dans ses bras, revoyait l'expression effrayée qu'elle avait eue alors, le mystère de ses yeux qui le fixaient, et sa tête rejetée en arrière se détachant sur la porte en verre. Et il lui semblait retrouver le parfum de ses cheveux et la douceur de sa joue contre la sienne.

Toutefois, c'est un homme assez dégrisé qui se rendit à Belgrave Square et fut introduit auprès de Mrs Melbourne, une femme petite et frêle aux cheveux gris et aux gestes nerveux. Elle lui tendit la main et, d'une voix aimable, l'invita à s'asseoir.

Devinant immédiatement ce que Jack avait représenté pour elle, il comprit que sa tâche allait être délicate. Tout dans cette pièce parlait de lui. Une immense peinture à l'huile était accrochée au-dessus de la cheminée : Jack en tenue kaki souriant à Ian, et si vivante était sa présence qu'il donnait l'impression d'être là dans la pièce. Partout des photos de lui à tous les âges, bébé, écolier, puis avec son équipe de rameurs et, plus tard, en uniforme. Mrs Melbourne était vêtue de noir; il était évident qu'elle portait encore le deuil de ce fils qu'elle ne reverrait plus.

Ian commença l'histoire de l'arrivée de Jack en Afrique, qu'il conta assez rapidement jusqu'au moment où il arriva aux tragiques circonstances de sa mort. Son intention était de tout dire à Mrs Melbourne, mais il découvrit qu'il lui était impossible de mentionner Diana. Il ne prononça jamais son nom tout en jugeant comme une lâcheté d'omettre les derniers mots de Jack.

Quand il eut achevé, Mrs Melbourne s'essuya les yeux. Il lui fallut un moment pour contrôler sa voix, puis elle finit par demander :

– Vous avait-il jamais parlé de son amour pour Diana Stanlier?

Ian hésita.

– Oui, finit-il par dire. Il l'a mentionné.

– Elle l'a envoyé à la mort, dit Mrs Melbourne en se mettant debout.

– Peut-être vous trompez-vous dans votre jugement, dit Ian d'une voix calme. Elle ne pouvait pas épouser Jack si elle ne l'aimait pas. Je crois que Jack lui-même le comprenait.

– C'est le type de femme dont toute vraie mère aurait peur de voir son fils tomber amoureux, dit Mrs Melbourne. Elle l'a attiré, puis encouragé. Vous ne savez pas, Mr Carstairs, combien de nuits je l'ai entendu aller et venir dans sa chambre, incapable de trouver le sommeil. Une mère sait. Et je savais à quel point elle le rendait malheureux! (Ian se taisait, Mrs Melbourne reprit :) Je demandais à Dieu qu'il s'en guérisse, et quand enfin il parla de partir pour l'Afrique, je le compris et pensai que là était peut-être la meilleure solution. J'espérais le voir revenir après quelques années, guéri de cette passion qui avait empoisonné sa vie. Il était tout ce que j'avais. Mon mari est mort il y a quelques années, Jack et moi étions inséparables. Je crois pouvoir dire qu'il m'était complètement dévoué jusqu'au jour où il rencontra Diana Stanlier. Les choses, dès lors, ne furent plus les mêmes. Son caractère changea du tout au tout; il devint maussade, nerveux, et – ce qui était plus grave et me brisait le cœur – il était malheureux. Pourquoi, s'il ne l'intéressait pas, ce dont on ne pouvait la blâmer, ne pas l'avoir renvoyé tout de suite? Mais elle ne l'a pas fait. Elle s'est servie de lui et quand elle en a été lasse, elle l'a rejeté comme un objet devenu inutile.

Ian ne répondit rien. Qu'aurait-il pu dire? Le silence, entre eux, dura quelques minutes jusqu'au moment où Mrs Melbourne reprit la parole avec autant d'amabilité qu'au début de leur entretien.

– Pardonnez-moi, dit-elle, mais voyez-vous, j'adorais mon fils.

– Je comprends, dit Ian. Je sais ce que vous devez éprouver. C'est terrible. J'aimais Jack, moi aussi, et quand sa mort m'a permis de vivre, je me suis juré de faire n'importe quoi pour lui et pour ceux qu'il aimait.

– Vous voulez dire que vous ferez quelque chose pour Diana Stanlier? demanda Mrs Melbourne d'un air incrédule.

– Certainement, répondit Ian avec véhémence. N'oublions pas que Jack l'a aimée. Pour inspirer l'amour d'un être comme Jack, elle ne pouvait pas en être complètement indigne. Jack, vous le savez, était quelqu'un de courageux, de droit. Il avait appris, élevé par vous, à distinguer le bien et le mal, la sincérité et le mensonge. Il y a de la sincérité en Diana et il le savait. Espérons qu'elle la découvrira avant qu'il ne soit trop tard.

– Vous voulez dire avant qu'elle n'ait envoyé d'autres hommes à leur perte, dit Mrs Melbourne avec amertume.

Ian ne répondit pas.

Il passa plus d'une heure en sa compagnie. Elle parla longuement de Jack, de toutes les choses tendres qu'une mère se rappelle et qu'elle chérit comme des trésors. Elle lui montra d'innombrables photos de Jack, ce qui eût été fort ennuyeux pour quelqu'un qui ne l'aurait pas aimé comme Ian. Mais il comprenait le besoin qu'elle avait de confier son chagrin à quelqu'un qui avait été l'ami de son fils.

Jack avait si souvent parlé de Ian dans ses lettres qu'elle l'avait adopté et savait de lui qu'il était un homme parfait que son fils trouvait admirable. Ian, voyant maintenant quelques-unes de ces lettres, ne pouvait s'empêcher d'être touché en se rendant compte à quel point le jeune homme l'avait idéalisé, faisant de lui un héros; mais il éprouvait aussi un peu d'humilité, car par quels mots de gratitude pouvait-il répondre à une telle affection?

Et cela lui rendait intolérable l'idée de quitter Mrs Melbourne torturée par la pensée de son fils gisant dans cette tombe solitaire, avec Diana qui s'amusait, jour après jour, dans le tourbillon d'une gaieté irréfléchie et insouciante. Il luttait intérieurement, non seulement parce qu'il était épris de Diana, mais parce qu'il souhaitait que Mrs Melbourne trouvât la paix de l'âme, et que la joie d'une pensée charitable lui inspirât des sentiments plus justes que cette haine qui, bien qu'il la comprît, lui semblait pitoyable.

Mais ce fut sans succès, et quand il se retrouva dehors, il n'était pas certain de partager les sentiments de la mère de Jack.

L'entrevue avait accru sa détermination de sauver Diana d'elle-même, non seulement parce qu'il l'aimait, et parce qu'il croyait trouver le bonheur avec elle, mais parce qu'il la considérait comme digne d'être sauvée, ce qui n'était pas le cas de la plupart de ses contemporaines.

Il connaissait l'histoire des Stanlier, comme pouvaient la connaître tous ceux qui s'intéressaient à l'histoire de l'Angleterre, et il avait assez de psychologie pour se rendre compte que Diana avait hérité, dans une large mesure, de la qualité qui avait valu le respect au nom de ses aïeux.

Ce même soir, Ian se rendit à Hellingly, dans le Sussex, pour retrouver un homme qui l'aidait à acheter des pur-sang pour Ronsa. Ian comprenait les animaux qui, eux aussi, le comprenaient, et s'il croyait en Diana c'était parce qu'elle aussi aimait les chevaux et les chiens. C'était une superbe cavalière. Ian avait souvent monté avec elle, de bonne heure le matin. Un jour qu'ils étaient allés à Newmarket chez un ami, elle avait aidé à promener les chevaux, lançant au galop des bêtes qu'elle ne connaissait pas, avec le courage et l'assurance d'une amazone-née.

La seule fois où Ian ait jamais vu Diana laisser paraître une émotion fut à la mort de son chien. Ce jour-là, ils étaient allés à la campagne dans la voiture de course de Ian; ils rentraient, Diana au volant, quand, soudain, arrivant à Grosvenor Square, ils virent un attroupement devant la maison.

– Un accident, dit Diana. Il ne se passe pas une heure sans qu'il y en ait un en face de la maison... un vrai cauchemar.

En s'approchant, ils virent qu'un taxi rangé près du trottoir était visiblement dans son tort.

– Restez ici, lui avait dit Ian. Je vais voir si quelqu'un est blessé.

Diana arrêta la voiture et attendit son retour. Elle était incapable de supporter le moindre accident et la vue du sang la rendait physiquement malade. Ian s'avança parmi la foule et vit avec horreur que Swona, le chien de Diana, gisait dans le caniveau. Il respirait encore faiblement, mais il était évident qu'on ne pouvait plus rien pour lui.

– Il s'est jeté sous mes roues, répétait inlassablement le chauffeur de taxi à qui voulait l'entendre.

Ian essaya de soulever le chien, mais Diana, sortie de la voiture, venait de rejoindre Ian; agenouillée dans le caniveau, elle posa la tête de Swona sur ses genoux. Elle était très pâle, mais elle ne pleura pas, laissant seulement échapper un petit sanglot quand le chien ouvrit les yeux en sentant une main familière.

En voyant sa maîtresse, il fit un petit effort attendrissant pour remuer la queue, puis tandis que

Diana le caressait en parlant doucement, il eut une légère convulsion et retomba mort.

Ian avait pris le chien dans ses bras et ramené à la maison une Diana complètement hébétée; plus tard, il avait enterré le petit cadavre.

Ce ne fut que seule avec Ellen que Diana se laissa aller à pleurer. Ian, revenant lui dire ce qu'il avait fait, l'avait trouvée qui sanglotait, le visage enfoui contre l'épaule de la vieille dame.

C'est à Hellingly qu'il avait vu pour la première fois le cheval gris qui devait, plus tard, jouer un rôle mémorable dans sa vie et dans celle de Diana. Son intention était de n'acheter que des poulinières; puis, il avait vu Starlight et n'avait pu résister. Le splendide animal était un pur-sang arabe; à peine Ian avait-il vu ses allures et surtout son galop qu'il désira l'avoir. Bien que cela lui semblât une faiblesse d'excuser ainsi pareille extravagance, il imagina Diana montant Starlight... Comme elle serait belle sur le superbe cheval! Et il la vit chevauchant à ses côtés à travers les landes de Ronsa.

La tentation était irrésistible; il y céda et acheta la bête, en dépit de la somme énorme qu'on lui en demandait. Puis, ayant fait les arrangements concernant le transport des chevaux à Ronsa, il regagna Londres le jour suivant.

Il était impatient de revoir Diana, d'entendre sa voix, de voir son joli visage se lever vers le sien; et il aspirait à renouveler cette rapide étreinte dont il gardait le souvenir.

Il lui téléphona sitôt arrivé et fut ravi d'entendre sa voix lui répondre avec sa gaieté et sa vitalité coutumières.

– Dîner avec vous? répéta Diana. J'adorerais! Et votre vagabondage dans la campagne? Agréable?

– Vous m'avez manqué, répondit Ian, presque

sans le vouloir – un aveu assez inhabituel chez lui.

Il entendit le rire de Diana.

– J'en suis ravie, dit-elle. Je pensais n'être rien de plus pour vous que de l'eau sur le dos d'un canard. Avez-vous vraiment pensé à moi?

– Je vous le dirai ce soir, dit Ian en raccrochant.

« Cette fois, je le tiens! » pensa Diana, qui se sentit gagnée par l'excitation.

Elle était bizarrement heureuse, essoufflée en même temps qu'impatiente de voir les heures passer. Elle s'habilla avec un soin particulier; quand elle fut enfin prête, elle ne monta pas chez Ellen. Elle eut l'impression qu'elle ne pourrait pas supporter d'entendre sa vieille nourrice faire l'éloge de Ian. Elle se dit qu'elle le haïssait et ne tenait pas à entendre des compliments sur lui au moment où elle s'apprêtait à l'accueillir. Ce soir, la vengeance allait être vraiment douce.

La femme de chambre préparait les bagages de Diana qui, bien qu'elle ne l'ait pas dit à Ian, partait le lendemain pour la Côte d'Azur, où elle devait voir beaucoup de gens. La femme de chambre ferait suivre les bagages importants, Diana partait en avion à midi.

Elle avait son avion personnel qu'elle pilotait elle-même, mais, quand il s'agissait d'un voyage assez long, ses parents exigeaient qu'elle fût accompagnée par un mécanicien. C'était un avion biplace, gris argent avec une ligne bleu sombre. Elle passerait une ou deux nuits à Paris et emportait avec elle une valise. Habituée à ces voyages, la femme de chambre était devenue experte dans l'art d'emballer une quantité de choses dans un espace réduit.

Arrivée au bas de l'escalier, elle resta un instant adossée à la porte de la bibliothèque. Son cœur battait à l'idée d'une vengeance qu'elle savourait déjà. « Je l'ai eu », se dit-elle en elle-même. Et elle entra dans la pièce avec un sourire exquis.

8

Ils choisirent, ce soir-là, de dîner simplement dans un grill-room. Le repas achevé, Ian parla des chevaux qu'il venait d'acheter et de ses projets pour l'Ecosse. Puis, profitant d'une courte pause dans la conversation, Diana annonça :

– Je pars demain pour Paris et ensuite le midi de la France. Ma première visite est pour Violet Longden. (Ian semblant intéressé, elle poursuivit :) J'espère que Ronald y sera, il y est presque toujours.

Ian ne mordit pas à l'hameçon.

– Ce sera amusant, se contenta-t-il de dire.

Elle était vraiment ravissante, ce soir-là, bien qu'ayant l'air un peu lasse. La saison qu'elle avait passée à s'amuser avait été épuisante pour elle. Elle avait de grands cernes sous les yeux et était d'une pâleur que Ian ne lui avait jamais vue. Cet air de lassitude lui seyait; mais Ian considérait qu'elle avait tort de noircir ainsi ses cils et d'employer un rouge à lèvres aussi agressif. Elle avait à l'état naturel un teint merveilleux et n'avait vraiment nul besoin de se maquiller à ce point, mais, comme un mouton, elle obéissait aux impératifs des experts en beauté.

Pensant soudain à Jean Ross, Ian la compara à Diana. Il se demanda à quoi elle ressemblerait si elle était maquillée comme Diana et habillée de vêtements luxueux. Il détestait ce qui était artificiel, mais surtout l'excès de maquillage. C'était dû, en partie, à un incident survenu en Egypte. Il s'était arrêté à Louqsor au cours d'un voyage dans le désert; avec lui se trouvait un jeune homme qui venait d'arriver d'Angleterre.

Tony Tyson était un charmant garçon qui passait quelques jours de vacances avec Ian avant de regagner Manchester où son père dirigeait une importante usine. Très jeune, il n'avait pas beaucoup de contacts et Ian avait promis à son père de s'occuper de lui au cours de ce voyage. Mr Tyson lui ayant rendu service à diverses reprises, Ian était ravi d'avoir l'occasion de l'obliger à son tour; Tony lui était sympathique et il aurait, de toute façon, fait l'impossible pour lui.

Après un jour ou deux consacrés à la visite des tombes et des temples, ils trouvèrent plus amusant de jouer au tennis dans les jardins du Winter Palace, ou de se promener sur le Nil en canot à moteur. Mais ce qui emballa Tony, ce fut le célèbre charmeur de serpents qui les emmena dans les jardins abandonnés du Grand Hôtel, complètement détruit par un incendie plusieurs années auparavant, et fit sortir de leurs trous, et charma, deux cobras et un scorpion. C'était un charmeur authentique, mais pour le contraindre à prouver son pouvoir, ils emmenèrent le vieil homme en voiture dans le désert, et là, à des lieues de chez lui, ils le mirent en demeure de renouveler son exploit. Presque immédiatement, il découvrit quatre serpents qu'il rapporta triomphalement à Louqsor.

Ian fut malheureusement obligé de se rendre au Caire pour une affaire importante; il y passa vingt-quatre heures et découvrit, à son retour, que Tony avait fait la connaissance d'une femme résidant à l'hôtel.

C'était une brunette piquante d'âge incertain – le genre de femme qui a passé une partie de sa vie en Orient à errer d'hôtel en hôtel sans autre objectif apparemment que celui de faire de nouvelles connaissances. Ses cheveux sombres étaient séparés par une raie au milieu, style madone. Elle avait de très longs cils, noircis, bien sûr, et la pâleur cireuse de ses joues était dissimulée sous un rouge vif, mais habilement appliqué. Ses lèvres peintes à l'excès parurent grotesques à Ian, mais devaient manifestement attirer les très jeunes hommes.

Olive Philips – c'était son nom – portait d'étranges vêtements exotiques; mais leur coloris et leur forme lui allaient. Ian comprit rapidement que Tony était épris. Il en fut navré, car Tony était un garçon honnête et sain, et Ian éprouvait une aversion instinctive pour Mrs Philips. « Elle doit être assez âgée pour être sa mère », pensait-il. Mais il n'avait pas le moyen de s'en assurer.

A mesure que les jours passaient, Ian voyait de moins en moins Tony. Chaque matin, il avait un prétexte pour disparaître sur le Nil avec sa nouvelle amie dont il devenait visiblement de plus en plus épris. Ian finit par lui parler. Il avait entendu beaucoup de choses assez désagréables sur la dame en question, non pas qu'il accordât une grande confiance aux cancans, mais les sources de cette information étaient, pour une fois, absolument dignes de confiance.

– Vous vous rendez ridicule, mon jeune ami, lui dit-il un soir, aussi gentiment que possible.

– C'est ma vie et j'en fais ce que je veux, répondit Tony. Si vous croyez que je vais retourner à Manchester à la fin de la semaine dans cette usine, vous vous trompez bigrement. Je vais partir avec Olive, nous irons ensemble à Assouan et, là-bas, je vais la rendre heureuse. Sa vie a été dure, ajouta-t-il.

Ian éclata d'un rire plein de tristesse.

– Elles ont toujours eu une vie dure, dit-il sèchement.

– Je sais que vous ne l'aimez pas, et si vous pensez que je me rends ridicule, eh bien, je m'en moque, dit Tony avec force. J'aime Olive et elle m'aime, et c'est sûrement suffisant pour n'importe quel homme.

Voyant le jeune homme aussi sérieux, Ian redevint grave :

– Et votre père? dit-il en pensant au vieil homme, qui adorait son fils unique qu'il comptait bien voir reprendre l'usine très bientôt et en assumer les responsabilités.

Tony sembla hésiter un instant.

– Je pars avec Olive, dit-il. Son mari, m'a-t-elle assuré, lui accordera le divorce, et nous pourrons nous marier.

– Je ne vois pas très bien comment vous pourrez la faire vivre si votre père vous coupe les vivres, dit Ian.

– Il ne le fera pas, et même s'il le faisait, cela ne changerait rien pour Olive.

Pour Ian, ce n'était pas certain du tout, mais il n'avait aucune preuve, et constatant qu'il n'y avait plus grand-chose à dire, il alla se coucher. Mais il ne s'endormit qu'à l'aube. Toute la nuit il resta à retourner dans sa tête ce nom de « Philips ». Il lui rappelait vaguement quelque chose et, tout à coup, il se souvint.

Deux jours plus tard, ils étaient assis tous trois pour dîner. La salle à manger du Winter Palace donnait sur le Nil et sur les collines au delà où, dans la Vallée des Rois, les tombes avaient fait l'objet de fouilles. Dehors, c'était une de ces nuits immobiles et violacées qu'on ne trouve qu'en Orient, mais personne n'y prêtait attention, car à l'intérieur, il y avait des lumières et des rires.

C'était un dîner de gala, et les gens étaient venus d'autres hôtels. L'orchestre jouait l'air en vogue à travers le monde – du « hot », cette musique américaine syncopée – et un musicien en chantait les paroles d'une voix nasillarde.

Mrs Philips, dans une robe moulante en brocart bleu paon, avec de longues émeraudes aux oreilles et des bagues assorties ornant ses mains – des mains avides, pensa Ian, aux ongles pointus comme des griffes –, tenait le jeune Tony sous le charme.

Ian était renversé sur sa chaise et observait la scène d'un œil froid. Il souriait, amusé par les Américains qui, en dansant sur des musiques dont ils étaient les créateurs, s'imaginaient découvrir la vie orientale. La nourriture qu'on leur servait était la même qu'à Paris, Londres ou New York, et les gens qui dansaient autour de lui croyaient tous qu'ils en avaient pour leur argent. Ils allaient d'un Ritz à l'autre retrouver la même atmosphère, les mêmes gens et le même personnel.

Les prix, ce soir-là, avaient augmenté – ce qui est habituel lors d'une soirée de gala –, exception faite du geste somptueusement généreux de la direction donnant quelques chapeaux de papier et serpentins; l'ensemble se montait peut-être à une dépense de quelques francs par invité, alors qu'on avait triplé le prix du dîner.

Toutefois, les gens semblaient satisfaits. Des femmes qui, chez elles, étaient des ménagères, portaient des casquettes de jockey et lançaient des serpentins à de parfaits inconnus. Des hommes qu'on respectait comme des magnats pleins de dignité soufflaient dans de petits sifflets de fer-blanc et s'étaient coiffés d'un bonnet d'âne qui dissimulait leurs cheveux gris. Et, tandis que la fête battait son plein, Ian observait Tony et se sentait triste en songeant à tout ce qu'il lui faudrait encore apprendre avant d'être capable de faire la différence entre l'or et les scories.

Lors d'une courte pause de l'orchestre, un homme mince à l'air nerveux apparut à l'entrée. Vêtu d'un costume de toile poussiéreux, il arrivait visiblement de voyage et paraissait fatigué. Il jeta un regard sur la foule gaie, qui, à part quelques personnes, ignora sa présence. Et ses yeux soudain découvrirent Ian. Il alla vers lui et lui tendit la main :

– Oh! bonjour, Carstairs. Je suis content de vous voir. Mais le voyage a été infernal pour venir ici. (Puis il vit Olive.) Eh bien, mère, dit-il, quelle surprise!

Sous son maquillage, le visage d'Olive devint blanc comme un linge. Sa gaieté aussitôt disparue, elle eut une expression furieuse qui la vieillit de vingt ans en un instant.

– Que fais-tu ici? demanda-t-elle avec dureté.

Mais avant qu'il n'ait eu le temps de répondre, Tony, avec la gaucherie de la jeunesse, avait lancé :

– Votre fils!

Puis il s'était levé.

Ian jeta un regard sur la femme folle de fureur et présenta les deux hommes.

– C'est Jim Philips, dit-il à Tony. Il a travaillé pendant ces huit dernières années dans l'intérieur du pays. Et je crois que la vie y a été dure, n'est-ce pas, Jim? Mais nous, les pauvres, ne pouvons pas choisir.

Le regard que Ian lança sur les bijoux d'Olive et sur la robe de prix n'échappa pas à Tony.

C'était vraiment le hasard qui voulait que Ian se soit souvenu d'un poste isolé où il avait passé une semaine, il y avait de cela quelques années; le hasard seul encore, qui lui avait permis d'apprendre – son hôte étant cloué au lit par la malaria – que Jim Philips envoyait toujours son argent à sa mère et que les chèques étaient payables à « Mrs Philips ». C'était un nom assez commun; mais il y avait une vague ressemblance entre la mère et le fils, et quand Ian eut fait le rapprochement, il fut certain de ne pas se tromper.

C'est un Tony quelque peu désillusionné qui regagnait Manchester une semaine plus tard, et Ian, depuis ce moment, avait détesté les femmes maquillées à l'excès. Ce qui se terminait en comédie aurait fort bien pu tourner à la tragédie pour le jeune homme; mais si Ian s'était fait une ennemie, en revanche, il avait à Manchester un ami pour la vie.

Tout en regardant Diana sortir son rouge à lèvres – un petit étui en émail, serti de diamants –, Ian pensait qu'elle serait plus jolie sans aucun maquillage mais, en homme sage, il garda le silence, sachant que, dans ce domaine-là, les mots n'ont jamais convaincu aucune femme.

Leur dîner avait été silencieux; l'atmosphère entre eux semblait tendue et rappelait le calme qui précède la tempête. Ils partirent; la voiture de Ian était à la porte du restaurant. Il n'était pas tard, 11 heures seulement, et Diana fut surprise qu'il la reconduisît chez elle; mais elle ne dit rien et, comme ils arrivaient à la porte, Ian demanda :

– Puis-je entrer un moment? Je veux vous parler.

– Certainement, dit-elle.

Et elle le précéda dans son salon personnel.

C'était une pièce petite, mais délicieusement meublée, avec les couleurs que Diana aimait – des murs d'un vert marin et un ton flamboyant pour les rideaux et les divans doux et profonds. Elle alluma deux lampes qui donnaient une lumière tamisée. La fenêtre ouvrait sur le balcon et la brise de la nuit agitait les rideaux, tandis que le bruit des voitures, assourdi par la distance, leur parvenait transformé en léger bourdonnement.

Elle lui offrit une cigarette, que Ian refusa; debout devant la cheminée, il paraissait nerveux. Diana s'assit sur un divan dont le brocart brillant mettait en valeur sa robe blanche toute simple. Comme une enfant sage, elle joignit les mains sur ses genoux et attendit.

Ian, enfin, ouvrit son cœur.

– Je vous aime, Diana, dit-il. Quand je suis venu ici pour la première fois, j'étais prêt à vous aimer; vous m'aviez déjà charmé et attiré, bien que nous ne nous soyons pas encore rencontrés. Puis j'ai été frappé par votre dureté et votre manque de sensibilité et je crois que, pendant un temps, je vous ai haïe. Mais je sais, maintenant, que vous avez un cœur, et je le désire. Je vous aime, Diana, vous êtes belle, mais vous êtes plus que cela. Je veux que vous m'aimiez, et je veux que vous m'épousiez.

Il parlait calmement, mais il y avait dans sa voix quelque chose de terriblement profond qu'aucune femme avant elle n'avait entendu.

Diana était assise, absolument immobile, les yeux baissés avec, sur les lèvres, l'ombre d'un sourire. Ian s'avança, s'agenouilla auprès d'elle et enlaça son corps qui s'abandonnait.

– Répondez-moi, chérie, dit-il d'une voix troublée, répondez-moi.

Elle le laissa l'étreindre, l'espace d'un instant,

puis elle se dressa brusquement et lui fit face; ses yeux étincelaient, ses joues étaient empourprées et son corps tremblait d'une fureur intérieure.

– C'est là où je voulais vous voir! cria-t-elle. C'est là que j'avais projeté de vous amener. A genoux, comme vous êtes; c'est là que j'avais décidé de vous voir, un jour!

Ian se raidit, puis se releva très lentement.

– Que voulez-vous dire? demanda-t-il d'une voix calme et grave.

– Vous m'avez méprisée, vous m'avez insultée le premier jour où vous êtes venu ici, répondit Diana. Vous avez parlé de « mon genre d'amour »; je me suis juré, ce jour-là, que vous demanderiez cet amour, que vous le souhaiteriez, et j'ai réussi! (Elle éclata d'un rire sauvage.) A genoux, vous l'avez demandé, cet amour que vous railliez... C'est mon tour maintenant. Je vous déteste, je vous hais! Vous pouvez partir maintenant, et je ne veux plus jamais vous revoir!

Toujours debout, Ian la regardait fixement. Il était rare qu'on l'ait vu s'emporter; mais sous ce contrôle sévère, se cachait le tempérament farouche et fort du Highlander (1). Poussé à bout, il était impitoyable. Il ne se froissait jamais, et il était difficile, si les choses ou les gens l'ennuyaient, de l'amener au delà d'une certaine gravité un peu triste. Mais, à l'occasion, si l'on venait à l'offenser, le sang que lui avaient légué, l'une après l'autre, des générations de vaillants chefs de clan – ses aïeux – le rendait vraiment redoutable.

Diana, maintenant, prenait vaguement conscience de ce qu'elle avait fait, car, dans le regard de Ian, se lisait la fureur de l'homme ulcéré et qui se contrôle

(1) Montagnard écossais. *(N.d.T.)*

avec difficulté. Pendant un moment, elle attendit, muette de peur, mais, sans dire un mot, il se détourna d'elle et sortit rapidement.

Elle triomphait, elle avait atteint son objectif; mais curieusement elle se sentait lasse et sans joie.

9

Elle s'éveilla le lendemain dans l'agitation qui accompagne toujours les voyages. Lord et lady Stanlier partaient eux aussi, mais pour New York; ils allaient rendre visite à la sœur de lady Stanlier, mariée à un Américain et qu'ils n'avaient pas vue depuis plusieurs années.

Ils firent de tendres adieux à leur fille, laissant quelques instructions vaines concernant son bien-être. Sitôt ses parents partis, Diana prit ses bagages à main et se prépara elle aussi à quitter la maison.

– Je serai de retour dans un mois environ, Janet, dit-elle à sa femme de chambre.

– J'espère, miss, que vous aurez des vacances agréables.

Janet, inspectant une dernière fois le manteau de Diana, en fit tomber un grain de poussière invisible, et l'accompagna jusqu'à la voiture qui devait la conduire à l'aérodrome de Hanworth. Comme elle s'apprêtait à partir, le maître d'hôtel descendit l'escalier en courant.

– On vous demande au téléphone, miss, de l'aérodrome de Hanworth.

Diana rentra en hâte.

– Allô?

– Est-ce lady Diana Stanlier? demanda quelqu'un.

– Oui. Vous désirez me parler?

– C'est de la part de votre pilote. On signale du brouillard sur la Manche et il souhaiterait pouvoir partir aussitôt que possible. L'avion sera prêt dès votre arrivée, si vous voulez bien vous rendre tout de suite au terrain.

– Merci. Je comprends très bien, répondit Diana. Dites à Stephens que je serai là aussi vite que possible.

– Merci, miss.

L'homme raccrocha.

Il n'y avait pas de soleil, mais le temps, cependant, était beau et il semblait surprenant qu'il y eût du brouillard à cette période de l'année. Mais, sachant combien le temps peut être imprévisible en Angleterre, Diana donna l'ordre au chauffeur de conduire rapidement.

Tandis qu'ils roulaient à travers Hammersmith vers Great West Road, Diana pensa, pour la première fois, à ce qui s'était passé la veille.

Songeant à la fureur contenue de Ian, elle eut un petit sourire intérieur. Il n'était pas douteux qu'elle l'avait déchaîné; elle avait même eu peur d'être allée trop loin. Elle n'était pas tout à fait certaine de ce qui avait provoqué cette peur – après tout, il ne pouvait pas la frapper. Et cependant, en voyant cet homme puissant se tenir devant elle, les poings serrés, son cœur avait battu plus fort que d'habitude, et elle savait qu'elle avait reculé instinctivement, pour l'éviter.

Dans un sens, elle était navrée de penser qu'elle ne le reverrait plus. Il l'avait intéressée, outre le piquant que ses intentions subtiles avaient ajouté à ce qui, normalement, n'aurait été qu'une camaraderie amusante.

Comme elle connaissait peu de chose de sa vraie personnalité! Il avait complètement échappé à son analyse, et il lui demeurait hermétique à beaucoup d'égards. Imaginant ce qu'il devait éprouver ce matin, elle éclata d'un rire franc et sonore, puis le chassa de sa pensée.

Elle arriva à Hanworth, ce charmant club qui était une ancienne maison de campagne. Le jardin était couvert de fleurs; les porteurs la saluèrent et sortirent les bagages de la voiture. Se souvenant des instructions du pilote, elle traversa rapidement le jardin pour gagner le terrain d'embarquement.

L'avion l'attendait avec le pilote déjà installé. Comme elle se hâtait, un instructeur vint lui remettre son casque et ses lunettes qu'elle laissait toujours dans l'avion. Et tandis qu'elle s'en coiffait, ses bagages étaient rapidement emportés.

– Vous feriez bien de vous dépêcher, lady Diana, dit l'instructeur, souriant de voir le soin avec lequel elle ajustait son casque. Le pilote s'impatiente, ajouta-t-il.

– Le temps a l'air assez beau, dit Diana.

– On ne peut jamais savoir. De toute façon, Le Bourget a téléphoné, annonçant du brouillard.

Il aida Diana à grimper sur le siège avant. Le pilote, lunettes et écouteurs en position, était courbé dans le cockpit.

– Quelque chose ne va pas? demanda Diana.

Mais la réponse se perdit dans le bruit du moteur qui vrombissait. Elle jeta un coup d'œil par-dessus son épaule, et le voyant secouer la tête, elle fut rassurée.

Un moment plus tard, ils décollaient et s'élevaient rapidement. Il y avait quelques nuages et un vent très léger. Diana brancha ses écouteurs et s'installa confortablement, s'apprêtant à jouir du voyage. Elle adorait voler; et pilote elle-même, elle avait déjà un certain nombre d'heures de vol à son actif; quand quelqu'un d'autre était aux commandes, elle était ravie de pouvoir contempler le paysage et rêver tout à son aise.

Ils volaient assez vite et la terre en dessous s'éloignait de plus en plus. Soudain, elle fut consciente qu'ils ne cessaient de s'élever et que l'air commençait à être beaucoup plus froid.

– Pourquoi volez-vous aussi haut? demanda-t-elle dans le micro.

– Le brouillard, lui fut-il répondu avec brusquerie.

On distinguait de moins en moins bien la terre, et ils ne tardèrent pas à voler au-dessus des nuages. Ils devaient être à plus de 2 000 mètres, pensa Diana en serrant son manteau et en prenant une écharpe qu'elle gardait toujours à portée de la main.

Elle avait pris un léger repas avant de quitter la maison – sandwiches et café – car ils devaient décoller à midi et demi, et elle n'avait pas très faim. Elle regrettait de voler aussi haut, car elle adorait voir les maisons et la campagne. Mais ce qu'elle aimait plus que tout, c'était l'immense étendue de la Manche avec son vert et son bleu profond. Elle était passionnée par les navires et aimait voir se rapprocher la côte française jusqu'au moment où on la survolait pour découvrir les longues routes droites ressemblant à des rubans blancs qui s'en allaient vers le sud.

Diana, toujours un peu affectée par l'altitude, s'était assoupie. Quand elle se réveilla, elle regarda sa montre, et vit qu'il était 3 heures. Il y a longtemps, pensa-t-elle, qu'ils auraient dû atterrir au Bourget; mais ils étaient toujours au-dessus des nuages et le froid était intense.

– Le brouillard nous a terriblement retardés, dit-elle.

– Tout va bien, ne vous inquiétez pas, lui fut-il répondu.

Elle se sentit rassurée. Elle mangea un peu de chocolat et se poudra le nez, ou plutôt la portion de nez qui dépassait des grosses lunettes. Ce retard était ennuyeux. Elle s'était promis de prendre un cocktail au Ritz vers 6 heures et, avant cela, elle devait appeler plusieurs amis pour leur annoncer son arrivée.

Elle adorait Paris et n'était jamais seule dans cette ville si gaie; car, non seulement elle y avait de nombreuses relations installées là de façon permanente, mais elle était certaine, également, de découvrir des amis inattendus parmi la foule de ceux qui fréquentaient le bar du Ritz à l'heure de l'apéritif.

Il était 4 heures quand elle regarda à nouveau sa montre.

– C'est absurde, cria-t-elle d'une voix impatiente dans le micro. Je vais être en retard. Ne pouvez-vous pas voler plus bas que je voie où nous sommes?

– Je crains que ce ne soit pas possible, répondit une voix assourdie. Je vous en prie, ne vous faites pas de souci, vous êtes en sécurité.

– Mais c'est ridicule, protesta Diana. Etes-vous sûr de votre position?

– Certainement.

– Il y a déjà plus de trois heures que nous volons, dit-elle.

– Et nous n'y sommes pas encore.

Diana pensa que Stephens était un sot, et qu'elle aurait dû piloter elle-même. C'était un excellent mécanicien, mais elle réfléchit qu'il n'avait pas été souvent son pilote. En voyant qu'il continuait à rester au-dessus des nuages, elle commença à se sentir un peu inquiète. Elle estima qu'ils devaient être bien au delà de Paris, à moins, se dit-elle, qu'ils n'aient tourné en rond.

– Voyons, Stephens, finit-elle par dire, c'est absurde. Volez plus bas jusqu'à ce que nous voyions où nous sommes.

– Impossible, répondit la voix.

– J'en prendrai la responsabilité, répondit Diana. Ayez l'obligeance de faire ce qu'on vous demande.

Elle attendit qu'il obéisse, mais à sa grande colère, il n'amorça pas la descente et maintint son altitude.

– Stephens, je vous demande de faire ce que je vous dis.

Le pilote ne répondit pas.

Qu'allait-elle faire? Elle s'interrogeait. Stephens avait dû perdre la raison. Ignorant complètement où ils étaient, elle estimait, cependant, qu'ils avaient bien dû faire près de 800 kilomètres depuis Hanworth.

Que faire? Les ordres, apparemment, demeuraient sans effet.

– Mais que se passe-t-il, Stephens? demanda-t-elle gentiment. (Il ne répondit toujours pas. Elle se sentit gagnée par un désespoir mêlé de peur.) Stephens, je vous demande de me répondre. Que se passe-t-il?

Mais toujours le même silence; Diana, maintenant, était en proie à la panique. Elle se sentait impuissante et terrifiée. Elle s'accrochait aux rebords de l'avion en imaginant qu'il pourrait s'écraser à tout moment, et que Stephens avait dû s'évanouir puisqu'il ne lui répondait pas; mais, sans modifier son altitude, l'avion continuait rapidement et sans heurt. Trop terrifiée pour crier ou faire quoi que ce soit, elle restait immobile, les lèvres serrées et le visage d'une pâleur mortelle. Puis, au bout d'un moment, la tension baissa. Il ne se passait rien, ils continuaient simplement à voler.

L'esprit de Diana était en plein chaos; sa pensée allait vers ceux qu'elle connaissait, vers Ian... même lui serait incapable de faire face à une situation comme celle-là; puis cette idée la fit rire. La force physique était impuissante dans l'air, contre un fou.

Si seulement elle avait un parachute! Elle se souvenait, un peu honteuse, combien elle s'était moquée de cette idée quand ses parents l'avaient suggérée.

Ils volaient toujours, jusqu'au moment où, soudain, comme dans un cauchemar, l'avion piqua du nez. Ils descendaient.

– Où sommes-nous? demanda Diana.

Sa question resta sans réponse.

Ils plongeaient à travers les nuages, doux et humides contre ses joues; quand ils en sortirent, elle vit la terre en dessous d'eux et la fixa, incrédule.

Ils survolaient une région vallonnée, avec des rivières; au loin, à l'est, elle pouvait voir la mer. Continuant à descendre, elle distinguait maintenant un terrain d'atterrissage qui, toutefois, n'était pas un aérodrome officiel.

« Dieu merci! se dit-elle en elle-même, je suis saine et sauve, après tout. »

Ils tournèrent, et si rapidement que Diana se sentit chavirer; le sol semblait se précipiter au-devant d'elle; puis l'avion se redressa et elle ne put s'empêcher, instinctivement, d'apprécier la manœuvre. Ils roulèrent en cahotant pendant quelques instants, puis s'arrêtèrent.

– Restez où vous êtes, ne bougez pas, fut l'ordre qui lui parvint dans les écouteurs.

Elle se tourna, surprise.

– Nous faisons seulement le plein, continua la voix.

– Je vais sortir, dit Diana en débranchant les écouteurs.

Elle défit sa ceinture et bondit sur ses pieds. Deux hommes accoururent, portant des bidons de carburant et, à sa grande surprise, elle sentit deux mains fortes sur ses épaules qui la forçaient à se rasseoir.

– Laissez-moi tranquille, dit-elle sèchement, tout en tournant la tête.

L'étonnement la paralysa : le pilote, qui avait soulevé ses lunettes, n'était autre que Ian.

– Que faites-vous ? lui demanda-t-elle, furieuse, mais d'une voix assez faible.

– Vous voyez, je fais le plein, répondit Ian.

– Où allons-nous ? Pourquoi êtes-vous ici ? Et où est Stephens ?

Les questions fusaient; mais Ian n'en tenait aucun compte. Une main toujours posée sur l'épaule de Diana, il surveillait la manœuvre.

– Ne soyez pas ridicule et laissez-moi sortir, lui dit-elle en essayant de se dégager.

Ce à quoi Ian répondit sèchement :

– Peu importe que vous fassiez une scène. Ces hommes ne feront pas attention à vous.

Et avant qu'elle ait pu rassembler ses pensées qui tournoyaient et décider de ce qu'elle allait faire, Ian lança :

– Contact !

L'hélice tourna et, dans un ronflement, ils démarrèrent. Ils volaient, cette fois, en dessous des nuages, et Diana dont l'ahurissement diminuait peu à peu, commença à s'intéresser au paysage. Visiblement, ils continuaient vers le nord. On distinguait des districts miniers, une ou deux petites villes et, au loin, la banlieue de Glasgow.

« Pourquoi fait-il cela? » se demanda-t-elle. Réajustant ses écouteurs, elle posa la question à Ian :

– Pourquoi faites-vous cela? Où allons-nous? cria-t-elle.

Toujours pas de réponse, ce qui augmenta sa fureur. Ils survolaient le loch Katrine, laissant sur leur gauche l'austère mont Lomond.

« Il est fou! » ne cessait-elle de se répéter, tout en sachant au fond d'elle-même qu'il était extraordinairement équilibré.

« Il n'est pas possible que nous allions à Ronsa, pensa-t-elle. Il n'oserait pas m'y emmener! » Et pourtant, en cet instant, elle le savait capable de tout.

Elle commençait à être tourmentée par la faim et son immobilité forcée lui donnait des crampes. Elle ne lui pardonnerait jamais. Elle lui revaudrait cela, se promit-elle au comble de la fureur. Et, en même temps, elle avait conscience de son impuissance.

– Je vous en prie, Ian, implora-t-elle, qu'allons-nous faire?

Ne recevant aucune réponse, elle regretta ce manque de fierté. Elle s'essaya même à jurer, mais ces mots semblèrent n'avoir pas plus d'effet que sa colère.

Pourquoi cet homme était-il entré dans sa vie? Elle se demandait comment elle avait pu être assez folle pour chercher à se venger de lui. Il eût été préférable de le laisser partir le premier jour, qu'il pensât ce qu'il voulait d'elle, et elle l'aurait oublié aussi rapidement qu'elle avait oublié l'objet de sa visite.

Ils volaient toujours. Elle était lasse et, en même temps, ses nerfs étaient aiguisés par la tension de la situation.

C'était la mer, maintenant, qu'ils avaient sur leur gauche. Plus aucune ville. Ce n'était plus que montagnes, lacs et, de temps à autre, un minuscule hameau niché dans la vallée à l'ombre des pics couverts de nuages.

Puis, soudain, la descente s'amorça. L'obscurité venait et le soleil, en supposant qu'il ait lui sur ce décor, avait déjà plongé à l'horizon. Tandis qu'ils descendaient, Diana entrevit pour la première fois l'île de Ronsa.

Ce fut le vaste océan qui attira d'abord son attention : il donnait l'impression de s'étirer jusqu'à l'endroit où ciel et eau se confondaient totalement. Ses vagues se brisaient, blanches et irrégulières, contre les côtes de la petite île qui grandissait à mesure qu'ils s'en rapprochaient. Ils virent le château – de là-haut un sombre carré gris –, l'immense étendue de la lande derrière, avec, posées comme des cailloux, une ou deux fermes blanches.

Le terrain d'atterrissage était enfin en dessous d'eux et, après quelques sursauts, l'appareil roula sur l'herbe.

Diana aperçut immédiatement un hangar d'avion. Son toit métallique brillait comme s'il était nouvellement posé. Ian s'arrêta presque à l'opposé du hangar et deux hommes accoururent vers eux.

Qu'allait-elle lui dire? Elle se le demandait, laissant de côté pour l'instant la question qui l'obsédait : qu'allait-il faire ici avec elle?

Elle se leva, raide et courbaturée. Quelques instants plus tard, Ian l'aidait à descendre. Elle retira son casque, chassa les cheveux qui lui tombaient sur les yeux et, regardant fièrement Ian, elle lui dit :

– Peut-être m'expliquerez-vous maintenant ce que tout cela signifie?

10

Ian l'ignora et se tourna pour s'adresser en gaélique aux hommes qui rentraient l'avion dans le hangar.

– Je vous parle, dit Diana sèchement.

– J'ai entendu, répondit Ian. Mais nous allons d'abord entrer; ce lieu ne me semble pas très bien convenir aux explications.

Le menton levé, la tête droite, elle l'accompagna jusqu'à la grille qui entourait le parc du château.

– Il y a une vue splendide d'ici, dit Ian sur le ton de la conversation, s'arrêtant un instant en désignant le continent, où les montagnes s'élevaient au-dessus des falaises grises contre lesquelles les vagues se brisaient.

Diana se tut, attendant simplement qu'il ait décidé d'avancer à nouveau.

– Je suis navré que cela ne vous intéresse pas, reprit Ian, toujours du même ton léger, car j'ai peur que vous n'ayez pas grand-chose d'autre à admirer au cours des quelques semaines à venir.

Il lui était impossible d'entendre cela sans réagir.

– Les quelques semaines à venir! répéta-t-elle. De quoi parlez-vous? Etes-vous fou?

– Complètement, répondit Ian. C'est pourquoi, je suppose, je désire votre compagnie.

– Mais je ne sais pas de quoi vous parlez, dit Diana complètement désarçonnée. Pourquoi m'avez-vous amenée ici? Dans quel but? Je ne comprends pas. Je veux partir immédiatement.

– Vous êtes dans une île, et le continent qui a un service de trains réguliers, mais peu fréquents, est à plus de cinq kilomètres d'ici. Si, bien sûr, ajouta-t-il, vous vous sentez capable de nager sur cette distance...

Au comble de la fureur, Diana frappa du pied.

– Me direz-vous, cria-t-elle, pourquoi vous m'avez amenée ici?

– Chaque chose en son temps, répondit-il calmement.

Arrivés au château, il s'écarta pour la laisser entrer. Une femme grisonnante les attendait à l'intérieur.

– Ma gouvernante, expliqua Ian. Elle ne parle que le gaélique, mais elle fera de son mieux pour s'occuper de vous. Elle s'appelle Margaret.

Il se tourna vers la femme, apparemment pour lui donner des instructions, car elle fit signe à Diana, alors trop déconcertée pour protester, de la suivre le long du grand escalier de chêne massif. Elle la conduisit à la chambre d'apparat du château.

En toute autre circonstance, Diana eût été remplie d'admiration pour cet appartement. Une énorme bûche brûlait dans la cheminée médiévale, répandant une chaude lumière dorée qui luttait avec les ombres que projetait l'immense lit à colonnes en chêne sculpté, avec ses tentures et son dessus de lit en tapisserie. Les fenêtres, qui donnaient à la fois sur la mer et sur le jardin, étaient aussi encadrées de tapisserie. Une peau d'ours blanc était jetée devant le feu et une autre devant la coiffeuse.

Mais Diana ne vit pas la beauté de la chambre. Muette – car personne ne pouvait la comprendre –, elle regardait une servante en train de défaire sa valise.

Avec des gestes éloquents, Margaret lui demanda quelle robe elle désirait porter. Par une porte entrouverte, Diana aperçut un bain préparé pour elle, et elle comprit qu'il était inutile, pour l'instant, de se rebiffer.

Elle ne pouvait pas quitter l'île le soir même à moins qu'il choisisse de la renvoyer et il était clair qu'il ne discuterait pas le sujet avant le dîner. En outre, elle avait terriblement faim – elle n'avait pris aucune nourriture depuis huit heures. Elle commença à se déshabiller.

Le bain était agréable; réconfortée, elle essaya de voir la situation d'une façon sensée, mais ne parvint pas cependant à trouver d'explication à la conduite de Ian.

Elle se dit qu'il l'avait peut-être amenée ici pour plaisanter; peut-être de nombreux invités étaient-ils en bas, qui l'attendaient. Elle en doutait, mais cependant, après s'être regardée, une fois habillée, dans le miroir, elle se sentait capable de rivaliser avec n'importe qui, « ou avec personne », ajouta-t-elle.

Au bruit du gong qui, comme un écho, retentit à travers la maison, elle descendit lentement l'escalier. Ian l'attendait dans le hall; en femme consciente de l'effet que produira son entrée, elle fit une petite pause sur une marche. Sa longue robe blanche de fine dentelle se terminait en une courte traîne pointue; les larges manches étaient bordées de fourrure et elle portait à la taille un bouquet d'œillets rouges.

Ian, lui, portait la tenue de soirée des Highlanders : kilt et jaquette de velours. Le tartan du clan

Carstairs était vert sombre, rouge et blanc. Il s'harmonisait magnifiquement avec le décor.

On ne servit pas le dîner dans l'immense salle à manger, mais dans une petite pièce intime, ouvrant sur une agréable bibliothèque que Diana avait à peine vue quand ils l'avaient traversée.

Le dîner était parfait, mais Diana avait si faim qu'elle eût apprécié n'importe quel repas moins succulent que celui-ci. Elle accepta une coupe de champagne qui la revigora si bien qu'elle se sentit plus forte pour faire face aux explications à venir.

Le service était assuré par des domestiques en kilt qui se déplaçaient silencieusement en portant des plats d'argent massif que Diana estima, avec raison, être très anciens et très précieux. En présence des domestiques, Ian parlait avec aisance de choses sans intérêt particulier. Ils eussent aussi bien pu être à l'Embassy au milieu d'amis, au lieu d'être seuls dans ce coin étrange et hors du monde.

A cet instant précis, Diana était presque amusée par une situation si incroyable et si totalement différente de celles rencontrées jusqu'ici. Elle imaginait ce que serait l'excitation de Rosemary quand elle lui raconterait cette histoire, et le malin plaisir qu'elle-même éprouverait en constatant la jalousie et la colère de Ronald. Mais une inquiétante question surgit, soudain, dans son esprit. Quand pourrait-elle le leur dire, et avant qu'elle le puisse, combien d'autres chapitres se seraient-ils ajoutés à ceux déjà vécus?

Elle regarda Ian, prise soudain d'un sentiment d'insécurité. Assis chacun à un grand bout de la table, ils auraient pu être mari et femme, et à cette idée, Diana posa son verre, car sa main tremblait.

– Avez-vous terminé? demanda Ian. Voulez-vous que nous allions dans la pièce à côté?

Elle se leva. La bibliothèque dans laquelle ils entrèrent était une pièce très longue avec des fenêtres à meneaux qui, dans la journée, laissaient voir le jardin mais qui, à cette heure, étaient voilées d'épais rideaux de velours. Une bûche énorme brûlait dans la cheminée devant laquelle deux chiens étaient étendus. On avait ingénieusement coupé la longueur de la pièce par un grand paravent chinois, ce qui créait un coin intime autour du feu.

– Vous ne voulez pas vous asseoir? dit Ian en désignant un confortable sofa.

Elle secoua la tête.

– Je pense que le temps est venu pour une explication, dit-elle.

Mais, à cet instant, la porte s'ouvrit pour laisser entrer un domestique apportant le café.

Elle s'assit avec impatience sur le sofa, acceptant le café et même un peu de liqueur aussi aimablement qu'elle put. Le silence entre eux dura quelques minutes; il était chargé d'une telle tension que Diana se hâta de le rompre.

– Quelle curieuse épée! dit-elle en désignant, suspendu au-dessus de la cheminée, un fourreau d'or orné de pierreries, améthystes, cornalines et perles.

– Elle appartenait à mon trisaïeul, dit Ian. C'est son père qui l'a pendue là. Ecoutez ce qui est écrit sur la plaque en dessous : « Celui qui vit par l'épée mourra par l'épée. »

– Est-il mort de cette façon? demanda Diana en sirotant son café.

– Oui, répondit Ian. Ses parents le suppliaient de ne pas entrer dans l'armée; mais il le voulait et s'est sauvé de la maison. Ils ne le lui pardonnèrent jamais et, quand il mourut, leur seul geste fut de pendre l'épée là où vous la voyez.

– Quelle dureté!

– Vous trouvez? Moi, non. Je crois, tout comme mes ancêtres, que nous devons recevoir le juste traitement pour nos actions. Est-ce que vous ne traiteriez pas un meurtrier comme tel?

Diana hésita.

– Je pense que oui.

– Et comme une fille de joie une femme qui se comporte en fille de joie?

Diana posa sa tasse un peu rapidement et se leva. Elle percevait une certaine signification dans la voix de Ian et eut soudain très peur.

– Pourquoi m'avez-vous amenée ici? lui demanda-t-elle.

– Je pensais que cela vous intéresserait, répondit-il, allumant une cigarette et l'observant en même temps.

– Je veux savoir la vérité, dit-elle avec insistance.

– Si étrange que cela puisse paraître, je désirais votre compagnie.

– Je souhaite partir demain matin, dit Diana. Je ne vous comprends pas, et je ne comprends pas davantage votre conduite grotesque et, de plus, je n'ai pas envie de chercher à comprendre. (Et comme il ne répondait pas, elle répéta :) Je partirai demain matin.

– Je crains que non, dit-il.

– Vous êtes fou! s'exclama-t-elle. Vous pensez que je peux disparaître et que vous pouvez me garder ici sans que les gens s'inquiètent?

– Vos parents sont partis ce matin seulement pour l'Amérique, répondit Ian en caressant la tête du chien couché à ses pieds, et j'ai pris la liberté de télégraphier à vos amis pour leur dire que votre visite était retardée.

– Comment avez-vous eu l'audace! cria Diana.

– J'ai répondu à cette remarque, répliqua-t-il.
– Mais pourquoi, pourquoi...

Elle ne trouvait pas les mots avec lesquels combattre cette situation désespérée. Elle se sentait frustrée et impuissante, sous le regard presque amusé d'un homme qui la traitait comme une enfant en colère.

– Je vais me coucher, dit-elle d'un ton sec en se tournant brusquement vers la porte.

– Mais bien sûr!

Ian se leva et elle passa devant lui, la tête haute. Mais il la suivit dans le grand hall et lui tendit un lourd chandelier d'argent.

– J'espère que vous trouverez tout ce dont vous avez besoin, dit-il avec courtoisie. Demain, j'ai beaucoup de choses à vous montrer.

Elle s'avança vers l'escalier qu'elle monta avec toute la dignité qu'elle put trouver, consciente, bien sûr, qu'il l'observait.

La lumière de la cheminée éclairait le plafond de sa chambre et seul le grand lit à colonnes était dans l'ombre.

Diana n'alluma pas les grosses bougies posées sur la coiffeuse ni celles qui, comme des sentinelles, se dressaient près du lit, mais laissa son regard se perdre dans les flammes. Tout ce qui s'était passé ce jour-là l'avait un peu effrayée et elle redoutait le lendemain.

Soudain, un pas à l'extérieur la fit sursauter. Doucement, la porte s'ouvrit et Ian entra.

– Que voulez-vous? demanda-t-elle. Question superflue, car elle savait avec une terrifiante certitude ce qu'il voulait.

Il s'avança lentement vers elle, mais elle recula.

– Sortez de ma chambre! cria-t-elle, d'une voix chevrotante et sans la moindre autorité.

– Mais, répondit Ian d'une voix calme, cachant

mal une moquerie blessante, vous m'avez offert de m'embrasser la nuit dernière.

Il la saisit par le poignet et l'attira vers lui; d'un mouvement rapide, elle se libéra, se sauva à l'autre bout de la pièce et se tint, palpitante, contre les rideaux.

Ian éclata de rire.

– Timide à ce point-là! J'aurais cru le contraire, dit-il.

– Comment osez-vous? dit-elle, haletante.

– Vous m'avez défié. Venez!

Il ouvrit les bras, semblant, de sa grande taille, dominer la pièce.

– Non, dit Diana qui le bravait, la tête rejetée en arrière, les poings serrés; mais sa respiration était rapide et ses seins se soulevaient sous la fine dentelle de sa robe.

– Je vous veux, Diana.

Sa voix profonde débordait de désir.

Diana cherchait farouchement à s'échapper. Elle regarda fiévreusement autour d'elle, mais elle était prisonnière. Elle était seule avec Ian dans un château désert, à l'exception de domestiques dont elle ne pouvait se faire comprendre. Elle était terrifiée, mais la fierté des Stanlier maintenait en elle l'apparence du courage.

– Je vous méprise et vous déteste, lui dit-elle lentement et faiblement. Est-ce que cela vous attire?

– Immensément, répondit-il en souriant. Une femme facile est souvent ennuyeuse.

Il s'approcha.

– Cette farce est allée assez loin, dit Diana d'un air farouche. Laissez-moi ou...

Elle hésita.

– Ou bien quoi? dit vivement Ian. Que ferez-vous?

Ses bras se refermèrent sur elle; elle lutta de toutes ses forces, puis il y eut le bruit d'une déchirure.

Echevelée, le souffle court, une épaule nue sous la dentelle déchirée, elle réussit à le repousser quelques secondes. Elle était vraiment superbe avec ses yeux sombres agrandis par la fureur.

Ian la rattrapa, la maintint fermement.

– Luttez, luttez, ma beauté, je ne vous en désire que davantage!

– Je vous hais, je vous hais!

Diana haletait. Soudain, elle poussa un cri. D'un simple mouvement, Ian avait déchiré sa robe du haut en bas.

Elle le frappait de ses poings, mais que pouvait-elle contre lui? Sa robe gisait sur le sol comme une loque et, un moment plus tard, il la soulevait dans ses bras. Le feu luisait sur son corps blanc et allumait des reflets d'or dans sa chevelure en désordre.

Elle cria, mais personne n'était là pour l'entendre. Impuissante, elle le laissa l'emporter triomphalement dans les ombres du grand lit à colonnes.

11

Quand elle se réveilla, le soleil se glissait entre les rideaux, jetant des rayons dorés sur le sol sombre. Elle reposait, encore un peu ensommeillée, puis le souvenir de la nuit dernière lui revint en mémoire. Effrayée, elle se tourna rapidement, mais elle était seule.

Elle demeura étendue, immobile, ressentant encore l'horreur de ce qui s'était passé. Elle avait lutté aussi longtemps qu'elle avait pu, elle avait hurlé jusqu'à ce que sa bouche fût réduite au silence par la sienne.

Elle se disait que ce n'était pas vrai, que cela n'avait pas pu lui arriver, à elle. Mais elle ravala un sanglot en sachant qu'elle ne se trompait pas et qu'elle était vraiment aussi prisonnière que derrière des barreaux.

Elle avait l'impression d'avoir été, par quelque tour de magie, transportée dans un autre siècle. Cette immense chambre, qui avait vu plusieurs générations, n'était pas un décor pour une fille moderne; elle avait été enlevée, capturée et violée comme l'aurait été une femme des siècles passés.

Elle se leva péniblement et se dirigea nu-pieds vers la fenêtre dont elle ouvrit les rideaux. Elle sentait qu'elle avait besoin d'un peu d'air pour retrouver un certain calme. Le soleil l'inonda de sa lumière et, en poussant les battants, le clapotis des vagues et le cri des mouettes parvinrent à ses oreilles. Au-dessous d'elle s'étendait le jardin, éclatant de fleurs, et au delà c'était une mer calme, couleur d'émeraude, dont les vagues devenaient d'argent en se brisant contre la côte dorée. Loin, très loin, elle aperçut un navire, simple trait minuscule à l'horizon et, quand il disparut, elle ressentit ce que ressent le marin naufragé qui regarde s'évanouir sa seule chance de salut.

Elle se détourna de la fenêtre et jeta un regard sur le miroir; l'image qu'elle y vit l'épouvanta. Ses cheveux emmêlés étaient collés sur son front, ses joues étaient d'une pâleur inhabituelle et les larmes de la veille avaient laissé des cernes autour de ses yeux.

Au souvenir de ses larmes, elle éprouva honte et amertume. Elle aurait dû avoir la fierté de rester impassible en comprenant que sa résistance ne servirait à rien; au lieu de cela, elle avait imploré et pleuré.

Elle se laissa tomber un instant sur la chaise placée devant la coiffeuse et se cacha le visage dans ses mains. Elle bondit presque immédiatement quand la porte s'ouvrit, après un petit coup presque inaudible. Mais rien de terrifiant : c'était Margaret avec le premier thé du matin.

Il était plus de 10 heures quand elle descendit, espérant, puisqu'elle avait refusé le breakfast, que Ian serait sorti et qu'elle serait seule avec, peut-être, une chance d'évasion. Mais il l'attendait dans le hall.

– Bonjour, dit-il gaiement, comme si rien ne s'était passé entre eux.

Elle ne répondit pas. Par la porte entrouverte, elle pouvait voir une voiture qui attendait, et l'espace d'une seconde, son cœur fit un bond dans l'espoir qu'il allait la laisser partir, mais sa joie ne dura pas, car il dit :

– J'ai pensé que vous aimeriez faire le tour de l'île, et nous pouvons monter à cheval cet après-midi.

Bien que morose, Diana ne pouvait s'empêcher d'admirer la beauté des environs, tandis qu'ils roulaient lentement sur les routes qui n'étaient guère que des chemins de terre. Puis, grimpant la colline, ils s'arrêtèrent à quelques mètres d'un grand tumulus gris, au sommet.

– C'est la tombe de mon grand-père, expliqua brièvement Ian.

Bien que Diana ne témoignât aucun intérêt, il lui parla cependant du vieil homme, lui racontant la façon dont il avait régné en souverain absolu sur son minuscule royaume.

En jetant un coup d'œil derrière elle, Diana aperçut le continent où elle désirait tant retourner et comprit que l'île était une forteresse imprenable. Le pic du Ben Nevis au loin aurait pu être la porte du paradis tant il aurait été difficile, pour elle, de l'atteindre sans aide.

Malgré le piteux état dans lequel elle se trouvait, la couleur revint à ses joues fouettées par le vent de l'île. C'était un matin superbe et l'odeur de la bruyère autour d'eux, s'ajoutant à celle de la mer, créait un parfum merveilleux. Au-dessus d'eux, se détachant sur un ciel pur, une mouette passa en piaulant; un coq de bruyère s'envola vers la vallée, une bécassine, effrayée par leur approche, s'éleva vers le ciel en zigzaguant, tandis qu'un trio de canards, en formation parfaite, s'en allait rejoindre un lac de saphir.

Diana, cependant, ne parlait pas, et ils ne tardèrent pas à rentrer au château. Durant tout le déjeuner, elle resta muette et boudeuse, mais Ian n'y prêta pas attention, demeurant indifférent ou, à l'occasion, rompant le silence pendant un instant.

Parce qu'elle ne pouvait pas refuser et parce qu'en outre il n'y avait rien d'autre à faire, elle alla, comme Ian l'avait suggéré, se mettre en tenue de cheval – laquelle tenue était dans sa valise, car elle montait quand elle était à Paris. Un jeune Français, qui avait été amoureux d'elle pendant des années, mettait toujours ses chevaux à sa disposition.

Le temps était trop chaud, cet après-midi-là, pour supporter une veste : dans sa chemise de soie et sa culotte de cheval bien coupée, elle ressemblait à un élégant jeune garçon tandis qu'elle enfourchait le merveilleux cheval gris qui attendait dehors.

– Quand j'ai acheté Starlight, dit Ian comme s'il réfléchissait à voix haute, je pensais qu'il serait parfait pour vous.

Lui-même montait un superbe cheval bai, qui « tirait » un peu. Mais Starlight se comportait bien et Diana ne pouvait s'empêcher de ressentir une vive satisfaction d'avoir une telle monture.

Ils partirent au petit galop puis lâchèrent la bride à leurs montures. Ils semblaient voler au-dessus du sol avec, dans les oreilles, le bruit des sabots des chevaux. Quand enfin ils s'arrêtèrent, Diana était radieuse et, oublieuse de tout sauf de sa joie présente, elle cria son plaisir :

– C'était merveilleux! dit-elle. Ce cheval est tout simplement splendide!

– J'en suis heureux, répondit Ian.

Mais son sourire rappela à Diana où elle était, et elle continua en silence, en évitant son regard.

Ils longèrent les marais du côté nord de l'île et tournèrent à l'est jusqu'au moment où ils rencontrèrent la rive. Le sable d'un brun doré était assez ferme pour permettre de galoper. A un peu plus d'un kilomètre, il y avait une hutte délabrée bâtie contre la falaise au-dessus des hautes marées, et qui semblait d'une terrible insécurité. De la fumée s'échappait de la cheminée et malgré sa résolution de ne pas parler, la curiosité poussa Diana à dire :

– Quel extraordinaire endroit à habiter!

– C'est la hutte de la vieille Nanet Carmichael, répondit Ian. On la soupçonne d'être une sorcière et les gens pensent qu'elle porterait malheur si elle vivait près des fermes, ou même sur l'île; alors elle a cherché refuge sur la côte où, selon la superstition, les maléfices ne peuvent pas s'exercer. Ils imaginent, je suppose, que la marée les emporte.

– Est-elle réellement sorcière?

Ian répondit par un éclat de rire en disant :

– Je la connais depuis toujours et pour autant que je puisse en juger, elle est la seule à souffrir de son prétendu mauvais œil.

A ce moment précis, ils virent la vieille femme qui se tenait sur le seuil de sa porte, mettant la main en écran sur ses yeux afin de voir qui approchait. Ian la salua.

– Bonjour, Nanet, lui dit-il en gaélique. Comment allez-vous?

– Mais ma parole, c'est le laird lui-même! s'exclama-t-elle en avançant vers lui.

Elle était vêtue de façon invraisemblable, portant sur ses jambes nues un vieux kilt dépenaillé d'une incroyable saleté. Elle avait accumulé sur elle toute une série de blouses et de manteaux de laine et recouvert le tout d'un châle déchiré qui, en son temps, avait dû être rouge. Ses cheveux en désordre s'échappaient d'un béret écossais; d'énormes cornalines pendaient à ses oreilles et ses vieux doigts osseux étaient ornés de bagues. Son aspect était assez étrange pour amener tout naturellement n'importe quel fermier pas très éclairé à croire en la magie. Et derrière elle, sur le seuil de la hutte, se tenaient trois pauvres chats squelettiques, au pelage élimé.

– Je vois que votre hutte est toujours debout, Nanet. J'aurais pensé, dit Ian, que les orages de printemps l'auraient emportée.

– Oui, oui, elle est toujours là, grommela-t-elle, mais Dieu sait que ç'a été dur! Il y avait plein de bois à la dérive après coup... du beau bois... le bois des bateaux qui n'avaient pas pu supporter l'orage, comme l'a fait la maison de Nanet.

Son ricanement sauvage terrifia Diana qui ne pouvait comprendre ce qu'ils disaient.

– Une jolie dame, dit Nanet à Ian, vraiment jolie, mais elle vous cause des ennuis et des problèmes de cœur, aussi. Je le vois, mon laird.

Préoccupée, elle fixa Diana avec des yeux sombres et s'en alla en marmonnant, mais d'une voix si basse que Ian ne put l'entendre. Il pensa qu'elle les avait oubliés et reprit les rênes en main, mais avant qu'il ait pu lui dire adieu, elle ajouta :

– Je vois des ennuis pour elle aussi... des ennuis, en vérité...

Et, comme si ses sinistres prophéties lui avaient tout fait oublier, elle se détourna sans un mot et regagna sa hutte.

– Qu'a-t-elle dit me concernant? se hâta de demander Diana.

Mais Ian ne répondit pas, se contentant de donner de l'éperon à son cheval qui bondit en avant et de jeter un dernier regard sur la vieille femme étrange. Diana dut le suivre. Ils rentrèrent au petit galop.

De retour au château, le thé les attendait, mais Ian fut appelé presque immédiatement pour affaires et Diana demeura seule. Elle erra à travers la bibliothèque, regardant ce que contenaient les rayonnages, puis explora la salle à manger, le hall et la galerie de tableaux. Elle ne put s'empêcher, malgré elle, d'être impressionnée par quelques-uns des trésors que renfermait le château. Malgré son ignorance, elle comprenait que la tapisserie était d'une valeur inestimable comme les panneaux sculptés de la salle à manger.

Les peintures, qui étaient les portraits des ancêtres Carstairs et portaient la signature de peintres célèbres, devaient aussi valoir une fortune.

Mais, parmi elles, il y avait une chose charmante, le portrait de Ian petit garçon peint par Sargent, et à côté celui du vieux laird. Sargent, dont l'habileté et le génie dans l'art du portrait étaient indiscutables, n'avait sans doute jamais eu de meilleur sujet. Le vieil homme était debout, vêtu du kilt et du plaid (1), son chien près de lui. Il y avait sur son visage sagesse, bonté et sincérité et, en même temps, le farouche tempérament gaélique et l'autorité d'un homme fait pour commander.

Le crépuscule était déjà tombé quand Diana se rendit compte qu'elle devait se changer : l'heure du dîner approchait. Mais, au lieu de se hâter, elle resta à aller et venir dans sa chambre.

Elle réfléchissait et considérait comme une faiblesse d'avoir ainsi passé sa journée : mais elle n'avait pas le choix et son évasion n'aurait pas avancé d'un pas si, au lieu d'une journée au grand air, elle était restée enfermée dans sa chambre. Elle avait cherché un téléphone, mais il n'y en avait pas, et Ian s'était empressé d'annoncer que l'île n'avait ni bureau de poste ni télégraphe.

Elle avait immédiatement songé au bateau postal mais c'était pour apprendre aussitôt que le propre

(1) Couverture servant de manteau aux Ecossais. *(N.d.T.)*

canot automobile de Ian allait deux fois par semaine chercher le courrier sur le continent.

C'était presque comme vivre sur une île déserte avec, en plus – elle devait le reconnaître –, beaucoup des avantages de la civilisation.

Si seulement les domestiques avaient parlé l'anglais, elle eût pu essayer de les corrompre, bien qu'elle ne crût pas la chose possible, car elle avait pu mesurer l'adoration qu'ils portaient à Ian. Ils lui obéissaient aussi totalement que des esclaves.

Elle s'était rendu compte que, à l'extérieur du château, pas un des habitants qu'ils avaient croisés n'avait manqué de lui faire une révérence et leur visage s'était éclairé à son approche, non pas comme s'ils se trouvaient devant leur laird, mais devant un ami. Il n'avait pas fallu longtemps à Diana pour comprendre que Ian, ici, n'était rien moins qu'un roi parmi ses sujets. Si elle était contre lui, il était vraisemblable qu'elle ne recueillerait jamais aucune aide de la part des habitants de Ronsa.

Elle n'avait cessé d'aller et venir dans sa chambre, tentant de réfléchir, quand elle s'aperçut qu'elle n'avait que dix minutes pour s'habiller. La nuit approchait, et cette idée dominait son esprit quand elle descendit pour le dîner. Elle avait même essayé de se rendre moins attrayante, et pour cela, elle avait revêtu une robe noire sévère et tiré ses cheveux. Elle ne portait aucun bijou, n'était pas maquillée, bien qu'elle n'ait pu résister à la tentation de se colorer très légèrement les lèvres.

Elle ne savait pas qu'elle était encore beaucoup plus séduisante ainsi. L'austérité de sa robe rehaussait la blancheur de son teint et l'or de sa chevelure, et ses joues pâles accentuaient la profondeur et la beauté de ses yeux.

Ian mourait d'envie de lui demander d'être toujours comme cela, car l'absence d'ornements la faisait paraître moins sophistiquée.

Le repas se passa en silence, Diana se refusant à répondre à la conversation de Ian et mangeant avec une délicatesse excessive comme si elle avait peine à avaler.

Le dîner terminé, ils gagnèrent la bibliothèque, reprenant leurs places de la veille, Diana sur le sofa avec la même expression d'accablement, et Ian dans le fauteuil avec les chiens affectueusement couchés à ses pieds.

– J'ai quelques lettres à écrire, dit Diana. Voyez-vous une objection à ce qu'elles soient postées d'ici?

– Pas la moindre, si ce n'est que je vous demanderai, et je m'en excuse, de me les montrer. Je ne peux pas courir le risque de voir mon île assaillie par une bande de farouches libérateurs.

Diana soupira. Elle s'attendait à cette réponse et l'avait redoutée. Les minutes s'égrenaient lentement à la grosse horloge et, à chaque tic-tac, Diana sentait s'approcher l'heure du coucher. Une bûche s'effondra dans la cheminée, mais tous deux demeurèrent assis et silencieux, avec seulement le tic-tac de l'horloge qui donnait à Diana, exaspérée, envie de crier.

N'y tenant plus, elle se leva brusquement et sa jupe souple tourbillonna autour d'elle.

– Vous m'avez demandé de vous épouser, dit-elle, d'une voix un peu tremblotante, n'avez-vous donc pas de cœur? Vous ne pouvez pas faire cela!

– Ma femme doit être digne de ma maison, dit Ian, d'une voix pleine d'un mépris qu'elle ressentit comme un soufflet. Je ne vous épouserai jamais. En outre, ajouta-t-il, pourquoi le ferais-je?

– Si j'étais un homme, je vous tuerais pour une telle insulte! s'écria-t-elle avec violence.

– Oui, mais vous n'êtes pas un homme, répliqua-t-il en la soulevant et la prenant dans ses bras. Vous n'êtes qu'une femme, une femme terriblement attirante.

Et, tandis qu'elle se débattait, en vain, il l'emporta à l'étage supérieur.

12

Alors que toute l'île acceptait aveuglément la conduite de Ian, quelqu'un, par contre, la discutait. Jean Ross ne s'expliquait pas l'apparition soudaine de Diana et était tourmentée par sa présence.

Aussi loin qu'elle pût remonter dans son souvenir elle se rappelait avoir aimé Ian. Elle l'avait adoré en robuste et beau petit garçon alors qu'ils jouaient ensemble, et quand elle avait cessé de le voir, l'absence n'avait fait que le lui rendre plus cher. Privée d'autre camaraderie dans la vie paisible qu'elle menait, solitaire, à l'université où elle s'était fait peu d'amis, les souvenirs qu'elle gardait de Ian étaient son unique consolation.

Elle parcourait les journaux de Londres dans l'espoir d'y lire son nom et bien que rarement récompensée, elle rassembla quelques maigres coupures de presse qu'elle cacha dans sa boîte aux trésors, laquelle contenait les plus étranges souvenirs : un mouchoir taché de sang, qu'il lui avait prêté un jour où son genou saignait, une patte de lièvre, la première pièce qu'il avait tuée, et des plumes de coq de bruyère ainsi que quelques photographies.

Ce n'étaient que des instantanés, flous pour la plupart, pris par un photographe amateur à l'occasion de son neuvième anniversaire, mais elle les avait considérés comme de merveilleuses réussites.

Bien qu'assez jolie pour attirer l'attention d'hommes de la classe de Ian, elle avait peu ou pas de succès dans son propre milieu. Tout d'abord, elle se considérait comme supérieure à eux, se faisant lointaine et dédaigneuse dès qu'ils essayaient de l'approcher; et ensuite, sa chevelure flamboyante, qui attirait l'attention des gens du Sud, était par trop banale parmi les classes laborieuses pour lui conférer un attrait particulier.

Elle s'était fait quelques relations féminines à Edimbourg; mais elle éprouvait une certaine gêne à leur rendre visite, se sentait gauche et mal à l'aise dans leur atmosphère guindée et bourgeoise, et elle était trop consciente des déficiences de sa vie familiale pour inviter qui que ce fût à Ronsa.

Une fille plus souple qu'elle et plus simple se serait adaptée aux conditions de vie ambiantes et en aurait tiré le meilleur parti possible, mais Jean se renfermait dans sa coquille. Elle était, de ce fait, restée seule, sans amis, pendant tout son temps passé à l'université, puis, au retour, elle avait éloigné d'elle les habitants de l'île par une affectation de supériorité.

L'éducation était rare à Ronsa. Ses parents ne savaient ni lire ni écrire, et à part elle, personne sur l'île ne parlait l'anglais. Rien de surprenant à ce que le mécontentement l'ait rendue morose et amère.

Elle avait eu l'intention, ses diplômes obtenus, de chercher un poste sur le continent comme secrétaire ou comme institutrice; mais sa mère se faisait vieille et tomba malade juste avant les examens de fin d'année : Jean fut rappelée pour s'occuper d'elle. Sa mère une fois rétablie, considérant qu'il était trop tard ou, peut-être, en ayant perdu le goût, elle renonça à ses études. Et d'ailleurs, sa présence à la maison était devenue indispensable.

Personne dans l'île n'avait de servante et il était pratiquement impossible que Mrs Ross pût continuer à assurer la marche de la maison. Jean demeura donc à Ronsa, attachée à l'île sans espoir de changement, si ce n'est le mariage avec un des fermiers locaux, ce qui, à dire vrai, n'aurait guère modifié sa vie.

Ainsi cet amour réprimé, l'amour qu'enfant elle avait eu pour Ian, grandit avec l'adolescence, tournant presque à l'obsession. Quand on apprit qu'il était en Afrique, elle fit venir du continent tous les livres pouvant exister sur le pays. Elle parcourait les livres de géographie et de voyages, tous les romans hantés d'héroïnes à la peau sombre; et ces derniers lui faisaient verser des larmes amères, redoutant que pris au charme d'une autre femme, il ne revienne jamais.

Quand la nouvelle de la mort du colonel Carstairs se répandit dans l'île et que les habitants prirent le deuil, Jean, au contraire, se sentit plus gaie que jamais, chantant même en travaillant et souriant à tout le monde, ce que ne manqua pas de remarquer son père, qui n'était pourtant pas très observateur.

Et, cependant, le jour où Ian revint pour assumer les fonctions de sa position et jouir de son héritage, Jean avait été incapable de se joindre à la foule qui attendait sur le quai l'arrivée du bateau ramenant le jeune laird.

Comme les autres, elle s'était habillée de son mieux et avait fait quelques pas vers le lieu d'accueil, mais, submergée par ses sentiments, elle avait disparu et s'était sauvée dans la lande qui avait été le témoin de leurs jeux d'enfants. Là, elle s'était étendue, le visage enfoui dans la douce bruyère, et s'était abandonnée aux fantaisies de son imagination, consciente que ce ne serait jamais qu'un rêve.

La visite que lui avait faite Ian, deux jours plus tard, avait nourri cette imagination. Jour après jour, elle l'avait attendu et comme il ne revenait pas, elle pleura de nouveau. Elle savait que son amour était une chose impossible et, cependant, elle ne pouvait se contrôler. Il faisait partie d'elle-même, avait grandi avec elle, et elle était incapable de l'arracher de son cœur.

« Ian... Ian! » Elle avait si souvent murmuré son nom durant les nuits solitaires, elle l'avait crié au vent qui soufflait sur la lande, et elle le portait contre sa poitrine, écrit sur le seul billet qu'il lui eût jamais adressé.

Ian avait reçu une légère blessure en 1916. Rien de sérieux, mais toute l'île avait vécu dans l'inquiétude jusqu'au moment où le vieux laird les avait rassurés sur l'état de Ian.

Jean, à ce moment-là, était à Edimbourg et avait trouvé l'information en lisant les journaux. L'inquiétude lui avait fait perdre le sommeil; elle imaginait Ian malade et sans soins. Ses camarades, qui avaient remarqué sa pâleur, avaient essayé de la réconforter en lui parlant avec gentillesse.

Mais elle les avait à peine écoutés, n'existant qu'en elle-même avec son angoisse, jusqu'au jour où, enfin, Ian avait répondu à la lettre qu'elle lui avait envoyée. C'était un matin, alors que tous les étudiants étaient rassemblés pour la distribution du courrier, que la lettre de Ian était arrivée; incapable d'attendre d'être seule pour l'ouvrir, elle avait vite déchiré l'enveloppe et s'était évanouie après avoir lu que Ian allait bien.

Cette lettre amicale de remerciements, froissée et

presque illisible à force d'avoir été lue et relue, ne l'avait jamais quittée un seul instant.

Depuis le retour de Ian à Ronsa, Jean négligeait souvent le travail de la maison ou se levait si tôt que tout était terminé avant l'aube. Elle partait alors pour sa longue marche jusqu'au château et là, cachée dans la bruyère ou dissimulée dans l'ombre des pins, elle guettait Ian quand il passait avec sa voiture ou entraînait un de ses chevaux. Le voir, même à distance, était une consolation pour son cœur endolori. Elle était assez humble pour en être reconnaissante. Pouvoir l'observer à loisir, espérer qu'elle aurait peut-être l'occasion de lui parler était pour elle comme une nourriture après tant d'années de privations. L'immense estime qu'exprimaient les habitants de Ronsa en parlant de lui était comme un baume qui lui faisait chaud au cœur. Elle ne prenait pas part à la conversation mais écoutait, fière de l'homme qu'elle aimait.

Quand elle apprit la venue de Diana au château et qu'en les épiant elle la vit à ses côtés, elle fut envahie par une jalousie farouche. Peu de femmes étaient venues en visite sur l'île, hormis à l'occasion d'une « party » donnée par le vieux laird; les femmes invitées étaient ses contemporaines, et partant, d'un certain âge; mais Ronsa n'avait jamais vu quelqu'un comme Diana. Sa beauté et ses talents de cavalière étaient une révélation et Jean était terriblement irritée d'entendre parler d'elle avec respect et admiration.

Jour après jour, elle se cachait près du château pour la voir à cheval avec Ian. Ils passaient parfois si près d'elle, tapie dans la bruyère, qu'elle pouvait même entendre leur conversation; elle était ravie de constater que Diana était morose et peu bavarde et que Ian, lui, avait l'air sombre.

« Quelle folle! pensait Jean. Comment peut-on

avoir l'air triste ou fâchée quand on est en compagnie de Ian? Comment peut-on ne pas lui donner le meilleur de soi-même? »

En dépit de toute la loyauté des gens du château, on commença à chuchoter, des bruits étranges circulèrent : la dame était malheureuse... et pratiquement prisonnière du laird auquel elle parlait avec haine et dédain. Cela sembla tout d'abord incroyable. Mais, en examinant de plus près l'expression de Diana, Jean en vint à croire que ces potins étaient vrais.

Un jour, dans son désir de savoir, elle oublia toute prudence et s'avança si près des cavaliers que Ian l'aperçut derrière un pin et l'appela :

– Hello, Jean! En voilà une surprise! dit-il en arrêtant son cheval.

A contrecœur et rouge de confusion, Jean s'avança, honteuse de son apparence et de ses cheveux en désordre, à côté de la netteté de Diana.

– J'allais au château avec un message de ma mère, dit Jean vivement.

– Comment, vous parlez anglais! s'exclama Diana en se tournant vers elle.

Elle ne s'était pas intéressée à ce que disait Ian, se rendant à peine compte que, pour la première fois en sa présence, il s'adressait à une habitante de l'île en anglais; mais, quand Jean lui répondit, elle fut éberluée et fit approcher son cheval.

– Oui, dit Ian gaiement, Jean est allée à l'université à Edimbourg où elle a passé de nombreux examens.

– Comme c'est merveilleux de trouver quelqu'un que je peux comprendre! s'empressa de dire Diana. Il faut que j'aille vous voir, un jour, si vous permettez.

Jean ne répondit pas. La couleur qui empourprait son visage, quelques instants plus tôt, avait disparu, la laissant d'une pâleur effrayante. Elle ne comprenait pas l'intérêt soudain de Diana et la regardait, mal à l'aise, et ne sachant que répondre.

– Nous irons certainement vous voir, Jean, dit Ian en insistant sur le « nous », ce qui n'échappa pas aux deux femmes. (Il ajouta à l'adresse de Diana :) Mrs Ross fait les meilleurs scones du monde.

Diana fit mine de n'avoir pas entendu. Elle continuait à regarder Jean d'un œil avide, mais elle sentait que cette fille étrangement attirante lui était hostile, et elle se demanda si elle éprouvait, elle aussi, cette dévotion exagérée envers Ian que lui témoignait tout son entourage.

Jean était trop embarrassée par la situation pour savoir ce qu'il convenait de dire. Elle murmura :

– Nous serons ravis de vous voir.

Puis elle fit demi-tour et s'enfuit, faisant, dans sa confusion, la petite révérence que les femmes du domaine avaient toujours faite au vieux laird, mais que Jean avait depuis longtemps abandonnée, estimant que son éducation la dispensait de cette pratique.

Tandis qu'ils chevauchaient côte à côte, Ian dit à Diana :

– Au cas où vous songeriez à vous échapper avec l'aide de Jean, je tiens à vous prévenir qu'elle n'a ni bateau ni avion.

Diana secoua la tête et éperonna son cheval. Elle s'éloigna au galop. Mais ce qu'il venait de dire avait fait naître en elle une idée.

Un avion! Comment n'y avait-elle pas songé plus tôt! Le hangar n'était sans doute pas verrouillé en permanence, car l'existence, dans l'île, de voleurs mécaniciens était fort improbable. L'espoir que faisait naître le plan dans son esprit la rendit aimable et presque agréable avec Ian.

Jean s'était enfuie vers le château mais, sitôt hors

de vue, elle était revenue sur ses pas et avait grimpé à travers les pins vers la lande. Elle souffrait de s'être comportée de cette façon gauche et un peu paysanne. A côté de l'élégance raffinée de Diana, elle se sentait rude, peu féminine et détestait son apparence et ses manières.

Elle n'était pas parvenue à comprendre le soudain intérêt de Diana et ce ne fut qu'en arrivant au portail de la ferme que la lumière se fit dans son esprit.

Les histoires du château étaient exactes. Diana était prisonnière et retenue de force. Une personne parlant l'anglais lui offrait une chance de s'évader.

Que dirait Ian? se demandait Jean. Aimait-il Diana? Elle ne parvenait pas à croire, dans son amour débordant, qu'un être ayant le bonheur d'être aimé par Ian ne lui rende pas cet amour au centuple. Il était si beau, si merveilleux en tout que cette fille devrait être incapable de lui résister. Et cependant, il y avait son expression visiblement sans joie et son air toujours morose et fermé chaque fois qu'ils passaient près d'elle.

Jean tourna et retourna le problème dans son esprit. Elle resta pensive durant tout le repas, mais ce n'était pas rare chez elle; ses parents n'y prêtèrent aucune attention et bavardèrent du travail de la journée.

Quand, enfin, elle se retrouva seule dans sa chambre, en se déshabillant à la lumière de la lune afin d'économiser les bougies qu'on ne pouvait se procurer que sur le continent et qui coûtaient cher, Jean leva ses bras nus comme pour un serment solennel, et décida : « Il ne peut pas avoir besoin d'elle. Si elle veut, je l'aiderai à fuir. »

Excitée par cette décision, elle ne pouvait plus attendre; il lui fallait agir tout de suite. Sa jalousie la poussait à vouloir le départ rapide de Diana. Elle devait quitter l'île sans attendre. Comment pouvait-elle espérer que Ian s'intéressât à sa personne avec, devant lui, la beauté de Diana qui éclipsait totalement sa grâce rustique?

Après s'être retournée une heure ou deux dans son lit sans pouvoir trouver le sommeil, Jean se leva, s'habilla et descendit pieds nus l'escalier afin de ne pas réveiller ses parents. Une fois dehors, elle mit ses souliers et entama sa longue marche.

La lune qui venait de se lever brillait sur sa tête nue et elle était – mais elle l'ignorait – étrangement jolie dans cette lumière argentée, tandis qu'elle cheminait dans la bruyère humide de rosée.

Il n'était pas tard mais, à Ronsa, les fermiers se couchaient avec le soleil et se levaient à l'aube. Elle vit, en approchant du château, que quelques fenêtres étaient encore éclairées. Avec audace, elle entra dans le jardin et rampa jusqu'aux pièces de réception donnant sur la mer.

Elle connaissait chaque recoin du château comme, d'ailleurs, la plupart des habitants de l'île, car le vieux laird aimait qu'ils en apprécient les beautés; et, une fois par semaine, les portes étaient ouvertes aux visiteurs.

Jean avait donc deviné juste : Diana occupait la chambre d'apparat. Marchant sur l'herbe avec prudence pour étouffer le bruit de ses pas, elle leva la tête et vit qu'une lumière brillait à travers la fenêtre à meneaux.

Tout était silencieux; Jean écouta pendant un long moment. « Diana doit être éveillée, pensa-t-elle, mais comment attirer son attention? »

Les volets étant fermés à toutes les fenêtres du bas, il ne lui était pas possible de savoir si quelqu'un était encore debout dans cette partie de la maison. Elle rampa sous les branches d'un grand buisson en fleur, et fit tomber sur elle les pétales dont la douce senteur l'enveloppa.

Elle mit sa main en porte-voix et siffla – une note prolongée et basse. Pas de réponse, mais la lumière de la pièce et son reflet doré sur le sentier l'encouragèrent.

Elle ramassa un petit caillou et le lança. Il frappa le carreau avec un bruit aigu et retomba sur le sol. Effrayée, elle se cacha de nouveau dans les ombres du buisson.

Elle avait réussi; les rideaux s'écartèrent et une silhouette apparut à la fenêtre. C'était Diana. Elle se pencha en avant et ses cheveux tombèrent sur son visage. Jean pouvait voir que ses épaules étaient nues et son corps à peine dissimulé sous une chemise de nuit transparente.

Jean s'apprêtait à sortir de sa cachette et à appeler quand elle entendit la voix de Diana.

– Il n'y a personne, dit-elle.

Jean se raidit quand une autre voix, qu'elle connaissait si bien, répondit :

– Bien sûr! Pourquoi y aurait-il quelqu'un?

Et Ian apparut à côté de Diana. Il entoura de son bras ses épaules nues; elle eut un mouvement d'impatience, mais il l'ignora.

Jean alors cacha son visage dans ses mains, car il attirait Diana contre lui et l'entraînait dans la chambre.

13

C'était une belle matinée avec un léger vent frais vivifiant et tout chargé de sel, car il venait de l'autre côté de l'Atlantique et tourbillonnait autour du château en petites bourrasques. Il courbait l'avoine dans la vallée, dispersait les aiguilles de pin et soufflait dans les cheveux de Diana, qui faisait un petit galop avec Starlight tandis que Ian, à ses côtés, montait son cheval bai.

La gravité morose qu'elle s'efforçait de donner à son expression lui faisait une bouche tombante et marquait son front blanc d'un léger froncement, sa seule réponse aux réflexions de son compagnon. Mais elle ne pouvait, en revanche, ternir le brillant de ses yeux, lequel n'était pas seulement dû au plaisir matinal, mais à une santé parfaite et à un réel bien-être.

On ne pouvait nier que ces dix jours passés en captivité lui avaient été plus que salutaires. Son teint s'était avivé, mais restait aussi doux et transparent que le promettait la publicité de la firme de produits cosmétiques à laquelle elle avait si souvent prêté son visage.

Diana, en vérité, se sentait très bien. C'était la première fois qu'elle menait une vie dont étaient exclus la dissipation nocturne, les atmosphères étouffantes, et le champagne et les cocktails. Elle se couchait tôt et se levait de bonne heure – c'est ainsi qu'on vivait à Ronsa – et si ses yeux étaient soulignés de minces cernes violets à peine perceptibles, ceux-ci ne faisaient qu'ajouter à sa beauté au lieu de la desservir. Ses mouvements ne trahissaient aucun signe de fatigue; elle marchait maintenant avec entrain et non plus avec la grâce languide qui était la sienne à Londres.

Elle n'avait jamais eu un tel appétit, et malgré sa décision de ne parler à Ian que contrainte, les repas étaient un moment très agréable. Diana devait reconnaître que Ian avait avec elle une patience extraordinaire. Elle faisait tout pour l'irriter, le poussait par moments à croire qu'elle s'intéressait à sa conversation et quand, emporté par son sujet, il s'abandonnait à l'éloquence, elle le quittait et, avec insolence, sortait de la pièce. Arrêté au milieu d'une phrase, Ian se contentait de secouer les épaules avec bonne humeur et sans jamais s'irriter.

Elle était blessée de découvrir qu'elle n'avait apparemment pas la moindre possibilité de l'émouvoir, excepté dans le domaine de la passion où là, il n'était pas indifférent, la froideur qu'elle lui manifestait semblant le déchaîner plutôt que le dissuader. Elle avait cessé de lui montrer de la haine car il se contentait de rire et d'étouffer ses protestations par des baisers; elle avait donc appris à rester silencieuse, espérant que sa passivité provoquerait les remords du jeune homme.

Pendant la journée il ne tentait jamais de la prendre dans ses bras. Elle n'avait rien à craindre de lui jusqu'à ce que le soleil se couche dans sa lueur flamboyante derrière les vagues de l'océan. Chevauchant côte à côte ou se promenant en voiture, ou assis tous deux dans la bibliothèque, il était un compagnon charmant et amical qu'elle aurait pu rencontrer chez des amis, à la campagne.

Ian avait vécu seul pendant tant d'années qu'il n'éprouvait pas le besoin d'un auditoire pour l'encourager à parler. Il semblait si satisfait par cette existence de gaieté unilatérale que Diana désespérait presque de jamais parvenir à lui faire prendre conscience de ce que sa conduite avait d'exécrable.

Maintenant, en galopant à ses côtés, elle lui jeta un coup d'œil furtif, et vit combien cette journée le rendait heureux. Lui aussi était nu-tête et sa chemise ouverte au col laissait voir un peu de peau blanche qui contrastait avec le bronze prononcé de sa gorge.

Il sourit en se tournant vers elle pour faire une remarque banale sur le temps et elle ne put s'empêcher d'admirer sa fière allure et son maintien. Peu d'hommes, parmi ses relations, étaient capables de monter comme lui; il donnait l'impression de faire corps avec sa monture. Ses chevaux connaissaient son amour pour eux, de même que son intrépidité et, comme c'est toujours le cas avec les animaux, ils lui rendaient son affection et avaient confiance en lui.

Comme ils se dirigeaient vers les collines, en grimpant à allure régulière sur le sol moussu, Diana regarda le petit port contigu au château et vit un bateau qui prenait la mer. Ce n'était pas le canot postal qu'elle ne connaissait que trop bien, car à chacune de ses traversées, à l'aller vers le continent ou au retour, il était pour elle un rappel de son impuissance.

Ce bateau était gris et d'une structure différente. Elle discernait vaguement une silhouette de femme debout à l'avant tenant l'embarcation le long du quai tandis qu'un homme se préparait à monter à bord.

Elle maintint Starlight et se tourna de côté pour observer leur manœuvre. Ian suivit la direction de son regard.

– C'est Jack Ross, dit-il, et je pense que c'est Jean qui est avec lui. Je me demande pourquoi il va sur le continent. C'est rare qu'il quitte l'île, même pour une heure.

Diana contempla la fille qui voyait en elle une ennemie, la fille à laquelle – son instinct le lui disait – elle pourrait demander de l'aide, à l'occasion.

– Descendons et allons les voir, suggéra Diana.

Ian, bien que trouvant un peu suspecte la gentillesse de sa voix, acquiesça. Ils firent demi-tour, et se dirigèrent en trottant vers le quai.

Jack Ross répondit au salut de Ian avec bonne humeur, mais Jean eut un air si étrange et si méfiant que Ian la regarda, surpris.

« Elle est jalouse, se dit Diana en elle-même. Elle sait ou se doute de quelque chose et elle lui en veut. »

Elle l'observa pendant que, tournant délibérément le dos à Ian, la jeune fille s'affairait à ranger quelques paquets sous la toile goudronnée. Elle était très séduisante, ce que Diana en vraie femme, ne manqua pas de remarquer.

Elle portait un kilt d'homme et l'on pouvait voir ses belles jambes nues. Elle avait des chaussettes et de lourdes chaussures en cuir brut. Sa chemise était verte ainsi que le béret posé sur sa merveilleuse chevelure blond vénitien. Seules ses mains rendues rugueuses par les durs travaux trahissaient son origine humble. Par le reste de sa personne, elle aurait pu aisément être la descendante de quelque grand clan avec un sang noble coulant dans ses veines.

Comme elle s'activait dans l'espace étroit du bateau, une lourde rame, mise de côté sur une planche et destinée à servir en cas d'urgence, glissa et tomba au milieu du bateau, renversant tous les paquets que Jean avait arrangés avec soin. Elle s'efforça de l'enlever, mais la rame s'était logée entre les planches du pont.

En une seconde, Ian avait sauté de cheval et vint à l'aide de Jean. La mauvaise humeur de Jean sembla s'évanouir. Ils rirent tous deux et, contrairement à son habitude, elle lui parla en gaélique, et Diana ne put saisir leurs propos. La fureur la gagna à l'idée de devoir attendre tandis que Ian était occupé avec cette fille ordinaire.

Sans dire un mot, elle s'éloigna, dirigeant Starlight vers la vallée. Ian l'insultait mais cela, c'était le comble. Elle n'avait aucun moyen de se protéger contre sa brutalité, mais elle ne tolérerait pas qu'il la méprisât devant des inférieurs.

Elle se mit en rage en faisant le compte de toutes les humiliations, de tous les affronts endurés; elle tremblait de colère.

Soudain, elle entendit derrière elle le bruit des sabots d'un cheval; elle tourna la tête et vit Ian approcher, essayant de la rejoindre; à cet instant, le diable qui sommeillait dans le tempérament des Stanlier sembla prendre possession d'elle et, éperonnant Starlight, elle partit au galop.

Starlight était en nage, mais allait vaillamment et Diana ne lui épargna pas la cravache. En se rendant compte qu'elle distançait Ian elle continuait cependant de galoper, de plus en plus vite, le mouvement attisant sa fureur et obscurcissant sa raison comme un nuage noir.

Elle savait seulement qu'elle devait continuer, aller toujours et ne pas s'arrêter. Elle oubliait qu'elle était sur une île et qu'il ne s'agissait pas d'évasion; elle savait seulement que Ian était derrière et qu'il ralentissait; elle lui échappait.

La pente jusqu'au château était très raide, mais Diana n'hésita pas. Elle se retourna, jeta un coup d'œil et vit que Ian était loin sur sa droite. Elle avait fait un détour et, pour gagner les écuries du château, elle devait tourner dans sa direction; lui, ayant coupé au plus court, arriverait presque au même moment.

Obstinée et inébranlable, elle partit droit devant elle et ce n'est qu'en voyant le haut mur de pierre qui encerclait les pâturages qu'elle comprit la nécessité d'arrêter son cheval et de se soumettre pour entrer au château, comme elle en était partie, avec Ian à côté d'elle.

Soudain, avec la sauvagerie d'un tempérament en pleine folie, elle refusa la défaite et fit face au mur.

Starlight ralentit son allure, mais Diana l'obligea à la maintenir.

« Si je suis tuée, tant mieux », pensa-t-elle en lançant le cheval sur le mur.

Au moment où elle se rassemblait pour le terrible saut, un doute l'assaillit.

Le courageux animal, avec toutes les chances contre lui, sauta; mais la hauteur et l'épuisement d'un galop prolongé eurent raison de lui. Diana sentit qu'il avait touché le haut du mur... puis elle fut projetée dans l'espace. Le choc l'étourdit un peu; elle se releva après quelques minutes, vacillante, mais sachant qu'elle n'avait rien de sérieux.

Puis, instant qu'elle n'oublierait jamais, elle vit ce qui était arrivé à Starlight.

Le superbe animal se démenait comme un fou, et Diana comprit qu'il s'était brisé la jambe. Il essaya à plusieurs reprises de se mettre debout, mais en vain. Il retomba, la tête haute, les yeux dilatés et il poussa un petit hennissement de peur. Il était baigné de sueur et il avait un peu d'écume à la bouche.

– Dieu! Qu'ai-je fait? cria Diana en s'avançant vers lui. (Mais elle comprit qu'elle ne pouvait pas le toucher car il se débattait, la jambe flasque et pendante.) Oh, mon Dieu! murmura-t-elle, incapable de supporter un spectacle aussi bouleversant.

Egarée, elle regarda autour d'elle, cherchant une aide; elle vit un homme qui accourait, mais avant qu'il l'ait rejointe, Ian arrivait à l'extrémité du champ.

Elle le regarda approcher, comme fascinée. Elle vacillait sur ses jambes, encore secouée par sa chute. Elle n'avait jamais pu voir souffrir un animal et était incapable de regarder Starlight, qui agonisait. La respiration de Diana était coupée de sanglots, mais elle ne pleurait pas; il n'y avait en elle que l'horreur de son acte.

Ian arriva au galop, mit pied à terre, et un rapide coup d'œil lui fit comprendre la situation. Il se remit en selle et partit à travers champs. Qu'allait-il faire? Diana s'interrogeait. Ebranlée par le choc, elle claquait des dents et avait terriblement froid, malgré le chaud soleil.

Le palefrenier était penché sur la tête de Starlight et ne cessait de lui parler d'une voix que le cheval semblait comprendre car il demeurait tranquille, et seules les contractions de ses muscles indiquaient qu'il souffrait.

Quelques minutes seulement s'étaient écoulées et Diana avait l'impression d'être là depuis une éternité. Elle savait instinctivement ce que serait le verdict, mais priait Dieu de se tromper. Quand, enfin, elle vit Ian revenir, elle attendit, les mains serrées pour les empêcher de trembler et, quand elle aperçut ce qu'il tenait à la main, elle sut qu'elle avait deviné juste.

– Retournez à la maison, lui dit-il.

Et brusquement il se détourna d'elle.

Elle se sauva, comme elle en avait reçu l'ordre, en titubant sur le sol inégal. Elle ne regarda pas en arrière, mais ne put s'empêcher d'entendre le coup dont l'écho retentissait dans toute la colline, puis revenait, lui donnant l'impression de résonner interminablement à son oreille.

De retour dans sa chambre, elle retira ses bottes ainsi que sa culotte de cheval et sa chemise. Elle s'était légèrement contusionné l'omoplate au cours de sa chute. Elle subissait maintenant la réaction à l'effroyable colère qui avait provoqué le drame. Elle se sentait lasse et, surtout, terriblement malheureuse.

Un sentiment d'horreur s'empara d'elle et elle eut beaucoup de mal à ne pas s'abandonner aux larmes. Starlight avait été tout ce qu'elle aimait à Ronsa. Il ne pouvait pas la persécuter, cet ami muet avec lequel elle avait passé malgré elle tant d'heures heureuses. Et maintenant, elle l'avait tué!

Enveloppée dans sa robe de chambre, elle allait et venait, essayant de ne pas penser et luttant pour retrouver le contrôle d'elle-même. C'est alors que la porte s'ouvrit et avec une telle brusquerie qu'elle poussa un petit cri. Ian entra. Son visage avait une gravité qu'elle ne lui avait encore jamais vue; elle en éprouva une réelle terreur.

Elle ne pouvait trouver aucun mot pour exprimer son chagrin, tandis que, debout, et le dos obstinément tourné, elle attendait.

Il se mit à parler d'une voix calme sous laquelle se dissimulait une fureur qu'aucune violence verbale n'aurait pu calmer. Le tempérament de Diana quand on le déchaînait s'extériorisait dans la colère, mais Ian demeurait calme et plus fort encore.

– J'aurais préféré que vous m'ayez tué que faire ce que vous avez fait à un de mes chevaux, dit Ian. Vous êtes apparemment aussi irresponsable qu'une enfant, vous devez être traitée de même.

D'un mouvement soudain auquel elle ne s'attendait pas, il arracha le peignoir qui couvrait ses épaules et ce ne fut que lorsqu'elle sentit la morsure du fouet et une douleur intolérable qu'elle comprit ce qu'il avait l'intention de faire.

Elle étouffa un cri, mais demeura immobile et reçut le coup suivant sans un murmure, qui tomba en déchirant la peau, mais la souffrance physique n'était rien en regard de l'intolérable humiliation morale.

Elle sentit qu'elle allait demander grâce et, au moment où ses sanglots s'apprêtaient à vaincre sa fierté, elle entendit un craquement : c'était Ian qui venait de briser le fouet sur son genou; il en jeta les deux morceaux aux pieds de Diana qui les fixa stupidement à travers ses larmes. La porte se ferma et elle se retrouva seule.

14

Elle se souleva dans son lit et s'appuya sur un bras. Elle écouta.

Aucun bruit, excepté celui du vent sifflant autour du château et le gémissement des vagues.

Depuis ce terrible épisode auquel elle n'osait pas penser, elle était restée dans sa chambre, refusant la nourriture qu'on lui apportait et redoutant la nuit qui pourrait ramener Ian auprès d'elle. Il était presque 1 heure; elle savait donc qu'il ne viendrait pas et que tout le monde dans la maison était couché.

Poussée par un besoin irrépressible d'agir, elle avait mis au point un plan d'évasion, si désespéré que, même maintenant, en pleine frénésie, elle était effrayée par sa propre audace.

Elle n'avait pas vu son avion depuis le soir de l'arrivée à Ronsa. Elle avait interrogé Ian, mais il l'avait assurée qu'il était en sûreté et que son mécanicien s'en occupait très sérieusement.

Ian était constamment avec elle, il ne lui avait pas été possible de vérifier par elle-même. Maintenant, seule la nuit pour la première fois, elle décida de tenter de s'enfuir, dans son propre avion, ou dans celui de Ian rangé dans le même hangar.

L'idée était absolument folle; aucun aviateur, sain

d'esprit, n'aurait tenté un tel vol et elle n'avait pas la moindre expérience de la navigation de nuit. Quelle chance pouvait-elle avoir de réussir quand toutes les conditions étaient contre elle?

Elle se représenta mentalement l'immense grange au toit ondulé qu'on utilisait comme hangar pour les avions. L'inquiétude l'envahit en se souvenant que l'herbe du terrain d'atterrissage n'avait pas été coupée. Quelques heures plus tôt en effet, alors qu'elle quittait en hâte le lieu de la tragédie, elle avait noté, inconsciemment, l'épaisse végétation de chardons et de mauvaises herbes.

Mais elle ne devait pas s'attarder à ces détails, il fallait qu'elle s'échappe. Elle se leva et se pencha par la fenêtre pour scruter la nuit.

Les nuages étaient hauts dans le ciel et se déplaçaient rapidement. Le vent serait-il favorable? Tandis qu'elle s'interrogeait, un rayon de lune se faufila entre les nuages, éclairant la mer d'une lueur argentée. Si seulement la nuit devenait claire, son plan pourrait réussir.

Elle dépendait de la lune pour la lumière – la lune, Diana! – son homonyme... le destin, sûrement l'aiderait.

Elle n'avait qu'une idée : quitter le château avant de revoir Ian; quelque dangereuse que fût la tentative, elle devait la risquer.

L'horloge sonna 1 heure. Dans la cheminée, le feu s'était presque éteint, mais elle le raviva afin d'avoir assez de lumière pour trouver ses vêtements. Elle s'habilla rapidement. Elle sentit un élancement dans ses épaules mais au lieu de la retarder cela ne fit que l'aiguillonner.

Elle enfila son manteau de cuir, glissa son bonnet de vol dans sa poche et, ses chaussures à la main, elle ouvrit la porte avec une extrême précaution. Dans le couloir, tout était noir et silencieux. Elle marcha à tâtons, le long des murs, jusqu'à l'escalier. Les marches craquaient tandis qu'elle descendait et, chaque fois, son cœur battait et elle s'arrêtait, anxieuse.

Elle décida de ne pas tenter d'ouvrir la porte de devant, ni celle donnant sur le jardin, mais de sortir en grimpant par la fenêtre de la bibliothèque au-dessus de laquelle personne ne dormait.

Elle écarta à grand-peine les lourds volets, se cassant les ongles dans l'opération. Quelques instants plus tard, elle enjambait la fenêtre et se retrouvait dans la plate-bande.

Il était très improbable que quelqu'un regardât dans le jardin, mais, néanmoins, elle était bien déterminée à ne prendre aucun risque. Elle s'éloigna de la maison, puis traversa le gazon en courant pour atteindre la grille par laquelle on accédait au terrain d'atterrissage. Les gonds rouillés grincèrent et c'est avec un frisson de terreur qu'elle se précipita vers le hangar qui s'élevait, immense, devant elle.

Elle devait se sauver, pensait-elle, prise de panique; mais son cerveau demeurait clair. Elle ne se souvenait pas avoir jamais vu les portes du hangar ouvertes, ce qui voulait donc dire que le mécanicien devait utiliser une autre porte. En effet, elle trouva une entrée à l'arrière, surmontée par une fenêtre à quatre vitres.

La porte était fermée, ce qui ne la surprit pas, mais la fenêtre s'ouvrait au moyen d'un loquet ordinaire. Elle tira de grosses bûches placées à côté du hangar et les entassa en dessous de la fenêtre. Quand elle fut assez haut, elle prit un canif dans sa poche, l'introduisit habilement dans le châssis et parvint, après plusieurs essais, à soulever le loquet. La fenêtre s'ouvrit toute grande.

Elle se hissa jusqu'à l'ouverture. Dans la faible

lumière du hangar, elle parvint à distinguer les avions qui, tous deux, étaient rangés face aux doubles portes. Avec difficulté, mais sans autre dommage qu'un bas déchiré et une égratignure, elle sauta à l'intérieur.

Elle inspecta d'abord les portes. Comme elle l'avait craint, elles étaient verrouillées et tirer les barres à l'intérieur restait sans effet. Elle fit le tour du bâtiment puis elle finit par découvrir une grosse clef accrochée au mur, à côté d'un manteau d'aviateur et de salopettes. Elle n'eut pas de peine à faire tourner la clef, et quelques minutes plus tard, le vent s'engouffrait dans le hangar.

Elle n'avait pas de lampe électrique, mais la clarté de la lune lui permit de se repérer.

Elle savait que le réservoir devait être presque vide; il faudrait faire le plein, ce qu'elle n'avait jamais fait seule auparavant. Dans un coin du hangar, il y avait des bidons d'essence, et à côté, une petite échelle. Sans perdre une minute, elle commença à porter les bidons jusqu'au Moth, et dès qu'elle en eut apporté huit, elle approcha l'échelle et entreprit de remplir le réservoir.

Elle glissa sur l'échelle, et lâcha un bidon; le bruit résonna à travers le hangar. Mais tout demeura silencieux.

Presque tout le contenu d'un bidon s'était répandu sur le sol, mais hantée par l'idée de ne pas perdre de temps, elle renonça à aller en chercher un autre. Une fois au-dessus du continent, elle trouverait bien à atterrir pour faire le plein. Elle était si impatiente d'être partie qu'elle ne pensait pas à ce qui pourrait arriver après.

L'avion était trop lourd pour qu'elle pût le déplacer seule, mais il y avait juste assez de place – quelques centimètres de chaque côté – pour passer directement par les portes, une fois en marche.

Elle n'avait jamais fait démarrer un avion ni tourné une hélice à la main. Elle essaya cependant, en vain. Elle donna davantage de gaz à plusieurs reprises jusqu'au moment où, les bras fatigués, elle dut s'arrêter et réfléchir à une autre solution.

Elle commença à considérer le problème logiquement. Pourquoi le moteur ne démarrait-il pas? Le mélange était-il trop faible ou trop fort? Il faisait trop sombre pour voir le moteur et elle ne pourrait décider de ce point vital que par l'odeur. S'il était trop faible il lui faudrait alors en envoyer davantage dans le carburateur et tourner l'hélice plusieurs fois pour aspirer un mélange plus riche. Et s'il était trop fort...

Le problème était terriblement compliqué et elle n'était pas en humeur de penser froidement à ces questions techniques.

Une autre idée, soudain, germa dans sa tête. Pourquoi s'obstinerait-elle à vouloir se servir de son propre avion, s'il ne voulait pas démarrer? Celui de Ian serait sûrement prêt, le mécanicien avait dû s'en occuper. Cette idée lui donna de nouveau de l'espoir et ranima son énergie.

Elle se tourna vers l'avion de Ian. C'était un appareil fermé, un Puss Moth; elle n'avait jamais piloté ce genre d'avion, mais elle pensait pouvoir s'en tirer. De toute façon, elle devait risquer le coup et, avec témérité, elle craqua une allumette.

Sous l'aile, elle trouva la jauge à essence et constata que le réservoir était presque plein. Cette fois, la chance était sûrement avec elle.

De plus en plus excitée, elle régla l'arrivée du carburant et tourna trois fois l'hélice. Puis elle mit le contact et le moteur se mit en marche. Enfin, elle réussissait!

Elle enleva rapidement les cales et, soulagée bien que remplie d'appréhension, elle enfila son manteau et grimpa sur le siège du pilote. Elle mit les gaz avec prudence et l'avion lentement s'ébranla.

Elle évita son propre Moth, passa de justesse entre les montants des portes et se retrouva sur le terrain. Elle accéléra, donna les gaz, poussa le manche à balai en avant et, l'appareil prenant de la vitesse, le ramena en arrière... l'avion resta au sol.

Elle vit avec horreur qu'elle approchait d'un mur en bordure du terrain. Elle n'en était qu'à quelques mètres et l'avion ne décollait toujours pas. Désespérée, elle coupa les gaz et amorça un virage juste à temps pour éviter la collision; par bonheur l'appareil se redressa immédiatement.

Elle coupa le contact. Pourquoi n'avait-elle pas pu décoller? Il ne semblait pas y avoir de raison valable. Elle essayerait de nouveau.

Mais cette perte de temps l'exaspérait. Elle écouta, redoutant d'entendre quelqu'un venir vers elle. Rassurée, elle se hissa hors du cockpit.

Elle était un peu secouée, le front et les mains trempés de sueur. Si seulement elle avait un peu de brandy! Comme elle avait eu tort de ne pas emporter la flasque d'argent qui était dans sa trousse de toilette!

Mais c'était facile d'être sage après coup; elle s'était habillée si hâtivement qu'elle n'avait même pas pensé à se vêtir chaudement! Le vent traversait sa blouse de satin et elle avait les jambes glacées sous ses bas fins comme des toiles d'araignée.

Elle ne voulait pas risquer de perdre du temps et, cependant, elle avait peur. Le mur de pierre tout proche, en lui rappelant la collision évitée de justesse, la rendait plus prudente qu'elle n'aurait souhaité l'être. Un mur avait déjà joué un rôle dramatique et elle ne pouvait supporter l'idée d'un autre accident.

L'anxiété la poussant au désespoir, elle mit de nouveau le moteur en marche. Elle roula jusqu'à ce qu'elle fût face au vent pour être prête à voler, ouvrit les gaz, poussa le manche à balai, accéléra et ramena le manche en arrière. L'avion refusa de s'élever.

Désespérée, elle saisit le manche à balai, le tirant en arrière de toutes ses forces, mais sans résultat. L'avion prenait de la vitesse et s'approchait du mur à vive allure. Diana fit tourner l'appareil, coupa le contact, mais il était trop tard, l'aile gauche venait de s'écraser contre le mur.

La force de l'impact fut terrible et, pendant un moment, Diana crut que l'avion allait se retourner. Puis il s'arrêta. Elle sauta de l'appareil pour voir son dernier espoir d'évasion en pièces sur l'herbe.

Alors, seulement, elle comprit que la hauteur de l'herbe avait retenu l'avion et l'avait empêché de s'élever, et les larmes qu'elle avait réprimées se mirent à couler. Elle se jeta sur le sol et resta à pleurer durant un long moment.

L'herbe était humide et la riche odeur de la terre montait en elle; c'était un réconfort en quelque sorte. Elle y plongea ses doigts, dans un geste bien éloigné de sa délicatesse habituelle. Elle se sentait si complètement seule et si misérable.

Elle souhaitait être une enfant que des bras tendres emporteraient pour la mettre à l'abri de tout ce qui pourrait lui faire du mal. Pourquoi avait-elle grandi, pour redouter le lendemain? Un enfant ne vit que pour le présent, qui est heureux ou malheureux, mais il ne connaît jamais cette atroce appréhension du futur.

Ses sanglots s'étaient calmés, mais elle était toujours étendue, à demi cachée dans l'herbe haute que le vent agitait autour d'elle. Finissant par se ressaisir, elle se leva et marcha lentement.

Il restait encore une petite chance avec son avion, bien que, maintenant, elle n'eût plus grand espoir. Oubliant toute prudence, elle tâtonna, finit par trouver une boîte d'allumettes et un morceau de bougie qu'elle alluma et porta jusqu'au Moth.

Tandis qu'à la lueur de la bougie, elle essayait de scruter le moteur, elle entendit des pas et, se retournant, elle vit Ian sur le seuil de la porte.

Le défiant, elle lui fit face et le fixa avec des yeux gonflés par les larmes. Il était complètement habillé et elle remarqua qu'il respirait difficilement, tandis qu'à ses côtés se tenaient deux de ses chiens, haletants comme après une course.

Il rentrait apparemment d'une promenade et ne s'était pas couché. En entendant le ronflement du moteur, il s'était précipité pour voir ce qui se passait.

– Ma chère enfant, dit-il avec un rire dédaigneux, vous ne pensiez tout de même pas que j'allais laisser votre avion tout prêt pour le départ? Il faut plusieurs heures de travail pour le remettre en état.

Et c'est alors que, en jetant un coup d'œil dans le hangar, il vit que son avion avait disparu. Son regard alla de la place vide à Diana et de nouveau au hangar. Diana, d'un geste las, éteignit la bougie et la laissa tomber sur le sol de ciment.

– J'ai écrasé votre avion, dit-elle d'une voix épuisée.

C'était la seconde fois, ce jour-là, qu'elle détruisait quelque chose lui appartenant; elle se demandait ce que serait, cette fois, sa réaction, mais somme toute avec une certaine indifférence, vu son extrême lassitude.

– Ecrasé! répéta Ian.

Elle lui désigna du doigt l'extrémité du terrain.

Il se dirigea dans la direction qu'elle lui avait

indiquée. Passivement, elle attendit son retour. Tout lui était indifférent à présent. L'excitation de la dernière demi-heure l'avait amenée à un état d'épuisement qu'elle n'aurait jamais cru possible, même à la fin d'une journée éprouvante pour les nerfs.

Pour l'instant, elle n'avait qu'un désir, dormir. Elle se sentait comme paralysée, le cerveau vide.

Quand Ian revint quelques minutes plus tard, elle était toujours debout où il l'avait laissée. Elle leva simplement la tête à son approche comme si elle se préparait au déchaînement de violence qu'elle attendait.

Mais il la prit dans ses bras, et tandis qu'il l'emportait, la joue pressée contre son manteau de tweed, elle sentait sa bouche sur ses cheveux et sur son front et elle l'entendit lui dire d'une voix rude :

– Petite folle! Vous auriez pu vous tuer!

15

– Laissez-moi partir! cria Diana pendant le petit déjeuner.

Ian achevait de prendre son café et leva les yeux, surpris, en la voyant se mettre debout et faire appel à sa clémence.

Comme en écho à la colère de Diana, la pluie frappait les vitres avec violence, portée par une bourrasque soudaine.

Il avait plu pendant six heures, mais le vent se levait maintenant; les nuages qui descendaient et la couleur sombre de la mer semblaient annoncer la venue proche d'un très gros orage. Déjà les vagues se brisaient furieusement contre les falaises en éclaboussant le jardin d'une écume argentée, et leur bruit ajoutait à la dépression de Diana.

La nuit dernière, elle avait été trop fatiguée, trop tourmentée pour parler ou protester même quand Ian l'avait ramenée au château. Elle avait accepté docilement le verre d'alcool qu'il lui avait donné et à peine sa tête avait-elle touché l'oreiller qu'elle avait sombré dans le sommeil.

Elle s'était éveillée raide et meurtrie et avait dû lutter contre un état d'apathie pour parvenir à s'habiller et descendre déjeuner.

Bien qu'en bas depuis une heure, Ian avait patienté. Elle répondit à son salut puis reprit son masque d'indifférence et ce ne fut qu'une fois revigorée par le café et la nourriture qu'elle se sentit capable d'entamer une discussion.

Son intention avait été d'attendre la fin du déjeuner, mais le silence entre eux, les éléments s'ajoutant à sa fatigue et à sa nervosité, elle fut incapable de supporter la tension. Et c'est avec violence qu'elle repoussa sa chaise en disant :

– Laissez-moi partir!

Ian acheva tranquillement son café et se leva.

– Non! répondit-il.

Son menton exprimait la détermination et son ton disait à Diana que sa réplique n'était pas un refus dicté par l'impulsion du moment mais bien une décision à laquelle il était parvenu avec le temps et la réflexion.

– Combien de temps allez-vous me garder ici?

Elle s'était efforcée de parler d'une voix calme, l'expérience lui ayant appris que les éclats de fureur le laissaient insensible.

– Je vous ai amenée ici pour deux raisons : pour vous donner une leçon et parce que je vous désirais. Il est clair que mon premier objectif n'est pas atteint, mais mon second demeure le même.

– J'aurais pensé que ma punition dépassait de loin mon crime, répondit Diana avec amertume.

Ian la regarda en silence, et le souvenir des paroles qu'elle lui avait dites à Londres la nuit où il lui avait avoué son amour se mêlait à l'image de Jack. Ne pouvant répliquer, elle donna libre cours à la fureur qu'elle refrénait. Tapant du pied, elle cria à Ian :

– C'est bien, gardez-moi ici, mais, de grâce, laissez-moi seule!

Et comme il quittait la pièce, elle se jeta sur la banquette placée près de la fenêtre, frappant les coussins de ses poings dans un déchaînement de colère et d'impuissance.

Puis elle se calma et regarda par la fenêtre. Elle ne vit plus la pluie qui tombait ni le brouillard gris voilant la vue d'ordinaire si belle. Elle ne voyait qu'elle-même et son humiliation.

Tout autre homme l'eût détestée, peut-être même insultée; mais Ian, au lieu de parler en pure perte, avait eu recours à des actes – actes pour lesquels elle le haïssait mais ne pouvait s'empêcher de reconnaître qu'ils nécessitaient un courage et une audace qu'elle n'avait encore jamais rencontrés.

Les domestiques desservaient la table et elle était toujours là, à regarder dehors sans rien voir quand, soudain, son attention fut attirée par un petit coup contre la vitre.

Jean Ross se tenait devant la fenêtre. Elle portait un imperméable épais et un suroît; mais ses cheveux trempés étaient collés sur ses joues par le vent, et la main qu'elle leva vers la vitre était bleuie par le froid.

Diana s'empressa d'ouvrir la fenêtre et le vent s'engouffra avec violence, dispersant les papiers, agitant les rideaux et la décoiffant.

– Qu'y a-t-il? demanda-t-elle vivement, sachant que seule une raison importante pouvait expliquer ce genre d'approche de la part de Jean.

– Voulez-vous aller sur le continent? demanda-t-elle.

Un espoir fou envahit Diana qui répondit :

– Bien sûr, mais comment?

– J'ai le canot à moteur, répliqua Jean. Là, en bas de l'escalier du château. Mon père est en conversation avec le laird. Si vous faites vite, je peux vous emmener maintenant.

– J'en ai pour une minute, dit Diana haletante.

Elle se précipita hors de la pièce et courut à

l'étage aussi vite que possible sans attirer l'attention. Elle ne rencontra personne, et saisissant son chapeau et son manteau, ainsi qu'un sac qui contenait de l'argent, elle rejoignit Jean.

Aidée par cette dernière, elle escalada la fenêtre et quelques minutes plus tard, fouettée par la pluie et le vent, elle dévalait le sentier de galets qui menait à la falaise.

Juste en dessous du château, il y avait un minuscule débarcadère rarement utilisé, car le quai lui-même n'était qu'à quelques centaines de mètres du château. Les marches étaient couvertes d'algues et les anneaux d'amarrage, rouillés.

Le canot était là qui se balançait, déjà rempli par les embruns d'un bon centimètre d'eau.

C'était un de ces larges bateaux utilisés dans cette région pour la pêche. Le moteur était installé au milieu, ce qui valait souvent aux passagers d'être arrosés d'huile. Les sièges étaient gras et poisseux avec une forte odeur de poisson, mais Diana attendait beaucoup trop de la situation pour faire la difficile et elle s'accroupit sans mot dire à l'avant, partiellement cachée sous une toile goudronnée.

Jean enleva les amarres et poussa le bateau loin de la petite jetée. Elles se balancèrent sur les vagues au moment où elle mit le moteur en marche; puis quelques instants plus tard, elles s'éloignaient, s'élevant puis plongeant dans le creux des vagues.

Enfin! Elle était libre! Diana se retourna pour regarder le château. Personne ne les observait; leur départ était passé inaperçu. Une fois sur le continent, elle réaliserait ce que signifie la liberté et elle savourerait le délicieux triomphe de son évasion.

Puis une peur soudaine la poussa à demander à Jean :

– Y a-t-il un train?

– Il y en a un dans une demi-heure, répondit Jean. Je le savais quand je suis venue vous chercher. C'est le seul de la journée, ajouta-t-elle d'une voix forte pour dominer le bruit du moteur et le vent qui emportait ses paroles.

Diana fut rapidement trempée jusqu'aux os. Chaque petite avance sur cette mer déchaînée, avec la marée contre elles, constituait une véritable conquête sur les éléments. Cependant, le château s'éloignait et s'estompait jusqu'au moment où, englouti par le brouillard, il disparut, et devant elles surgit alors le rude contour du port de Torvish.

Glacée, mais transportée de joie, Diana mit pied à terre. Elles avaient réussi, elle s'était échappée! Elle était si heureuse qu'elle aurait pu chanter en dépit du froid qui la transperçait; ses dents s'entrechoquaient et ses doigts étaient gourds, car elle avait oublié ses gants.

Elle se tourna vers Jean et lui tendit la main en disant :

– Je ne sais comment vous remercier; j'ignore la raison de votre geste, mais je vous en suis très reconnaissante.

Elle se tenait sur l'escalier du quai et Jean lui faisait face; le canot était immobilisé par deux hommes venus les aider à débarquer.

– Je vous ai secourue parce que je tenais à me débarrasser de vous, répondit Jean. (Diana fut déconcertée par la dureté de ces paroles et par l'expression de haine qu'elle lisait sur le visage de la jeune fille.) Il est trop bien pour quelqu'un comme vous. Vous souhaitiez partir, je vous en ai donné l'occasion. Vous n'aimez pas Ronsa, et Ronsa n'a que faire de vous!

Elle lui cracha ces derniers mots au visage et, avant que Diana n'ait eu le temps de se ressaisir,

Jean lança un ordre aux hommes qui tenaient le canot et disparut hors de portée de voix.

Diana prit la petite rue étroite qui menait à la gare – il était impossible de se tromper car elle se dressait à quelques mètres au-dessus du port –, elle pouvait voir les signaux qui lui parurent un message de bienvenue.

Torvish n'était qu'un minuscule hameau avec quelques maisonnettes de pêcheurs, un bureau de poste et une petite église, mais le fait d'avoir une gare et un canot de sauvetage faisait de lui le centre principal d'activité dans cette contrée déserte. Des groupes de gens bavardant à côté de la poste dévisagèrent curieusement Diana. Arrivée à la gare elle vit que beaucoup de voyageurs attendaient le train, mais la plupart étaient venus prendre livraison de marchandises, car le chemin de fer faisait fonction de transporteur local.

Des hommes âgés couverts de vieux plaids guettaient l'arrivée du train en tirant sur leur pipe de terre, tandis que les femmes, un châle sur la tête, bavardaient en gaélique ou lançaient des plaisanteries aux ménagères des fermes du voisinage.

Une fille mince et remuante tenait dans les bras un bébé de quelques semaines ainsi qu'un panier d'osier contenant de la nourriture et un gros baluchon de vêtements. Une autre mère, chargée de provisions, criait après ses trois jeunes enfants qui refusaient de rester auprès d'elle et couraient en se jetant dans les jambes des passants ou devant le seul chariot de la gare qu'on roulait avec peine en bas de la plate-forme.

Diana était l'objet de tous les regards, comme si elle avait été une Martienne. Trempée et échevelée, elle demeurait malgré tout trop élégante pour cet endroit retiré.

Après un examen muet et prolongé de sa personne, les langues se délièrent, mais les voix se firent plus basses et le sujet des conversations était évident.

Quand Diana alla prendre son billet on l'avertit que le train allait jusqu'à un petit embranchement où elle pourrait changer et prendre une ligne principale; dix minutes plus tard, elle était installée dans une vieille voiture sentant le renfermé et en route, une fois de plus, pour son monde à elle.

La première partie du voyage fut très inconfortable et d'une lenteur exaspérante. Diana ne se sentait pas encore en sécurité. Ian lui semblait si invincible qu'elle ne parvenait pas à croire qu'elle était victorieuse.

Seule dans cette voiture vide, elle était assise, rigide, indifférente à ses vêtements mouillés, trop nerveuse pour se détendre et trop pleine d'appréhension, ne fût-ce que pour se poudrer le nez. Ce ne fut qu'une fois bien au chaud dans l'express l'emmenant vers le sud qu'elle se sentit réellement en sécurité. Mais physiquement, elle était en piteux état et arriva à Londres avec un rhume.

Tandis qu'elle roulait en taxi dans les rues de la ville, il lui semblait que des années s'étaient écoulées depuis qu'elle les avait vues pour la dernière fois – des années depuis qu'elle se hâtait vers Hanworth par cette belle matinée, le cœur plein de joie à la pensée de ses vacances dans le midi de la France.

Elle avait l'impression d'avoir terriblement vieilli. Tout ce qui lui était familier semblait lui être devenu étranger et elle-même était différente. Cependant, elle essayait de se moquer d'elle-même pour laisser son imagination l'abuser ainsi. Tout cela n'avait été qu'un cauchemar qu'elle pouvait aisément oublier. Elle s'était échappée et ne permettrait jamais que Ian entrât à nouveau dans sa vie.

Elle n'avait pas l'intention de dire à qui que ce fût ce qui s'était passé. Elle en était trop honteuse et trop humiliée. Elle ne voulait que retourner à sa vie normale, retrouver ses amis et ses distractions, comme une protection non pas contre lui, mais contre elle-même et ses souvenirs.

Elle était restée éveillée toute la nuit dans le train sans pouvoir échapper à ses pensées. Elle avait sombré un moment dans une sorte de somnolence, pour s'éveiller soudain en proie à une terreur affreuse, s'imaginant que Ian était à côté d'elle.

Rassurée, elle s'était écroulée de nouveau sur son oreiller; elle entendait le bruit des roues lui répéter : « Es-tu vraiment libre?... Es-tu vraiment libre?... »

Elle finit par se poser cette même question : était-elle vraiment libre? Pourrait-elle jamais s'échapper?

Elle avait cru en son pouvoir, où était-il maintenant? Elle avait pensé que les hommes ne pouvaient éprouver pour elle autre chose qu'adoration et respect. Pourrait-elle, désormais, affronter le monde avec la même assurance et retrouver la confiance en elle, ainsi que le courage et l'intrépidité, alors qu'elle était poursuivie par le souvenir de son humiliation?

Ian s'était non seulement rendu maître de son corps, mais aussi de son esprit; elle pouvait encore lutter, encore défier la vie, mais son courage était miné. Le souvenir de ces dix jours passés à Ronsa la quitterait-il jamais?

Elle arrivait chez elle. Le taxi s'arrêta devant la maison; un valet lui ouvrit et eut l'air ahuri en la voyant. Elle traversa le hall dont toutes les fenêtres étaient fermées et les meubles recouverts de housses pour les protéger de la poussière. Elle monta rapidement l'escalier sans dire un mot et atteignit, essoufflée, la chambre d'Ellen.

Elle s'y précipita. Ellen était assise dans son fauteuil à bascule. Elle, au moins, n'avait pas changé; tout demeurait immuable dans cette chambre chérie et familière. Le sourire de bienvenue d'Ellen, ses bras grands ouverts tendus vers elle... Diana, incapable de parler, éclata en sanglots, tandis que des mains et une voix bien connues l'apaisaient et la réconfortaient, comme elles l'avaient fait si souvent.

16

Violet Longden possédait une villa perchée au-dessus de la route de la Corniche dominant le cap d'Antibes. Elle avait décoré cette villa, au jardin d'une rare beauté, dans un style cubiste qui s'harmonisait avec le sol dallé et les murs blancs en pierre brute.

Son arrivée ayant été retardée, Diana reçut un accueil particulièrement chaleureux; elle ne fut pas surprise de découvrir que tous ses amis étaient présents, ignorant la raison qui l'avait retenue loin d'eux et l'attribuant tout simplement à l'attraction des plaisirs et des charmes de Paris.

Elle trouvait extraordinaire, en y réfléchissant, qu'on pût disparaître complètement pendant plus de dix jours, sans que personne s'en inquiétât.

Rosemary Makines était là avec Leadhold, et Ronald s'amusait, comme à son habitude, et amusait tout le monde. Plusieurs autres hommes étaient présents, connus de Diana pour la plupart, ainsi que deux ou trois jeunes femmes mariées dont les époux étaient absents, escortées par leurs chevaliers servants qui, apparemment, l'étaient à demeure.

C'était devenu une habitude chez les hôtesses d'inviter une jolie femme avec son petit ami au lieu du mari. Les Américains, soucieux de ne pas faire d'erreurs, avaient une liste des « couples ». Quelques maris et leurs épouses faisaient partie de cette liste, mais, du genre un peu vieux jeu, ils n'étaient guère invités qu'aux parties très conventionnelles.

Pour la Côte d'Azur ou pour des dîners intimes, il était beaucoup plus pratique d'inviter deux personnes liées seulement par l'affection; cela simplifiait l'arrangement de la table et assurait le succès du dîner, chacun sachant immédiatement qui associer à qui.

Violet Longden déclarait publiquement que sa villa était fermée aux couples mariés.

– Ils ignorent le « fair-play », disait-elle, et quand une femme prend le petit ami de quelqu'un d'autre, je suis obligée d'amuser le mari – ce qui, dois-je ajouter, met généralement fin à mon amitié avec la femme – tandis que Johnnie s'abandonne à une de ses bouderies.

Il était clair que Violet couchait avec Johnnie Nicholson. C'était un bel homme de trente ans qui détestait tout autre sport plus fatigant que le bridge, mais d'un charme un peu languide qui le rendait plaisant à beaucoup de gens, même s'ils réprouvaient qu'il vive en parasite sur les revenus de Violet – lesquels étaient énormes.

Violet avait un mari caché quelque part en Amérique qui, d'après tous les potins, l'adorait. Il lui rendait deux fois l'an une brève visite et semblait satisfait de ce curieux arrangement matrimonial; mais les quelques personnes ayant eu l'occasion de le rencontrer avaient gardé de lui le souvenir de quelqu'un d'assez pathétique.

Toutefois, il admirait, apparemment, les succès que Violet remportait dans la société à Londres, à Paris, et sur la Riviera et, ayant admiré, il repartait tourner la manivelle de la machine à faire des dollars afin que sa femme pût continuer à triompher.

Quelqu'un avait demandé un jour à Johnnie combien de temps durerait la visite de Mr Longden; il avait répondu : « Jusqu'à ce qu'il ait lu toutes les coupures de journaux. »

Il y avait peut-être quelque vérité dans cette boutade, car Violet découpait tous les articles dans lesquels elle était citée et les gardait dans des albums reliés en maroquin rouge, où elle inscrivait son nom et la date.

Leur nombre était déjà très important. Ils étaient rangés dans la villa sur une étagère spéciale, à Paris dans un petit meuble et à Londres dans une bibliothèque-tourniquet en bois sculpté.

Ils voyageaient avec Violet sous la garde de sa secrétaire dont le job consistait à les tenir à jour et à ajouter même quelques commentaires flatteurs sous les instantanés et les photos de studio inclus dans les albums.

Le fait de savoir qui hériterait de cette précieuse collection quand elle disparaîtrait donnait lieu à beaucoup de spéculations parmi les amis de Violet. Elle n'avait pas d'enfants pour vibrer aux « exploits de maman ». Rosemary insistait pour qu'ils soient légués au British Museum, mais une hôtesse rivale suggérait, non sans malice, que la salle d'attente de la Girl's Encouragement Society serait plus appropriée.

Violet était pleinement consciente que ses amis se moquaient d'elle et la critiquaient parfois sévèrement, mais l'importance de son compte en banque lui donnait une position trop solide pour avoir à se préoccuper de telles choses. Ils avaient beau dénigrer, condamner, ils ramperaient toujours devant elle, viendraient toujours à ses parties et solliciteraient toujours sa générosité.

Si Violet était fière de compter parmi ses invités une fille bien née comme Diana qui contribuait à ses succès mondains, elle avait aussi beaucoup d'affection pour elle, et avait même essayé, sans y réussir, de la marier à un ou deux de ses préférés parmi la multitude de jeunes hommes qui fréquentaient son salon dès qu'elle résidait à la villa.

En dépit de ses convictions cyniques, Violet n'appréciait pas l'état de célibat. Elle considérait qu'un mari absent était un arrière-plan solide, et elle avait beaucoup trop de sagesse et de sens pratique pour ne pas se rendre compte que la réputation de Diana souffrait des commérages auxquels donnaient lieu ses flirts successifs.

Elle avait, cette saison, un protégé à lui présenter. Il appartenait à l'une des plus vieilles familles de France. C'était un homme charmant, cultivé, avec des manières parfaites et qui exerçait sur le sexe féminin une étrange fascination à laquelle peu de femmes résistaient.

Le fait qu'il fût sans ressources expliquait qu'il ne soit pas marié, car, même de nos jours, un Français riche est déjà destiné dès son adolescence à un parti choisi par ses parents.

Violet espérait très fermement qu'Antoine de Sélincôte plairait à Diana. Comme beaucoup d'Américaines, elle avait le complexe de marieuse. Johnnie l'avait raillée quand elle lui avait révélé son plan.

– Je croyais que vous aviez de l'affection pour Diana, dit-il d'un air nonchalant.

Il rejeta la tête en arrière et exhala la fumée de sa cigarette en s'appliquant à faire des ronds qu'il suivait paresseusement du regard.

– Certainement, c'est l'amie que je préfère, vous le savez, dit Violet, dont l'accent nasillard avait presque disparu depuis son arrivée en Europe.

– Alors pourquoi chercher à l'exclure de notre société d'ici de toute façon? demanda Johnnie. Votre habitude de ne pas recevoir des gens mariés, ajouta-t-il en réponse à la grimace d'incompréhension de Violet.

– Ce sera différent avec Diana, dit Violet, et un mari français est tellement sympathique.

Johnnie dit en riant :

– Il me semble très improbable que Diana fasse un mariage heureux quand tant d'autres ont échoué. Toutefois, chérie, faites comme vous l'entendez. Vous le ferez de toute manière.

L'arrivée de Diana mit rapidement fin au plan de Violet. Outre qu'elle était visiblement peu encline au mariage, elle semblait également, chose inhabituelle, peu intéressée par les hommes.

Diana détesta Antoine dès la première minute. Il était petit et elle n'aimait pas les hommes petits. Il était affecté et elle haïssait l'affectation. Il était hypocrite, ce qu'elle détestait par-dessus tout. Elle le rejeta immédiatement, et Violet, renonçant avec bonne humeur à ses espoirs, l'envoya rejoindre sa collection déjà considérable de non-désirés.

Au vrai, le comportement de Diana intriguait Violet et ses amis. Elle avait tout d'abord paru être d'une gaieté inhabituelle, prête à se précipiter ici ou là à la moindre invitation, impétueuse, avec un appétit de gaieté semblant insatiable. En fait, pour eux, elle était elle-même, si ce n'est un peu plus bouillonnante qu'à l'ordinaire.

Et puis, un ou deux jours plus tard, elle parut lassée soudain, sans énergie, dédaignant la compagnie des autres et préférant rester seule dans le jardin de la villa.

Un hamac était installé à l'ombre; elle y passait ses journées étendue à rêver, regardant le ciel d'un air absent. Même les plaisanteries et la bonne humeur de Ronald n'avaient pas réussi à l'arracher à cet état, et quand, plus sérieusement, il avait tenté de lui faire la cour, elle l'avait prié de se tenir tranquille et avait regagné la maison.

C'est Rosemary qui, finalement, l'entreprit sur le sujet, un soir, alors qu'elles s'apprêtaient à se coucher.

Diana était penchée sur son balcon dans une chemise de nuit de mousseline recouverte d'un léger déshabillé quand Rosemary l'appela de l'embrasure de la porte.

– Rentrez, Diana, j'ai à vous parler.

Diana obéit sans enthousiasme, se laissa tomber sur le lit et s'adossa contre la pile de coussins que Violet aimait à placer dans toutes les chambres pour le confort de ses invités.

– Qu'y a-t-il? demanda Diana.

Rosemary lissa sa robe de chambre de satin pêche avant de s'asseoir, apercevant avec plaisir dans le miroir sa fine silhouette se détacher sur les murs de couleur crème et les rideaux verts.

– Alors, qu'avez-vous donc? demanda-t-elle.

– Ce que j'ai? répéta Diana. Mais je n'ai rien. Je ne comprends pas ce que vous voulez dire, Rosemary.

– Ma jolie, pas de mines avec moi. Je vous en prie, ne faites pas l'innocente; je vous connais trop bien. Vous avez changé, Diana, depuis votre arrivée, et tout le monde ici s'en est rendu compte. Ronald est malheureux et même ce stupide Johnnie a senti que vous n'étiez plus la même. Allons, dites-moi.

Diana la fixa pendant un long moment, puis elle se surprit à répondre :

– La vérité, dit-elle, est que je vous trouve tous terriblement ennuyeux.

Rosemary se leva d'un bond.

– Dieu du ciel! dit-elle. Vous devez couver quelque chose. Je n'ai jamais entendu affirmer une chose pareille, surtout venant de vous, Diana. (Elle fit quelques pas à travers la chambre puis se tourna en pointant un doigt accusateur vers son amie.) Vous êtes amoureuse, dit-elle. Ne le niez pas. Je ne connais que trop bien les symptômes.

– Vous vous trompez! (Diana s'assit, fixant Rosemary avec une férocité à couper le souffle.) Je ne suis pas amoureuse, reprit-elle après un silence. Comment osez-vous dire cela? Je n'ai jamais été amoureuse de toute ma vie et je prie Dieu de ne jamais l'être. Maintenant, je veux être seule. Laissez-moi tranquille!

Rosemary, que l'emportement de Diana avait rendue muette d'étonnement, se dirigea vers la porte. Avant de la refermer, elle se retourna en riant.

– Je pense, dit-elle, d'un ton espiègle, que vous protestez trop.

Et elle claqua la porte.

Restée seule, Diana éprouva le besoin de respirer un peu et alla jusqu'à la fenêtre; mais la nuit était moite. Elle était incapable d'exprimer, même à elle-même, tout ce qui se passait dans son esprit; elle voulait voir clair dans ses sentiments et classer ses émotions comme elle l'avait toujours fait auparavant.

Elle avait toujours été en mesure de cataloguer chacun de ses sentiments qui, une fois étiquetés, étaient rangés sur l'étagère de sa mémoire et oubliés jusqu'à ce qu'elle eût de nouveau besoin d'eux.

Mais, depuis son départ de Ronsa, elle avait eu l'impression d'être un manège de chevaux de bois. Ses pensées tournaient en rond à une grande vitesse, leur cercle ne s'élargissant ni ne se rétrécissant jamais, mais demeurant simplement un tourbillon chaotique qui l'étourdissait et lui interdisait tout divertissement.

Elle avait toujours apprécié la gaieté de ce groupe d'amis et ne s'était jamais lassée du plaisir qu'elle trouvait en leur compagnie. Et n'en était-elle pas venue, maintenant, à haïr l'idée d'aller au casino avec eux, de danser et même de se baigner dans cette mer bleue et tranquille qui bordait la plage de sable doré et chaud?

Elle était nerveuse, agitée, et désirait en même temps être seule, pouvoir rester étendue dans l'ombre sans être dérangée par la vie autour d'elle.

Aussi loin qu'elle pût remonter dans ses souvenirs elle avait toujours été le chef; c'était toujours Diana qui suggérait, Diana qui arrangeait, Diana dont l'imagination découvrait l'idée originale susceptible de séduire les plus blasés des fêtards. A présent, Violet et ses amis attendaient en vain. C'était gentiment, mais sans le moindre enthousiasme, que Diana acceptait leur programme de réjouissances. Le plus souvent, elle s'éloignait d'eux furtivement pour retourner à la paix et à la solitude.

Un après-midi, alors qu'elle était étendue dans son hamac, Ronald s'approcha sans bruit sur le gazon. Elle ne l'avait pas entendu venir et, pendant un moment, il resta debout à la regarder tandis qu'elle contemplait les branches au-dessus de sa tête.

Elle portait un pyjama de couleur vive sans manches, et ses bras nus étaient pâles, bien que la mode soit aux peaux bronzées. Comme il faisait chaud, elle avait rejeté ses cheveux en arrière, et cela lui donnait un air étrangement juvénile. Quelques lignes fines laissées par l'insomnie se creusaient sous ses cils sombres, et ses lèvres légèrement entrouvertes étaient rouges et tentantes.

Impulsivement, ému par sa beauté, Ronald se pencha sur elle et l'embrassa sur la bouche. Diana sursauta violemment et éclata en sanglots.

– Chérie, dit Ronald au comble de l'étonnement, je vous en prie, ne pleurez pas. Je ne pensais pas vous faire de la peine, Diana... ne pleurez pas. Je ne peux pas le supporter. (Sincèrement désolé, il essayait d'essuyer les larmes de Diana avec son mouchoir, mais elles coulaient de plus belle.) Mais qu'y a-t-il?

Il parlait d'un ton suppliant, comprenant que son geste ne pouvait expliquer un tel chagrin. Ce n'était pas la première fois qu'il embrassait Diana, bien qu'il n'ait pas eu ce plaisir depuis assez longtemps.

Cessant enfin de pleurer et mesurant la détresse de Ronald, elle lui sourit, d'un sourire encore mouillé de larmes.

– Je suis une sotte, Ronald, dit-elle, une sotte tout simplement.

– Laissez-moi vous aider, implora-t-il.

– Vous m'avez déjà aidée, répondit-elle. Vous avez été très doux. Merci.

– Ecoutez, Diana, dit-il soudain, vous en avez assez de cette bande, c'est visible. Et il se trouve que, moi aussi, j'en suis las. Marions-nous et partons loin de tout. Nous irons où vous voudrez, à Tombouctou ou sur les rives du Zambèze, peu importe. J'essayerai de vous rendre heureuse, et si j'échoue, eh bien, tant pis... essayons!

Diana souriait; toutefois, elle considérait ce qu'il avait dit. Elle était malheureuse, elle s'ennuyait et ne savait pourquoi. Elle était seulement consciente qu'elle ne parvenait pas à reprendre sa vie au point où elle l'avait laissée. Les choses qui, avant, lui étaient agréables, lui semblaient maintenant fatigantes au plus haut degré, et les gens qui, d'habitude, la faisaient rire lui donnaient envie de bâiller à se décrocher la mâchoire.

Elle voulait partir, elle voulait échapper à elle-même. Peut-être Ronald était-il une solution ? Elle s'interrogeait. Il était si épris d'elle, si visiblement touché par son chagrin; il lui semblait que, depuis bien longtemps, personne ne s'était inquiété d'elle.

Elle était lasse de tout. Elle voulait simplement être réconfortée, consolée, et qu'on fût aux petits soins pour elle. Elle rêvait de tendresse et non pas de passion et souhaitait la protection d'un être aussi maternel et affectueux qu'Ellen; mais, en même temps, elle était assez féminine pour avoir besoin d'un homme.

Agenouillé près d'elle et l'entourant de ses bras, Ronald, anxieux, semblait la réconforter et calmer, pour un temps, sa dépression. Ils partiraient immédiatement et s'en iraient loin de tout.

Elle se dit qu'il y aurait encore l'ennui des formalités du mariage mais, celles-ci terminées, Ronald la protégerait de ce qui pourrait lui faire du mal – de Ian. Même lui ne pourrait pas alors la toucher.

Avec un petit soupir, elle laissa tomber sa tête sur l'épaule de Ronald.

– C'est bien, marions-nous, dit-elle. Mais, Ronald, que ce soit très vite !

17

Si la nouvelle des fiançailles provoqua chez les invités de la maison des réactions diverses, tous furent également surpris.

Rosemary, elle, fut nettement irritée. Bien qu'il fût amoureux de Diana, Ronald avait toujours trouvé en elle une compagne charmante, qui le choisissait pour sortir avec elle quand lord Leadhold n'était pas disponible.

Quant à Violet, une telle éventualité n'avait jamais effleuré son esprit. Elle avait toujours connu Ronald amoureux de Diana, mais de là à ce que cette dernière l'épouse... Il lui semblait trop stéréotypé, trop banal pour être distingué par Diana.

Elle aurait compris qu'Antoine ou tout autre homme ayant de l'originalité ait attiré Diana, mais se marier avec quelqu'un d'aussi ordinaire était pour Violet un véritable choc dont il lui fallut si longtemps pour se remettre qu'elle faillit rater l'occasion d'expliquer, de façon assez peu convaincante, que l'événement était l'aboutissement de son plan personnel.

Les fiançailles seraient, bien sûr, annoncées après le retour d'Amérique de lord et lady Stanlier; mais les potins circulent si rapidement sur la Riviera qu'en quelques heures tout le monde, sur la côte, était au courant de l'événement.

Ronald était, naturellement, au septième ciel, mais Diana accueillait leurs félicitations enthousiastes avec un calme que ne s'expliquaient pas ses amis les plus chers.

Diana et Ronald eurent beau protester, Violet insista pour donner une soirée afin de célébrer les fiançailles. L'argent faisant des miracles, le jardin, comme en un coup de baguette magique, fut transformé en salle de bal.

On installa un parquet sur le sol, on mit des lumières dans chaque arbre et chaque buisson, mais on laissa, en revanche, avec habileté, les murs et le toit à la nature elle-même, à la nuit tiède et veloutée, ce qui constituait une réussite qu'aucune œuvre humaine n'aurait pu égaler.

Violet ayant décidé que ce serait un bal costumé, chacun télégraphia donc à Paris ou se précipita à Cannes pour essayer de dénicher de quoi composer le personnage de son choix.

Rosemary s'était vue, bien sûr, en ange de Rossetti, et elle était particulièrement charmante dans son costume vert pâle.

Johnnie, bien que tous le lui aient fortement déconseillé, insista pour paraître en cosaque, personnage dont il n'avait ni la taille ni la silhouette. Le costume de Violet demeura un secret jusqu'au moment où on la vit surgir en Cléopâtre superbe, ruisselant littéralement de bijoux de la tête aux pieds.

Seule Diana ne fit aucun effort pour se procurer un travesti, et Violet fut si catastrophée en apprenant son intention d'apparaître sans déguisement qu'aidée d'une femme de chambre elle se mit au travail pour l'habiller en Fée des Neiges. Le soir venu, elle était si ravissante que sa robe confectionnée à la maison éclipsait toutes les toilettes coûteuses expédiées de Paris.

Elle était moulée dans une mousseline blanche étincelante de gouttes de rosée en strass, qui retombait en une lourde traîne d'hermine saupoudrée d'argent. Sur la tête, et prêtée également par Violet, elle avait une énorme tiare russe en diamants, et ses bras, comme son cou, étaient couverts des mêmes bijoux posés sur des bandes d'hermine givrée. Deux longues tresses de perles minuscules pendaient à ses oreilles, dans un style médiéval.

Violet suggéra que Ronald devait, par sa simplicité, mettre en valeur la splendeur de Diana et quand elle proposa l'uniforme blanc d'un régiment autrichien, il se rangea à son idée.

Ils formaient un couple vraiment superbe; se tenant à côté de Violet, ils l'aidaient à accueillir le flot des invités, toujours avides de soirées ou de réceptions et tout spécialement celles de Violet, célèbres par leur somptuosité.

Ils étaient venus de Cannes, de Monte Carlo, de partout sur la côte, par la route de la Corniche, leurs phares perçant l'obscurité et rompant de leurs klaxons et de leurs voix le silence de la nuit.

La musique de l'orchestre se répercutait sur toute la colline, s'harmonisait avec le vent tout chargé du parfum des fleurs.

Sur la terrasse, un souper magnifique attendait la joyeuse bande. Violet, avec la véritable hospitalité américaine, n'avait épargné ni ses efforts ni son argent. Outre l'inévitable champagne, elle proposait des liqueurs de toutes sortes ainsi que des vins du Rhin et de Bordeaux pour les connaisseurs.

La villa était arrangée de telle façon que chaque pièce offrait un recoin pour les couples qui cherchaient à être seuls. Sur la piscine, à l'extrémité du jardin, on avait disposé de minuscules gondoles qui allaient et venaient, décorées de petites lumières féeriques.

Il était près de minuit quand les invités cessèrent enfin d'arriver et Diana était déjà fatiguée de recevoir leurs félicitations alors que Ronald, lui, était chaque fois plus ravi.

Diana avait l'impression de vivre dans un conte de fées. Tout le décor avait quelque chose de si irréel, gens parés de costumes bigarrés et richement ornés, qui dansaient comme des fous sous les étoiles, l'excitation apportée par l'amour, le vin et le buffet les rendant indifférents à tout ce qui n'était pas eux. La stupidité de cette extravagance leur échappait, de même qu'ils ne voyaient pas la sottise d'un tel gaspillage d'argent.

Ils étaient là parce que tout le monde était là. Ils se divertissaient parce que tous les autres disaient que c'était agréable. Ils n'en avaient aucune reconnaissance à Violet et remerciaient simplement la chance qui avait voulu qu'ils soient invités.

Ils prenaient ce qu'elle offrait comme un dû, et Diana savait fort bien que si tout n'avait pas été aussi parfait, ils auraient grommelé et critiqué. La plupart d'entre eux, lorsqu'ils prendraient congé de leur hôtesse, se contenteraient de la formule habituelle de remerciements pour la soirée et, n'eût été leur désir de faire partie de la prochaine fournée, ils ne lui auraient pas accordé la moindre pensée.

Diana dansait avec Ronald.

– Ma douce, murmura-t-il, vous êtes vraiment ravissante. (Elle lui répondit par un léger sourire.) La Fée des Neiges! ajouta-t-il. Allez-vous fondre?

Elle se tut, incapable de répondre à sa gaieté autrement que par un petit rire forcé. Puis, avant qu'elle ne pût refuser, il l'avait arrachée à la danse et entraînée au long d'un sentier bordé de buissons, que Violet, avec tact, avait laissé dans l'obscurité en aménageant sous un gros arbre un siège garni de coussins – endroit idéal pour des amoureux.

Mais Ronald resta debout et, prenant Diana dans ses bras, il chercha ses lèvres.

– Chérie, murmura-t-il à plusieurs reprises, haletant.

– Vous allez froisser ma robe et me décoiffer, dit-elle en l'éloignant.

Ronald ne se laissait pas repousser si facilement.

– Je vous en prie, Diana chérie. Je vous aime tant! Je vous adore, je vous veux, Diana, permettez-moi...

– Laissez-moi tranquille! dit Diana sèchement. (Puis le voyant reculer d'un air surpris, elle s'empressa d'ajouter :) Je suis navrée, Ronald. Je n'avais pas l'intention de me fâcher, mais j'ai la migraine.

Ronald devint immédiatement plein de considération et de sympathie.

– Je vais vous chercher un peu de champagne, chérie, attendez-moi ici.

A peine avait-il disparu que Diana partit dans la direction opposée, se dirigeant vers le bord de la falaise où elle savait pouvoir se cacher dans les buissons qui foisonnaient.

Ronald ne l'y trouverait pas et si un couple d'amoureux venait à passer, elle serait tout de même en sécurité car, ne pouvant manquer de voir sa robe blanche dans l'obscurité, ils en déduiraient inévitablement qu'elle était en compagnie.

Seule maintenant, elle enleva sa lourde tiare. Elle était lasse et avait très mal à la tête. Elle se demandait pourquoi elle avait agi comme elle venait de le faire. Ce n'était pas gentil pour Ronald. Avait-elle vraiment envie de l'épouser? Elle s'interrogeait. Il la protégerait et elle savait qu'elle redoutait d'être seule, toutefois elle doutait de lui, d'elle-même et de l'avenir.

Depuis combien de temps était-elle là, derrière ces buissons? Elle n'en avait pas conscience. Quand elle les quitta, elle prit une route détournée qui menait à l'arrière de la maison. Devant réajuster sa tiare et s'arranger un peu avant de rejoindre les danseurs, elle monta dans sa chambre; mais elle n'était pas pressée de retourner au bal. Par la fenêtre ouverte, lui parvenaient la musique de l'orchestre, ainsi que les rires et les voix, mais indifférente à cette gaieté, elle s'assit devant la coiffeuse.

Elle se rappelait une autre coiffeuse devant laquelle, quelques jours auparavant, elle s'était assise; le grand miroir lui avait renvoyé son image et, derrière elle, le coin d'un grand lit à colonnes. De même, ce miroir doré, orné de fleurs et d'Amours réfléchissait son image avec, sur son cou, la splendeur des diamants empruntés, et l'étrange effet des perles encadrant son visage. Mais pas de grand lit à colonnes avec des souvenirs d'angoisse, seulement un petit lit recouvert de taffetas vert.

Elle se demandait ce qu'avait pu faire Ian après son départ. L'avait-il cherchée dans cette immense chambre austère? Et qu'avait-il fait de toutes ses affaires, les robes somptueuses pendues dans les grandes armoires, ses brosses en or et tous ses objets personnels laissés en désordre dans la chambre?

Elle n'avait aucune difficulté à l'imaginer debout, redressant ses larges épaules et ne laissant paraître aucune émotion en comprenant ce qui s'était passé, mais les sourcils froncés comme lorsqu'il était préoccupé.

Elle avait appris à reconnaître les signes imperceptibles qui trahissaient l'humeur de Ian. Quand il était heureux, quand il était excité et – elle frissonna à ce souvenir – quand il était en colère. Le plus léger changement dans les yeux, la ligne de la bouche, le mouvement des mains.... Comme elle le connaissait bien! pensait-elle, et cependant, elle le comprenait mal.

Elle supposait que Jean lui avait expliqué comment tout s'était passé. Serait-il en colère contre elle, ou accepterait-il, au contraire, ce qui était si évidemment l'aveu de son amour pour lui?

Elle se sentit gagnée par la fureur en pensant aux derniers mots que la jeune fille lui avait jetés en la quittant. Elle n'avait pas répondu à cette attaque surprise. L'idée d'être redevable à une telle fille l'enflamma de colère.

Elle eût préféré, pensait-elle, rester la prisonnière de Ian, qu'avoir accepté cette aide avec gratitude. De toute façon, c'était trop tard, maintenant. On ne pouvait revenir en arrière et Jean, très certainement, trouverait sa récompense dans les bras de Ian.

Cette pensée lui déplaisait. Ian, malgré tout ce qu'elle pouvait lui reprocher, était quelqu'un de trop bien pour être victime des machinations d'une fille de fermier, rude et sans manières. Et Jean, cependant, était séduisante – même Diana ne pouvait le nier – et qui d'autre y avait-il sur cette île désolée pour rivaliser avec cette fille à chevelure de feu et dont l'amour fougueux lui appartenait déjà et n'attendait qu'un signe de lui?

Pourquoi fallait-il qu'elle pensât à tout cela, pourquoi, pourquoi? Diana s'interrogeait. Se levant d'un bond, elle saisit la tiare et la remit sur sa tête. Peu satisfaite de son apparence, elle rectifia la pâleur de ses joues et de ses lèvres, mais sans résultat.

Les diamants, par leur éclat, semblaient la rendre sans vie, absorbant non seulement la couleur de ses joues, mais la lumière de ses yeux. Elle regarda, tristement, l'image que lui renvoyait le miroir, haussa les épaules, puis se dirigea vers la porte.

« Quelle importance cela a-t-il? se dit-elle. Est-ce que quelque chose a de l'importance? Oh, Dieu, j'aimerais savoir ce qui ne va pas en moi. »

Elle descendit l'escalier. L'orchestre faisait une pause et les couples assis un peu partout l'accueillirent avec des plaisanteries auxquelles elle répondit avec indifférence.

Rosemary était furieuse. Lord Leadhold avait passé toute la soirée avec une Colombine. Personne ne semblait savoir qui elle était; mais elle était très séduisante avec des jambes absolument parfaites et un visage rieur à fossettes qui allait avec son costume.

Rosemary les avait interrompus à plusieurs reprises, insistant pour danser avec son « vieux boy »; mais à peine l'avait-elle quitté qu'il retournait auprès de la fille puis ils s'étaient éclipsés.

Violet, à qui ses devoirs d'hôtesse laissaient maintenant un peu de repos, partit à la recherche de Johnnie qu'elle trouva passablement ivre, ce qui la contraria tandis qu'Antoine de Sélincôte, qui venait d'enlever en gondole la partenaire d'un des invités, était engagé dans une querelle qui pouvait à tout moment se terminer en bagarre.

Dans l'ensemble, les gens ne s'amusaient pas. On voyait nombre d'Américains escortés d'aristocrates ruinés, et des journalistes dont on attendait quelques lignes flatteuses dans la presse en échange de l'hospitalité étendue à leurs personnes.

Il y avait beaucoup de très jolies filles, certaines appartenant à cette espèce curieuse qui, sans argent mais apparemment de réputation inattaquable, se débrouillent pour être splendidement habillées et se trouver partout où il faut « être vue ». Saint-Moritz les accueille chaque hiver, le Grand Prix,

Biarritz et la Riviera. La société les accepte sans s'interroger. Elles sont demoiselles d'honneur des « débutantes » de la saison, marraines des enfants de jeunes couples; il arrive qu'elles se marient, mais disparaissent le plus souvent.

Elles ont habituellement un job, un de ces emplois commodes, en ce sens qu'il les met en vue et n'interfère pas, apparemment, avec leurs voyages.

Eileen travaille chez un fleuriste; Mavis est en relation avec un célèbre institut de beauté; Gladys est mannequin; Molly est l'une des « jeunes ladies » (1) de Mr Cochran.

Amusantes, chics, et plaisant également aux femmes et aux hommes, elles « vous en donnent pour votre argent »; c'est tout ce qui compte. « Invitez-les », « téléphonez-leur », elles doivent venir!

Le « dandy » de comédie a disparu avec l'époque de gaieté edwardienne et la fille qui veut devenir une actrice a pris sa place. Observez la « star » du moment, entourée de ses satellites. La fille ravissante que vous voyez portant son sac, c'est lady Daphné A., débutante de l'année dernière. La blonde, à sa gauche, c'est Maureen B., de deux ans plus âgée et riche héritière. Norma C. est une compagne constante de même que la petite Sybil D., présentée (à la cour) l'an dernier, et fiancée au jeune lord M.

Tous sans exception adorent la « star »; ils jouissent de ses sourires et de son charme. Ils aiment être photographiés avec elle et l'agent chargé de sa publicité veille à ce qu'ils le soient souvent.

La « star » est née dans les taudis de Chicago; elle est arrivée en Angleterre avec une réputation repo-

(1) Expression utilisée dans un magasin pour désigner les vendeuses ou l'hôtesse. *(N.d.T.)*

sant en grande partie sur son sex-appeal sur scène; elle a lancé la mode des jambes nues et des seins plantureux. Les journaux ne sont pas d'accord en ce qui la concerne. Pour les uns, elle est une actrice-née, une réincarnation de la Duse et, pour d'autres, une girl de music-hall, la dernière des choristes, promue à la notoriété par pure vulgarité.

Un évêque l'a stigmatisée en chaire: elle est fabriquée. Le théâtre où elle se produit fait toujours salle comble et ses fans des galeries se battent à l'entrée des artistes. La société copie ses jambes et sa silhouette. Elle est demandée partout, et même les soirées de « débutantes » ne sont pas réussies sans sa présence. Elle est entourée par les filles du monde et, comprenant très vite l'avantage que cela présente pour elle, elle encourage leurs attentions.

Si elle a des amants, c'est avec discrétion.

Les gens de la génération précédente se souviennent d'un temps où l'actrice était jugée comme quelqu'un de peu honorable, et les fils mis à l'amende d'un shilling sur leur argent de poche pour courtiser des créatures aussi viles; mais ils gardent le silence alors que leurs filles passent des heures dans la compagnie de la « star » et de ses semblables.

Diana n'avait jamais été une dévote de cet autel, mais, bien sûr, elle connaissait la « star » qui la saluait maintenant, les bras grands ouverts, et déposait sur ses joues deux baisers voluptueux.

– Adorable Diana! cria-t-elle d'une voix rauque. Vos fiançailles... comme c'est excitant! Je suis tellement ravie pour vous deux. Il faudra tout me dire. Venez prendre un cocktail demain à 6 heures. Je suis à la villa Lorenzo. Vous êtes si ravissante, et, ma chère, quels diamants!

Elle admira la tiare, en estima la valeur.

– Ils appartiennent à Violet, expliquait Diana quand Ronald apparut sur le seuil et se précipita vers elle.

– Où étiez-vous? s'exclama-t-il. Je vous ai cherchée partout.

– Je ne me sens pas très bien, dit Diana.

– Ma pauvre chérie! Venez vous asseoir un moment et j'irai vous chercher une coupe de champagne. Je vous en avais déjà apporté une mais, ne vous voyant pas, je l'ai bue. Ce dont vous avez besoin, c'est d'un drink et vous vous sentirez mieux après.

Il lui trouva une place sur un canapé dans le salon et se précipita au buffet.

Diana s'adossa pendant quelques minutes puis, toujours nerveuse, se pencha pour prendre des journaux disposés dans un porte-revues. A sa grande surprise, c'était le *Scotsman*, un journal qu'elle ne s'attendait vraiment pas à trouver ici. Mais elle en comprit la raison en découvrant à l'intérieur une photo de Violet et un article annonçant que « Mrs Longden avait loué pour septembre une des forêts les plus connues, dans le comté d'Inverness ».

Si c'était à l'intention de Johnnie, pensait Diana avec un sourire, les cerfs auraient une saison très paisible; mais elle se souvint presque immédiatement que Mr Longden étant attendu pour de courtes vacances, peut-être Violet voulait-elle lui soutirer quelque chose en lui donnant du bon temps. Il n'avait rien en commun avec cette foule cancanière de la Riviera. Elle tourna paresseusement les pages et, soudain, une photo la fit sursauter.

C'était le château de Ronsa. Comme elle connaissait bien ces tourelles pointues avec la tour centrale! Elle vit la fenêtre de la chambre qu'elle avait occupée, puis la partie du jardin qu'elle avait traversée en courant, il y avait de cela à peine une semaine. En découvrant la légende, elle eut une exclamation de saisissement :

Le château de Ronsa, l'ancienne et superbe demeure de Mr Ian Carstairs, qui sauva la victime d'un accident survenu avec un canot à moteur. Son geste élégant est relaté un peu plus loin.

Diana trouva l'article en question et, presque incapable de tenir le journal tant ses mains tremblaient, elle lut :

TRAGÉDIE ÉVITÉE
DANS LES WESTERN ISLES

Un canot à moteur piloté par miss Jean Ross, la fille d'un des fermiers de Ronsa, a chaviré dans la tempête qui a balayé les îles, le 10 août dernier. Le courant contraire et la marée, joints à la force du vent, ont submergé l'embarcation et miss Ross aurait certainement péri sans le courage de Mr Carstairs, le laird de Ronsa. Nageant jusqu'à elle, il réussit à la maintenir hors de l'eau en attendant que le bateau de sauvetage de Torvish vienne à leur secours.

Au moment où nous mettons sous presse, les médecins s'occupent de soigner les blessures dont souffre Mr Carstairs; quant à miss Ross, elle est complètement remise.

Suivait ensuite une longue description de l'île et du château, mais Diana ne poursuivit pas sa lecture. Elle tremblait de la tête aux pieds et laissa tomber le journal; elle venait de comprendre avec clarté qu'elle aimait Ian.

18

Le Train Bleu, laissant derrière lui la côte en lacets, roulait à vive allure. Dans son compartiment aux parois orange, Diana, appuyée confortablement au siège de velours gris, regardait défiler le paysage.

Son départ précipité ne lui avait laissé qu'une impression de bavardage, de visages étonnés et désapprobateurs et de protestations qui se perdaient dans le brouhaha général.

Seul restait vivant dans son esprit le visage suppliant de Ronald. Elle avait été désolée et avait ressenti pour lui une tendresse presque maternelle, mais sa décision ne s'était pas modifiée : les fiançailles étaient rompues.

Dès l'instant où elle avait lu que Ian était blessé, elle avait compris qu'elle n'avait d'autre parti à prendre que retourner en Angleterre immédiatement. La révélation de son amour pour Ian la bouleversait et annulait toute autre considération. Ronald devait être écarté, les autres pouvaient penser ce qu'ils voulaient; cela lui était égal.

Tous l'avaient suppliée de réfléchir et de ne pas prendre une décision aussi hâtive. Quant à Violet, elle lui avait parlé plus sévèrement encore; elle n'était pas tant concernée par le bonheur de Ronald que par les interminables demandes d'explication que lui adresserait toute la Riviera.

Ils avaient reçu, la nuit dernière, les félicitations et les vœux de tout le monde, ils avaient donné l'impression d'être heureux, et six heures après seulement, sans en avoir avisé personne, la fiancée faisait ses bagages et annonçait que le mariage n'aurait pas lieu.

– Comment pouvez-vous être aussi cruelle? avait dit Violet. Vous avez toujours été égoïste, Diana, mais cela passe les limites! Que puis-je dire, comment puis-je expliquer? Et après tout, qu'a fait ce pauvre Ronald pour que vous le traitiez ainsi?

– Rien, répondit brièvement Diana. Ronald est toujours lui-même; c'est moi qui ai changé.

– Mais comment pouvez-vous avoir changé en quelques heures? Vous êtes absurde, Diana, et je ne vous pardonnerai jamais, jamais! Toute cette histoire va donner lieu à des commentaires sans fin.

– Jusqu'au prochain scandale, dit Diana d'un air las, en regroupant ses affaires.

Elle était habillée et presque prête à partir; tandis que Violet, sortant de son lit, était en tenue négligée; elle n'avait pas assez dormi car les invités étaient partis bien après l'aube.

– Ne voulez-vous pas me donner au moins une explication? dit Violet en essayant de se contrôler. Dites-moi, Diana, pourquoi vous devez partir ainsi... Restez ici. Je vous promets que Ronald ne vous tourmentera pas, mais ne vous sauvez pas avant que nous ayons eu le temps de réfléchir ou de chercher à comprendre ce qui s'est passé.

– J'ai dit tout ce que j'avais l'intention de dire, répondit Diana; vous ne vous attendez pas, j'espère, à ce que je reste sous le même toit que Ronald après avoir rompu mes fiançailles avec lui.

– Il y a quelque chose derrière tout cela, déclara

Violet; je le sais. Vous ne pouvez pas me tromper, Diana. Je vous connais depuis trop longtemps. Quoi? Dieu seul le sait et je suis trop fatiguée en ce moment pour le deviner.

Son départ de la chambre de Diana précéda l'entrée de Ronald.

Il avait déjà discuté longuement avec elle, mais vainement, et espérait que Violet réussirait là où il avait échoué. Désespéré, il venait essayer à nouveau.

– Si seulement vous me disiez, Diana, ce que j'ai fait.

– Rien! Vous n'avez rien fait, je me suis épuisée à le répéter, cria Diana. Je vous l'ai dit, je l'ai dit à Violet, à Rosemary. J'ai dit à tout le monde que cela n'a rien à voir avec vous. Restons-en là, voulez-vous.

Cependant, assise dans le train, elle se faisait des reproches. Elle était navrée pour le jeune homme, mais savait qu'elle n'avait jamais pu, honnêtement, songer à l'épouser. Il s'était agi d'un moment de folie, et ce désir ardent de protection était surtout dû à la fatigue physique.

Et Ian? En pensant à lui, son esprit galopait. Comment était-il?... Allait-il mieux? L'article du journal remontait à une semaine. Il devait certainement être remis à présent.

Elle était responsable; c'était sa faute et elle se blâmait. Elle connaissait l'existence de ces terribles courants de Ronsa, et il était visible, au moment où elle avait quitté Jean, que la tempête allait en s'aggravant. Quelle folle elle avait été d'accepter de s'échapper avec cette horrible fille; elle avait payé cher cette évasion, car elle savait maintenant qu'elle aimait Ian, et elle l'avait détaché d'elle; il pourrait tout lui pardonner sauf d'avoir mis en danger la vie de Jean.

Tout ce qu'elle touchait semblait marqué par la malchance, et tout spécialement ce qui était en liaison avec Ian : d'abord Jack, puis Starlight et il y aurait eu Jean, si Ian n'avait pas contrarié la cruauté du destin.

Elle comprenait enfin pourquoi elle avait détesté Jean à la première minute où elle l'avait vue. Elle était jalouse d'elle, jalouse de Ian. Elle l'aimait sans doute depuis longtemps, mais son absurde fierté l'avait aveuglée. Sa vengeance lui était revenue comme un boomerang.

Elle pensa à Ian et, en le revoyant si fort, si viril, elle se rappela soudain qu'il était étendu, blessé, malade et diminué. « Qui est avec lui? » se demanda-t-elle. Peut-être Jean était-elle suffisamment remise pour pouvoir s'occuper de lui? Elle pourrait alors épancher enfin son amour et peut-être Ian le lui rendrait-il.

Elle se dit, humiliée, que Ian ne l'avait jamais aimée depuis la nuit où elle avait rejeté avec mépris sa demande en mariage.

Il l'avait désirée, certes! Mais il l'avait traitée comme une femme légère et désirable. Il n'y avait pas eu la moindre tendresse dans sa passion et, au cours de l'acte d'amour, aucun de ces gestes, de ces mots doux qui, pour une femme, comptent plus que tout. La dureté de ses reparties sonnait à son oreille. Ne lui avait-il pas dit : « Je ne vous épouserai jamais », puis plus amer encore : « Pourquoi le ferais-je? »

Pourquoi avait-elle été aussi aveugle lors de leur première rencontre? Pourquoi n'avait-elle pas compris qu'il était l'homme qu'elle avait attendu toute sa vie? Rien d'étonnant à ce que les autres prétendants l'aient trouvée froide et lointaine. A côté de Ian, ils n'étaient pas dignes d'être appelés des hommes. Et pourtant quand elle l'avait trouvé et qu'il l'avait aimée, elle n'avait pas compris.

Les regrets étaient inutiles, maintenant; rien de ce qui s'était passé ne pouvait être modifié. Elle se vit telle qu'elle était : gâtée, intolérante, prenant tout de la vie et ne donnant rien en retour. Et, pour ce qui était de Ian, elle savait quel genre d'idéal féminin il chérissait dans son cœur.

Elle n'avait pas oublié que, dès son arrivée à Ronsa, il lui avait fait faire le tour du château; elle l'avait suivi avec une réelle mauvaise grâce, refusant de parler; mais il avait affecté d'ignorer son manque d'intérêt et lui avait tout montré. Il était fier de cette merveilleuse demeure et n'avait pu s'empêcher de l'exprimer par ses mots et par sa voix.

La visite s'était achevée par ses propres appartements, très simples et sans aucune surcharge ni luxe de mobilier; c'était à l'évidence le décor convenant à un homme habitué à la sobriété des grands espaces.

Les murs étaient lambrissés; mais, dans l'une des pièces, une grande peinture était accrochée au-dessus de la cheminée, représentant une très belle femme. Œuvre d'un artiste de talent, elle donnait l'impression d'être vivante. Les yeux regardaient dans la pièce et la bouche était entrouverte comme si elle s'apprêtait à parler. Le visage était beau, non seulement par les traits, mais par ce qu'il exprimait : caractère, intelligence, compassion et sincérité.

Diana l'avait longuement contemplé; puis la curiosité l'emportant sur sa mauvaise humeur, elle avait demandé : « Qui est-ce? » et Ian avait répondu : « Ma mère. »

Elle s'était alors souvenue qu'à Londres il lui avait parlé de son enfance, lui avait dit que la perte de sa mère, alors qu'il était petit garçon, avait marqué toute son existence, et il avait ajouté qu'il ne l'avait jamais oubliée.

Dans sa chambre, aucun autre portrait, aucune photographie. Aucune autre femme ne pouvait, dans la vie de Ian, rivaliser avec elle, et pourtant, elle, Diana, avait une fois reçu de lui le plus bel hommage qu'il pût offrir à une femme. Ian, elle le savait, n'avait jamais aimé auparavant et s'il lui avait demandé de l'épouser, c'était la preuve qu'il la jugeait digne de partager une place dans son cœur avec la mère dont l'image était demeurée si puissante tout au long de sa vie.

Et elle se souvenait maintenant, avec une certaine amertume, qu'après lui avoir répondu « ma mère », il l'avait entraînée brusquement hors de la chambre comme s'il ne tenait pas à parler de cette mère qu'il adorait à une femme qu'il méprisait.

Pourquoi, en vérité, l'épouserait-il? Il n'avait pas succombé à l'attrait d'un joli visage, il avait cru en elle et pensé, quand il s'était déclaré, qu'elle répondait à son idéal. Et quand elle s'était révélée sous son vrai jour, son amour s'était évanoui, ne laissant qu'une grande passion.

Tandis que le train filait à vive allure à travers les champs et les villages de France, Diana réfléchissait et comprenait qu'elle faisait face aux moments les plus amers de sa vie. Elle avait gâché sa chance et il était peu probable qu'une autre se présentât.

Et soudain, une idée folle lui vint à l'esprit. S'il ne l'aimait pas, elle pouvait au moins vivre de nouveau avec lui. Certainement, il la désirait encore. L'espoir au cœur, elle se rappela ces nuits qui lui avaient paru si haïssables à Ronsa. Haïssables! Elle eut un rire amer. « Mon Dieu! donnez-moi la chance de les connaître à nouveau. »

Elle savait maintenant que la nervosité, l'ennui et la dépression dont elle était la proie depuis son départ de Ronsa n'étaient dus qu'au besoin torturant qu'elle avait de lui. Elle le voulait, elle l'aimait, et chaque minute passée loin de lui était irréelle et dépourvue de sens. Il fallait qu'elle soit à nouveau dans ses bras et qu'il la tienne tout contre lui. Elle le rendrait à nouveau amoureux; elle essayerait de restaurer cet idéal en lequel il avait cru.

La tâche était certainement possible. Si elle pouvait seulement retourner auprès de lui, elle lui montrerait qu'elle pouvait être différente de celle qu'il avait connue. Tout ce qu'il y avait eu de détestable dans son comportement – chaque action, chaque mot – tout lui revenait pour la hanter et ajouter à son malheur.

Elle se vit sans indulgence – irrationnelle, insupportable – et comprit, maintenant qu'elle aimait, combien elle avait fait souffrir les autres. Cette torture, cette misère, ce besoin de quelqu'un qu'on ne peut obtenir, tout cela, elle l'avait fait vivre à Jack. Lui la comprendrait, pensait-elle, et elle, maintenant, le comprenait.

Le visage rendu hagard par l'insomnie, elle arriva à la gare de Victoria. L'accueil à Grosvenor Square fut plutôt froid. Ellen gardait le lit, et les domestiques étaient nerveux de voir leurs vacances interrompues par ses continuelles réapparitions.

On ne l'attendait pas et il n'y avait rien à manger. Mais Diana ne s'en souciait pas. La femme de chambre défit et refit les bagages aussi vite qu'elle put, retirant les pyjamas élégants et les robes légères destinées à la Côte d'Azur et les remplaçant par des tweeds et des vêtements chauds. Deux heures après son arrivée à Londres, elle était déjà repartie et faisait route vers le nord.

Elle était consciente de l'étrangeté de sa conduite, mais toute sa relation avec Ian avait été inhabituelle. Si elle pouvait faire taire sa fierté et lui revenir – et elle était prête à se traîner sur les genoux s'il le demandait – il la recevrait certainement.

Elle n'attendait rien. Elle souhaitait simplement pouvoir retourner au château comme sa maîtresse. Le temps et ses propres espoirs pourraient lui apporter le bonheur auquel elle aspirait.

L'anxiété au sujet de la santé de Ian ajoutait à son chagrin. Elle acheta tous les journaux écossais mais, à part l'information qu'elle avait trouvée dans le *Scotsman*, aucun ne parlait de Ian.

Elle ne télégraphia pas pour annoncer son arrivée, craignant que quelqu'un d'autre ouvrît le télégramme et redoutant surtout qu'il refusât de la reprendre.

Elle resta étendue sur sa couchette, en pensant à lui car elle n'arrivait pas à trouver le sommeil. Comme elle l'aimait! Et elle savait maintenant pourquoi les autres partageaient l'adoration qu'elle lui portait, pourquoi partout où passait Ian, il se faisait des amis; comment avait-elle pu être son ennemie!

Elle reconnut que c'était sa noblesse qui avait ainsi éclaboussé et rapetissé son monde à elle, et qu'il avait surgi dans sa vie comme une tempête. Elle n'avait pu, tout d'abord, saisir ce qu'il y avait de grand et de magnifique en lui. Au lieu de cela, elle s'était attaquée à lui avec ses faibles forces et elle avait échoué. Il l'avait vaincue et conquise, ce dont elle était heureuse, mais la conscience de ce bonheur venait trop tard.

Sa fierté écartée, elle comprit que seul l'orgueil l'avait fait résister à son charme. Elle savait maintenant que le mois le plus heureux de sa vie était celui passé ensemble à Londres. Elle devait être folle pour supposer que le plaisir de leurs dîners et la joie de ces journées de parfaite camaraderie étaient dus à la progression de sa mesquine vengeance.

L'amour, dit-on, est aveugle. Le sien l'avait été, certainement. Elle avait dû être amoureuse de lui, à ce moment. Elle était heureuse de sa présence et son premier baiser l'avait transportée de ravissement. Et quand, enfin, il lui avait demandé de l'épouser, c'était d'une voix qu'elle ne lui connaissait pas et qu'elle ne lui avait plus jamais entendue depuis.

A Ronsa, il lui avait souvent parlé avec passion, mais cette nuit-là, dans le petit salon de Grosvenor Square, il s'était exprimé avec une émotion merveilleuse qui était presque de la vénération. Dans ses yeux, se lisait une adoration qu'avait remplacée ensuite le désir ou le mépris.

– Ian, Ian! cria Diana dans l'obscurité.

Si seulement elle pouvait effacer le passé, reprendre la vie depuis cette nuit où il s'était agenouillé devant elle.

Mais sa voix se perdit dans le bruit des roues qui, comme le destin, l'emportaient vers un futur qu'elle redoutait.

19

Quand le train s'arrêta à Torvish, Diana fut accueillie par une brume écossaise dans laquelle on ne voyait pas à plus de quelques mètres. Il faisait froid avec une humidité pénétrante et Diana, bien que vêtue de tweed épais, se sentait glacée et misérable.

Son idée était de louer un canot à moteur en arrivant à Torvish, mais la chose se révéla moins simple qu'elle ne l'avait pensé. Elle dut attendre une demi-heure dans une cabane avant qu'un canot pût la conduire à Ronsa.

L'île disparaissait sous la brume; et ne pas même voir le but de son long voyage sembla à Diana un mauvais présage. L'abri dans lequel elle se tenait et où l'on avait rangé un vieux bateau délabré et des filets de pêche protégeait de l'humidité mais pas du froid. Transie, elle se décida à ouvrir une des valises qu'on avait placées à côté d'elle et en retira une fourrure dont elle s'enveloppa.

Des hommes allaient et venaient dans l'abri, cherchant ceci, cela ou – ce qui parut plus probable à Diana – par curiosité; mais comme elle ne parlait pas leur langue, ils se retiraient après lui avoir jeté un coup d'œil.

Le teuf-teuf d'un moteur annonça à Diana que les

recherches du porteur avaient abouti. Elle lui donna un bon pourboire, mourant d'envie de lui demander s'il avait des nouvelles de Ian; mais elle craignit que, en le questionnant, elle n'amène l'homme à penser qu'elle ignorait tout, et dans ce cas, il se refuserait peut-être à la faire traverser sans la permission du laird.

Ian était tout-puissant ici, et Diana savait que si ces gens soupçonnaient qu'elle n'était pas attendue, ils pourraient aisément, quoi qu'elle leur offrît, refuser de l'emmener dans l'île.

Le bateau était petit et mal entretenu et le pêcheur, un homme froid et austère d'une soixantaine d'années. Ils installèrent ses bagages, en laissant une petite place à l'avant où elle s'assit bien droite sur le siège de bois dur, tournant la tête à plusieurs reprises pour essayer d'apercevoir l'île qui finit par percer tristement à travers la brume.

Avant même qu'elle ait pu distinguer la silhouette du château, ils débarquaient à la petite jetée. Personne n'était en vue; le propriétaire du bateau déposa ses bagages sur le débarcadère de pierre puis, après avoir pris son argent, disparut dans le brouillard. Le bruit du moteur s'éloignait; Diana se retourna et se dirigea vers le château.

Maintenant qu'elle était arrivée, elle était beaucoup plus nerveuse qu'elle ne l'aurait imaginé. Elle redoutait la façon dont elle serait accueillie, et aussi ce qu'elle apprendrait sur la santé de Ian. Le brouillard environnant, avec son silence irréel, semblait l'envelopper et engourdir son esprit et son corps.

Elle atteignit enfin la grille du jardin, qui était le chemin le plus court depuis le quai. D'énormes gouttes tombaient des buissons et des arbres, et des fleurs, abattues sans doute par un orage récent, gisaient sur le sentier; elle les toucha et leurs pétales humides s'effeuillèrent contre ses jambes.

Elle n'osa pas entrer par la porte de côté, mais fit le tour, gagna l'entrée principale et tira la lourde cloche, qui tinta et dont le son se répercuta au loin puis, après ce qui lui parut une éternité, elle entendit des pas se dirigeant vers la porte. Un domestique ouvrit et la regarda d'un air étonné.

Elle entra. Le grand hall était silencieux et presque obscur, mais un grand feu brûlait dans la cheminée. Diana s'en approcha, heureuse de tendre ses mains glacées aux flammes. Elle se tourna vers l'homme qui attendait qu'elle parle.

– Le laird? dit-elle en gaélique, se souvenant de ce mot entendu si souvent.

Il fit un signe en direction de l'étage, puis se sauva pour annoncer, bien sûr, son arrivée.

Diana resta un long moment debout devant le feu. Elle écouta, mais n'entendit aucune voix et pas un bruit, à l'exception du crépitement des bûches et du tic-tac de la grande horloge.

Au moment où elle perdait patience, les nerfs tendus par l'anxiété, des pas se firent entendre; en levant les yeux, elle vit une infirmière qui descendait l'escalier. Ses pas résonnaient sur le chêne en se mêlant au bruissement de son tablier fortement empesé.

Elle approchait, mais Diana ne pouvait ni bouger ni parler; aucun mot ne lui venait pour poser la seule question qui lui martelait le tympan à chaque battement de son cœur. Ce fut l'infirmière qui parla la première, de façon naturelle et sur un ton poliment professionnel.

– Si je comprends bien, vous êtes venue pour voir Mr Carstairs?

– Comment va-t-il? demanda Diana dans un murmure.

– Il va mieux, mais le docteur a ordonné le calme total et, bien sûr, aucune visite. (Puis, devant l'air consterné de Diana, elle ajouta plus aimablement :) Il a plusieurs blessures à la tête, ce qui lui a occasionné de terribles migraines, après la période de délire. Une très grave commotion, bien sûr, plus un bras cassé, mais cette fracture, fort heureusement, se remet très bien.

– Comme c'est terrible pour lui! Il est vraiment hors de danger?

Elle prononça ces mots avec difficulté; elle était si effrayée, elle avait tellement peur qu'on lui cache quelque chose de grave.

– Je vous assure qu'il est tiré d'affaire, dit l'infirmière, mais vous ne pouvez pas le voir. Le docteur revient demain et peut-être pourrez-vous...

Elle hésita. Elle allait ajouter « revenir ». Puis se souvenant que la région était complètement désolée et n'avait rien à offrir en fait d'hébergement elle demanda :

– Est-ce que vous résidez dans le voisinage?

– Non. Je suis revenue pour loger ici, dit Diana d'un ton ferme. Excusez-moi de ne pas m'être présentée; je suis Diana Stanlier. Je suis partie de Ronsa le jour de la tragédie et je suis revenue dès que j'ai appris ce qui s'était passé.

L'infirmière eut l'air assez interloquée. Il était évident qu'elle n'avait pas entendu parler de Diana auparavant, et était surprise qu'une belle jeune femme étrangère arrive ici en annonçant son intention de s'installer dans la demeure d'un célibataire.

Sentant qu'elle pourrait rencontrer une opposition, Diana s'empressa d'ajouter :

– J'ai laissé ici une grande partie de mes vêtements, avec, bien sûr, l'intention de revenir les récupérer, mais pas aussi rapidement.

– Oh! (De nouveau, l'infirmière était embarrassée. Un rapide coup d'œil lui avait appris que Diana ne portait pas d'alliance et, incapable de faire face à la situation, elle sonna.) Dois-je faire venir Margaret? (Diana remercia poliment.) La situation est plus qu'inhabituelle, ajouta-t-elle en confidence. C'est la première fois que je me trouve dans une maison où les domestiques ne parlent que le gaélique. Je connais par bonheur quelques phrases; autrement ma tâche aurait été bien difficile. En fait, l'infirmière de nuit est originaire de la région et parle la langue beaucoup mieux que moi. Ce qui m'est d'un grand secours.

Maintenant qu'elle avait accepté Diana, il était clair qu'elle était ravie d'avoir quelqu'un avec qui s'entretenir. Les journées étaient longues pour elle, car sa collègue, l'infirmière de nuit, dormait durant le jour.

Margaret arriva rapidement et Diana, grâce à l'aide de l'infirmière, parvint à faire comprendre que ses bagages étaient sur le quai et qu'il fallait envoyer quelqu'un les chercher.

Margaret ne sembla pas particulièrement ravie de la revoir; elle la salua avec froideur, incapable heureusement d'exprimer ses sentiments.

– Je suppose que tout le monde, ici, me blâme pour ce qui s'est passé, dit Diana sur un ton lugubre. (Margaret une fois congédiée, Diana se tourna vers l'infirmière devenue amicale et demanda :) Comment va Jean Ross?

– Oh! elle va très bien. Elle s'en est tirée avec quelques bleus et quelques égratignures. Etant donné sa robuste constitution, elle ne s'est pas ressentie du choc. Elle est venue tous les jours s'informer de la santé de Mr Carstairs.

– L'a-t-elle vu? ne put s'empêcher de demander Diana.

L'infirmière lui jeta un coup d'œil curieux avant de répondre :

– Bien sûr que non. Je vous ai dit que Mr Carstairs n'avait droit à aucune visite.

Diana espérait avoir dissimulé le soulagement qu'elle éprouvait; elle était si heureuse de savoir que ses craintes n'étaient pas fondées. Jean n'avait donc pu progresser dans sa conquête du cœur de Ian depuis le jour où elle l'avait quittée, se hâtant de retourner vers lui dans son canot à moteur.

Sa chambre était exactement comme elle l'avait laissée mais, au lieu de la voir comme une prison, elle la retrouva avec autant de plaisir que si ç'avait été sa maison. Toutes les choses étaient au même endroit, la peau d'ours devant la cheminée et là, le grand lit à colonnes.

Comment aurait-elle pu savoir que tout cela lui semblerait un jour si précieux! Au lieu de cela elle avait détesté y penser, craignant de le trouver agréable.

Quand elle eut changé de robe et fait un peu de toilette dans l'eau que contenait la cuvette, ce fut déjà l'heure du thé. Il était servi dans le salon si plein de souvenirs pour elle. L'infirmière de nuit s'était réveillée et fut présentée à Diana par sa collègue qui, Diana l'apprit, s'appelait sister (1) Williams.

– Je vous présente sister McLeod, dit-elle gaiement. (Et une grosse Ecossaise enjouée se leva en tendant la main à Diana.)

– Vous êtes miss Stanlier? demanda-t-elle.

« Lady Diana », lui fut-il répondu, et toutes deux la regardèrent avec un intérêt redoublé, car le nom leur semblait familier, ayant – comme elles se souvinrent après coup – bien souvent rencontré le

(1) Appellation des infirmières en Grande-Bretagne. *(N.d.T.)*

visage de Diana dans les journaux et lu, pendant leurs heures de garde, les potins la concernant.

On bavarda beaucoup durant le thé, ce que Diana trouva un peu fatigant. Elles avaient le brillant factice qui accompagne la psychologie médicale. Elles s'occupaient beaucoup de leur patient et s'intéressaient à son cas. Sans doute pour être aimables avec Diana, elles la régalèrent de force détails médicaux concernant différents cas – détails plus ou moins écœurants pour le profane.

Sister Williams n'était pas écossaise, mais elle avait été formée dans un hôpital de Glasgow et était attachée actuellement à une très importante clinique du Nord de laquelle elle avait été détachée en compagnie de sister McLeod sur la demande du médecin de Ian.

Diana eut droit à l'interminable récit de leur voyage ainsi qu'à la description de leur arrivée. Un spectacle assez émouvant : toute la population de l'île les attendait en pleurant à la porte du château, dirent-elles, et il était clair que ce ne fut pas pour elles une mince fierté que d'avoir été choisies pour soigner un patient aussi important.

– Vous n'avez jamais vu assemblée aussi lugubre. Nous fûmes accueillies comme le Messie venu pour le sauver, ce qui est presque ça, ajouta sister McLeod avec un rire enjoué.

– J'en suis certaine, dit Diana, reconnaissante.

– Ce fut une rude tâche, je ne vous mens pas. Son état était très sérieux, dit sister McLeod, et les deux premières nuits ont été difficiles.

– Je ne me suis pas assise une minute pendant toute la journée, renchérit sister Williams qui tenait à rester à égalité dans cette épreuve d'endurance. Il est à présent hors de danger et sera redevenu lui-même dans une ou deux semaines. Mais commotionné comme il l'était, il ne cessait de revivre ce sauvetage.

– Il en était très affecté? demanda vivement Diana.

– Il était hanté par ce souvenir; c'était comme une obsession. Même encore maintenant il se réveille dans la nuit en criant. C'est une chance, lady Diana, que votre chambre soit aussi éloignée de la sienne, car vous pourriez être dérangée.

Diana garda le silence. Elle avait la gorge serrée et les yeux remplis de larmes.

Pas un mot sur elle... S'il avait dit quelque chose, elle l'aurait su, car les infirmières n'auraient pas eu l'air aussi surprises en la voyant. C'était à Jean qu'il pensait dans son délire, son sauvetage le hantait.

A cet instant précis, on l'annonça. Jean entra, vêtue de son kilt et ses cheveux roux plaqués par l'humidité. Elle lança un « bonjour » enjoué aux infirmières et resta clouée sur place en voyant Diana.

– Vous êtes revenue? dit-elle avec dureté avant que quiconque ait pu placer un mot.

Diana se leva, le sourcil un peu froncé devant un pareil sans-gêne. Son éducation lui permettait de se reprendre plus vite que Jean; d'autre part, elle n'avait pas été surprise : elle s'attendait bien à rencontrer Jean, tôt ou tard.

– Bonjour, miss Ross, dit-elle sur un ton de courtoisie ironique. Je suis ravie de voir que vous êtes tout à fait remise de votre accident.

Jean s'avança et fit face à Diana. Elle était beaucoup plus grande, mais Diana, dressée de toute sa hauteur, dominait Jean par la dignité de son maintien.

– Pourquoi êtes-vous ici? dit Jean d'un air farouche.

– Je crois que cette maison est celle de Mr Carstairs, répondit Diana avec calme. J'y suis revenue comme son invitée.

– Il ne vous a pas demandée. Il a été trop malade pour demander qui que ce soit. Vous n'avez pas le droit de venir ici. C'est votre faute s'il est malade, votre faute s'il a failli mourir. Je n'aurais jamais pris le risque de traverser le jour où je l'ai fait si je n'avais pas eu tellement hâte de vous savoir loin d'ici.

Dans sa fureur son accent écossais reparut, et elle roulait les *r* avec toute la férocité d'un Gaël en colère. Les deux infirmières s'étaient levées et ce fut sister Williams qui s'avança et posa une main ferme sur le bras de Jean.

– Venez, miss Ross, dit-elle sèchement. Lady Diana avait laissé ses bagages ici, elle est revenue les chercher. Je pense que vous devez être un peu nerveuse, vous n'êtes pas encore très forte, vous savez.

Jean se dégagea avec impatience sans tourner la tête. Un sourire dédaigneux sur les lèvres, la tête rejetée en arrière, Diana debout était l'incarnation du raffinement par opposition à la rusticité vestimentaire de Jean. Elle leva une main blanche aux ongles roses pour écarter de son front une mèche de cheveux et pour jouer un instant avec les belles perles qui entouraient son cou.

Puis, ayant jeté à Jean un regard méprisant, elle se tourna vers les infirmières avec un sourire de désapprobation.

– Je crains que l'accident ait quelque peu dérangé miss Ross, dit-elle.

Mais Jean l'interrompit :

– Vous croyez que vous pouvez revenir vous glisser ici pendant qu'il est malade parce que vous êtes une lady et moi une simple fille de fermier. Mais vous ne l'aimez pas, et moi je l'aime. Je ne vous tolérerai pas ici, sachez-le. Quand vous êtes partie, je vous ai dit ce que nous pensions de vous à Ronsa. Nous n'avons que faire de vos manières. Nous sommes des gens simples et le laird est l'un des nôtres.

Elle aurait continué si sister McLeod ne l'avait pas prise par les épaules et ne l'avait pas forcée à sortir de la pièce, en dépit de ses protestations. Dès que la porte se fut refermée sur elle, Diana, un peu tremblante, se laissa tomber sur le canapé.

– Oh, Dieu! dit sister Williams. Quelle extraordinaire jeune femme! Je pense qu'elle a eu l'esprit un peu dérangé par cet accident; je suis navrée de ce qui s'est passé.

Diana ne put s'empêcher de sourire. A tort ou à raison, elle comprit que les deux infirmières seraient de son côté. Elle devinait que déjà elles imaginaient une aventure amoureuse aboutissant à un mariage, et qu'elles étaient avides de pouvoir aider au bonheur d'un aussi beau couple.

Sister Williams murmura quelques paroles de consolation pour expliquer la conduite de Jean. Elle croyait que Diana avait supplanté Jean dans le cœur de Ian. Et, son petit esprit travaillant, elle soupçonnait Ian d'avoir pris des privautés avec la fille de ferme, alors que Diana, bien sûr, était différente et devait, vierge et rougissante, être inévitablement conduite à l'autel.

« Si seulement cette sotte bien intentionnée savait, pensa Diana. Comme elle serait scandalisée et choquée par la vérité! »

Impatiente, n'osant pas contredire sister Williams et détestant être obligée de la tromper, Diana se leva et gagna sa chambre en hâte. Seule, maintenant, elle se jeta sur son lit, le visage enfoui dans l'oreiller sur lequel Ian, si souvent, avait posé la tête.

20

Le lendemain matin Diana attendit le médecin. Quand il eut achevé l'examen de son patient, il la considéra d'un air interrogateur tout en dégustant le verre de porto apporté par Margaret.

C'était un petit homme rond, doué d'un cœur d'or – un métal auquel sa clientèle ne l'avait pas beaucoup habitué.

Médecin intelligent, il était connu dans toutes les îles pour son habileté et sa générosité de cœur. Il connaissait Ian depuis toujours, puisque c'était lui qui l'avait mis au monde, par un matin de mai ensoleillé.

Il avait toujours soigné le vieux laird qui le considérait non seulement comme un conseiller médical, mais comme un ami. Il venait presque chaque mois passer une nuit au château, racontant au vieil homme les potins de l'endroit et faisant avec lui une partie de jacquet qu'il perdait immanquablement.

Il était demeuré célibataire, estimant qu'aucune femme ne pourrait s'accommoder de ses horaires ou plutôt de son absence d'horaires. Il lui arrivait parfois d'être bloqué par un orage dans une des îles éloignées, ce qui toutefois était assez rare car il bravait à peu près n'importe quel temps pour aller voir un malade ou pour mettre au monde quelque robuste bébé écossais.

Aussi sûrement que tous les potins de l'île lui venaient aux oreilles un jour ou l'autre, il avait entendu parler de ce qui se passait au château avant l'accident et s'était bien promis de s'y rendre un jour sans prévenir afin de découvrir la vérité. Puis les événements en avaient décidé autrement, et il avait été appelé d'urgence auprès de Ian dont l'état nécessitait ses soins.

Il aimait le garçon et avait été bouleversé de le trouver aussi gravement blessé. Durant les heures d'anxiété qu'il avait vécues, il avait maudit la femme responsable de cette tragédie; mais maintenant, face à Diana, il découvrait qu'il était incapable de lui en vouloir.

Elle était vraiment très belle, et en juge subtil de la nature humaine, il comprit immédiatement qu'elle était amoureuse de Ian. Sachant depuis longtemps que Jean éprouvait les mêmes sentiments, l'humour de la situation lui apparut malgré ce que pourrait en être l'issue.

Il n'était pas certain de ce qu'étaient, en la matière, les sentiments de Ian. Son patient n'était conscient que par intervalles, mais au cours de ces périodes, il n'avait jamais nommé Diana : il n'évoquait dans son délire que des souvenirs de sauvetage et de lutte pour sauver la vie de Jean et la sienne.

Il devait certainement être amoureux de cette fille superbe, pensait le docteur, mais ce n'était là qu'une supposition.

Ian était comme son grand-père. Le vieux laird avait été aimé par beaucoup de femmes, mais une seule avait rempli sa vie.

Margaret n'avait pas eu l'intention de manquer de loyauté envers Ian quand elle avait parlé au docteur de la visite de Diana, des querelles et des repas silencieux. En entendant parler d'une jeune personne venue sans chaperon, le docteur s'était tout d'abord imaginé qu'il s'agissait de quelque girl de music-hall à la chevelure décolorée, ou d'une de ces filles libres au passé discutable.

Mais un seul coup d'œil à Diana lui fit mesurer son erreur. Il était devant un être de race et, quand il entendit son nom, il pensa qu'il était tout à fait vieux jeu pour ne pas se rendre compte que ces brillantes jeunes filles d'aujourd'hui n'avaient besoin ni de protection ni de chaperon.

– Il est très très mal en point, jeune fille, dit-il, en prenant son porto, mais il va s'en tirer. Vous ne devez pas vous inquiéter exagérément. Ce garçon a la force de dix hommes ordinaires.

– Puis-je le voir? demanda Diana avidement.

Le docteur secoua la tête.

– Pas avant un jour ou deux, dit-il d'un ton ferme. Il pourrait ne pas vous reconnaître, et dans le cas contraire, sa température grimperait au maximum – ce qui, si vous permettez, ne serait pas surprenant, ajouta-t-il galamment.

Diana le remercia d'un petit sourire.

– Et cela n'avancerait à rien que vous vous morfondiez entre-temps, continua-t-il. Les jours ne passeront pas plus vite, si vous le faites. Sortez, prenez de l'exercice, montez tous ses chevaux, mais ne vous rompez pas le cou. Je suis suffisamment occupé comme cela. (Il fut surpris de voir le visage de Diana s'empourprer quand il lui parla de cheval. Il ignorait qu'il venait de réveiller en elle le souvenir de l'accident de Starlight et qu'elle en était toujours honteuse.) Eh bien, il faut que je m'en aille, dit-il en se levant. J'ai une patiente à l'autre bout de l'île, et une patiente pas ordinaire. Avez-vous jamais vu Nanet Carmichael?

– Bien sûr, répondit vivement Diana. Vous voulez dire la sorcière?

– Sottises! dit le docteur. Si toute Ecossaise dont le destin est tragique était traitée de sorcière, alors nous en aurions une armée.

– Puis-je aller avec vous? dit Diana spontanément. Je vous en prie, laissez-moi vous accompagner. (Elle ajouta comme il semblait hésiter:) Je m'ennuie tellement ici, seule.

– C'est bon, dit-il.

Elle prit rapidement son manteau et le suivit dans le canot avec lequel il faisait sa tournée.

L'eau était assez calme et l'on avait peine à croire qu'elle pouvait, en un instant, devenir hostile et dangereuse. Le ciel était gris avec des trouées claires, mais les pics du continent étaient cachés par des nuages bas.

La hutte de Nanet n'était pas loin.

En approchant, le médecin arrêta le moteur et amena le bateau à la main.

– Les algues sont terribles pour l'hélice, expliqua-t-il.

Diana se pencha au-dessus de l'eau claire et aperçut une grande forêt de branches rouges et brunes ressemblant à de jolis arbrisseaux exotiques.

Avec l'aisance de quelqu'un habitué aux débarcadères de fortune, le docteur sauta sur un large rocher plat, puis tira le bateau et aida Diana à descendre. Ils eurent un peu de chemin à faire à pied sur les rochers verts, en évitant les flaques d'eau laissées par la marée, avant d'arriver aux galets secs qui menaient à la cabane de Nanet.

Le docteur frappa doucement à la grosse porte en planches et une voix sèche et chevrotante le pria d'entrer.

La hutte était un carré minuscule au sol recouvert de joncs grossièrement tressés en une sorte de carpette. Sur un lit fait de vieilles caisses et de morceaux de bois apportés par le courant, Nanet était étendue avec, sur elle, un étrange amoncellement de châles, de morceaux de couvertures qu'elle avait dû entasser pendant des années. Le seul air de la pièce venait d'une vitre brisée en partie obstruée par des morceaux de papier brun pour éviter les courants d'air.

Chose surprenante, la hutte était d'une propreté impeccable, mais son état de misère et de dénuement apparut à Diana comme le comble du pathétique. Une énorme caisse servait de table et il y avait une chaise de cuisine délabrée, sans doute mise au rebut par quelqu'un de moins misérable que Nanet.

Aucune source de chaleur, car le brasero avec lequel elle faisait la cuisine et se chauffait – un dispositif de fortune fait d'une grille de foyer posé sur des briques – n'avait pas été allumé. Ce qui n'empêchait pas les trois chats d'être assis autour, espérant sans doute qu'ils ne tarderaient pas à se réchauffer.

– Je vous ai amené une visite, Nanet, dit le docteur d'une voix enjouée en faisant signe à Diana d'entrer.

Soulevant la tête avec difficulté, la vieille femme regarda Diana. Elle eut un air hostile pendant un instant, puis sa bouche édentée fit un effort pour sourire et d'une voix chevrotante et presque inaudible, elle répondit au docteur.

– Nanet dit qu'elle se souvient de vous, dit-il à Diana.

– Oui, je l'ai vue une fois en me promenant à cheval. Dites-lui que je suis navrée de la savoir si malade.

Le docteur répéta à Nanet dans sa langue gaélique les paroles de sympathie de Diana; elle ne répondit pas, se contenta de la regarder fixement comme elle l'avait fait des semaines plus tôt, lors de leur première rencontre. Puis, pointant un doigt osseux en direction de Diana, elle bredouilla pendant un moment d'une voix enrouée. Le docteur l'écoutait et hochait la tête comme s'il était d'accord.

Bien qu'elle fût incapable de comprendre le moindre mot de ce que disait la vieille femme, Diana était certaine qu'elle parlait d'elle et attendait avec impatience la traduction du docteur. Puis Nanet retomba en arrière. Le docteur prit son pouls et, ignorant Diana, lui parla avec bonté sur un ton apaisant. Puis, il sortit de sa poche un flacon de médicament qu'il lui remit et, d'une voix aimable qui se voulait optimiste, lui dit au revoir.

Nanet demeura immobile, les yeux clos, ne semblant pas entendre les mots du médecin. Les deux visiteurs refermèrent derrière eux la porte délabrée, et descendirent vers la plage.

– Qu'a-t-elle dit? demanda Diana.

– Oh! elle était dans un de ses jours prophétiques, répondit le docteur. Rien d'étonnant à ce que les gens, par ici, la prennent pour une sorcière. Extraordinaire le don de double vue que peuvent avoir les gens simples. Je suppose que c'est une compensation à leur manque de culture, bien que je ne sois pas certain que la culture leur fasse défaut.

– Mais qu'a-t-elle dit? répéta Diana sur un ton impatient.

– Eh bien, elle a dit que vous avez remué les ennuis avec une grande cuillère et que, maintenant, vous vous demandez comment éteindre le feu qui est dans votre cœur. Elle parle, bien sûr, par métaphores, comme ils le font tous, mais le sens profond est, j'imagine, que vous êtes votre pire ennemie. Est-ce exact? demanda-t-il.

– Je crains que oui, répondit Diana. J'ai été tellement sotte, ajouta-t-elle.

– Nous le sommes tous, à un moment ou à un autre, dit le docteur avec gentillesse, et il nous faut apprendre par l'expérience.

Diana hocha la tête comme pour approuver et reprit sa place dans le canot avec lequel ils longèrent la côte.

– Je vais voir un nouveau filleul, dit-il. Dieu les bénisse, je suis le parrain de chaque enfant que je mets au monde. C'est par centaines qu'on les compte maintenant, comme vous l'imaginez.

– Mais qui les baptise ici? demanda Diana. Les emmène-t-on sur le continent?

– Que non! Le pasteur fait sa tournée de temps à autre, mais il ne vient pas souvent à Ronsa. Le vieux laird était hostile à toute forme de religion, et les gens l'auraient plutôt suivi, lui, que n'importe quel ministre de Dieu. En fait, c'est généralement moi qui les baptise. Les mères sont contentes et c'est la foi qui compte. Je ne pense pas qu'il leur sera plus difficile d'entrer au paradis que s'ils avaient été baptisés avec le rituel classique.

– Vous croyez en Dieu vous-même? demanda Diana.

– Certainement. Je n'aurais pas pu travailler toutes ces années sans voir et admirer ses œuvres.

» Le fait de vivre parmi des gens simples, dans un pays qui doit tant à la nature et si peu à la civilisation vous fait découvrir que vous devez avoir l'aide de quelque chose de plus grand que vous. Si vous êtes dans l'ennui, ici, vous ne pouvez pas demander du secours par téléphone comme vous le faites dans une ville. Il faut parfois des jours pour que quelqu'un vous trouve, si vous êtes malade ou dans la détresse. C'est alors que vous LE trouvez presque toujours.

– Peut-être avez-vous raison, dit Diana. Je n'y ai pas beaucoup pensé depuis l'enfance. Ma grand-mère avait l'habitude de m'emmener à de longs offices ennuyeux pour entendre ensuite les gens, pendant le déjeuner, critiquer le pasteur et son sermon.

Le docteur rit.

– Oui, je sais. Je n'ai pas le temps d'écouter les sermons, et même si je l'avais, je n'en aurais pas le goût. Mais, en tant que panacée et réconfort contre toutes les maladies – et la plupart des humains en souffrent d'une façon ou d'une autre – je trouve que la foi en Dieu est la seule prescription qui réussisse toujours.

Il parlait simplement, sans l'ombre de cette solennité que montrent presque tous les gens quand ils discutent du Tout-Puissant. Il s'amusait lui-même de ses images. Vrai et simple, il parlait avec légèreté comme s'il s'entretenait de choses banales, mais la sincérité de sa foi était évidente, et Diana sentit que le credo de cet homme allait bien au delà de la foi traditionnelle.

Elle était tellement intéressée par lui qu'ils avaient atteint l'extrémité de l'île sans s'en rendre compte et grimpaient quelques instants plus tard l'escalier rustique conduisant au bord de la falaise.

Il y avait là une hutte de pêcheur entourée d'un jardinet impeccablement entretenu. Des filets séchaient sur les palissades de bois et un bateau mis en cale sèche reposait sur des piliers passés au goudron. C'était une petite ferme de trois pièces, divisée en deux parties égales avec, d'un côté, la cuisine et le living-room et, de l'autre, la chambre à coucher où était la mère avec son bébé né de la veille.

Le docteur expliqua la présence de Diana et elle reçut un sourire de bienvenue timide mais doux de la petite femme enjouée qui, assise dans son lit, nourrissait son bébé. Elle avait l'air extraordinairement bien, mais Diana apprit plus tard que l'accouchement n'avait pas été facile et qu'il avait fallu lui faire promettre de garder le lit jusqu'à l'arrivée du médecin.

Diana avait peine à croire qu'une femme pût se lever si tôt après l'accouchement. Elle avait souvent rendu visite à ses amies à Londres et les avait trouvées étendues, pâles et épuisées, quatre ou cinq jours après l'événement, et autorisées à cinq minutes seulement de conversation dans une chambre maintenue dans l'obscurité et emplie d'un lourd parfum de fleurs.

Et cette femme, demain, serait debout, comme si rien n'était arrivé, nettoyant la maison, préparant les repas de son mari et, en même temps, soignant son bébé et le nourrissant.

– Venez voir l'enfant, dit le docteur à Diana qui se tenait sur le seuil d'un air un peu gêné, trouvant difficile de rendre visite à quelqu'un avec qui elle ne pouvait converser.

Il écarta un châle et découvrit une petite figure rouge et deux mains minuscules qui s'agitaient, furieuses de l'intrusion.

– C'est le premier bébé de Mary, dit-il, et elle en est très satisfaite.

– Un garçon ou une fille? demanda Diana.

– Un garçon, répliqua le docteur, ce qui ajoute à sa fierté. Ce sera un pêcheur comme son père et espérons qu'il en sera un aussi bon que lui.

– Dites-lui que je le trouve très mignon, dit Diana.

Le docteur transmit cette appréciation à Mary qui rougit et essaya de faire une petite révérence à Diana, en dépit des oreillers qui la gênaient.

Ils restèrent encore quelques minutes, puis le docteur raccompagna Diana au château. Durant tout le trajet de retour, elle pensait à ce minuscule visage et à cette mère qui rayonnait d'une telle fierté. Ce serait étrange d'avoir un bébé à soi, pensa-t-elle, et elle fut prise d'un immense désir de tenir dans ses bras un enfant de Ian.

21

La journée du lendemain fut très longue pour Diana. Le médecin était venu de très bonne heure le matin et, comme elle n'était pas encore levée, elle n'avait donc pas vu le petit homme enjoué qu'elle considérait déjà comme un ami.

Le déjeuner pris en compagnie de sister Williams ne fut qu'un bavardage vide et un échange de plaisanteries que Diana trouvait lassantes et aspirait à voir cesser.

Sister Williams avait une curiosité insatiable de ce dont était faite la vie des jeunes appartenant à la société; mais Diana avait de plus en plus de difficulté à répondre à ses questions, comprenant qu'elle attendait d'être régalée de sauvages histoires d'orgies. Or, Diana ne lui servait que du banal et elle restait sur sa faim. Elle s'imaginait un cocktail comme une dissipation si gaie que Diana ne parvenait pas à la persuader de ce que de telles réunions avaient d'ennuyeux et d'inoffensif.

Pour sister Williams, tout homme en vue ne pouvait être que très amoureux soit d'une actrice célèbre, soit d'une star de cinéma, et toute beauté de la société devait inévitablement être poursuivie par une foule de jeunes hommes passionnants.

« Si seulement c'était vrai », pensa Diana avec

lassitude, avouant ne pas savoir qui le prince de Galles allait épouser, ni si Evelyn Laye était fiancée à un duc...

– Eh bien, j'ai entendu dire... commençait sister Williams, livrant à Diana une information dont elle entendait parler pour la première fois et qui concernait les mœurs de ses amis ou leurs problèmes intimes de santé.

Sister Williams avait une amie qui avait soigné lady Une telle, ou une amie de cette amie qui avait soigné lord ceci et cela après son accident de cheval et elle lui avait dit, ou dit à l'amie qui le lui avait répété, tout ce qui se passait, à tel point que Diana, finalement, ne parut pas surprise en apprenant que sa tante, la personne la plus puritaine et la plus collet monté qui soit, entretenait des relations coupables avec son chauffeur.

Quoique exaspérée d'écouter ces ragots, Diana comprenait que sister Williams et ses amies n'avaient que peu de sujets de distraction. Leur vie monotone était faite d'une succession de cas, dont chacun exigeait soins et attention et, tandis que leur personne physique était vouée au service des malades, qui aurait pu leur en vouloir de laisser leur esprit se livrer à des phantasmes, et les blâmer de prendre plaisir aux divertissements des autres?

Sister Williams – ce n'était pas douteux – était une infirmière singulièrement efficace, totalement désintéressée et d'une conscience rare. Il en était de même de sister McLeod. Après une longue nuit passée presque entièrement à s'occuper de Ian, elle descendait souriante pour prendre en hâte un rapide petit déjeuner avant d'aller dormir, et Diana, tout en étant agacée par elles, ne pouvait s'empêcher d'admirer ces deux femmes.

Sister Williams était blonde et avait un visage qui aurait pu être tout à fait charmant si elle n'avait pas eu une denture déplorable et un peu proéminente. Ce qui ne l'empêchait pas de plaire à ses patients dont elle recevait toutes sortes d'attentions. Diana était étonnée que les hommes puissent avoir des goûts aussi particuliers, à moins que sister Williams ne fût régulièrement chanceuse avec les patients qui lui incombaient. Et les médecins!

– Vous ne croiriez pas, lady Diana, dit-elle, si visiblement heureuse de se confier que Diana n'avait pas le cœur de l'arrêter, ce qu'ils nous font vivre parfois. Je me souviens d'un jour, peu de temps après être passée stagiaire, où je récurais le sol à l'extérieur de la salle d'opération quand un des docteurs – il était jeune, bien sûr, mais assez âgé tout de même pour ne pas se conduire ainsi – m'appelle dans la salle d'opération. Il était seul, j'ose à peine vous dire ce qu'il m'a proposé... enfin... de quoi me rendre honteuse pour toute la profession, comme je le lui ai dit. Il s'excusa quand j'eus fini de lui dire ce que je pensais; je n'avais que dix-huit ans et j'étais stagiaire, mais j'avais raison et il le savait.

– Bien sûr, murmura Diana.

– Je ne veux pas dire qu'ils sont tous ainsi, loin de moi cette pensée, reprit sister Williams. Je citerai le Dr Simpson, par exemple. Tout le monde l'adore; certaines filles sont folles de lui et j'en connais qui s'évanouissent quand il leur parle, mais il n'oublie jamais sa position et c'est ce que j'admire. Il a ses infirmières préférées, bien sûr, qui sont habituées à ses façons de travailler (sister Williams prit un air gêné) et pour lesquelles il a beaucoup de considération, mais rien de plus. Comme je l'ai dit une fois à sister McLeod, si cet homme était seul sur une île déserte avec une lady, il la traiterait en lady et il se comporterait en gentleman – ce qu'on ne peut pas dire de la plupart des hommes.

– Vraiment? dit Diana sentant qu'on attendait d'elle un commentaire.

– Ma chère lady Diana, je dirai – si vous le permettez – que vous n'êtes qu'une enfant; mais vous découvrirez, tout comme moi, qu'il y a peu d'hommes auxquels vous pouvez faire confiance, spécialement si vous avez – pardonnez-moi le mot – ce qu'on appelle du sex-appeal. Croyez-moi, je le sais.

Et de nouveau sister Williams prit un air gêné et un peu espiègle.

– Sister McLeod a-t-elle ce genre d'ennuis? ne put s'empêcher de demander Diana.

– Entre nous, répondit sister Williams en baissant la voix bien que sister McLeod fût incapable d'entendre car elle dormait, je vous dirai confidentiellement, car elle n'aimerait pas que je le répète, qu'elle a eu le cœur brisé.

– Non! lança Diana, au comble de l'étonnement, car la bonne humeur et l'enjouement de la rondelette sister McLeod ne permettaient pas de supposer une chose pareille.

– C'est une bien triste histoire, dit sister Williams en secouant la tête, pathétique en fait. Mon avis est qu'elle était mal guidée et, comme je le lui ai dit, on est souvent trop pressés; mais je commencerai par le commencement, en vous demandant, bien sûr, de ne pas lui laisser deviner que vous savez.

– Soyez tranquille, répondit Diana.

– Ceci se passait, il y a pas mal de temps, sister McLeod devait avoir environ vingt-huit ans. Elle était très mince en ce temps-là, et elle pouvait être jolie quand elle voulait s'en donner la peine. Un de nos chirurgiens devant opérer à Edimbourg, il nous demanda de l'accompagner. Ayant déjà un engagement, je dus refuser, mais sister McLeod y alla avec une autre infirmière.

» Elle m'a confié s'être aperçue dès la première minute que son travail allait être difficile. Son patient était Mr Munro. Outre que son opération était une opération abdominale extrêmement sérieuse, il avait les nerfs usés par des mois de souffrance.

» Dès qu'il vit sister McLeod, il eut un béguin pour elle, refusant la présence de l'autre infirmière auprès de lui. Comme il était très malade, on se prêta à ses caprices.

» Sister McLeod prenait sur le temps de son sommeil, debout nuit et jour, durant trois semaines; il s'en sortit, mais elle, épuisée, craqua. Pas question pour elle de se reposer, Mr Munro refusant d'en entendre parler. Le docteur céda; le malade passe toujours avant l'infirmière.

» C'est alors que les ennuis commencèrent. Sister McLeod était orpheline; personne jamais n'avait été aux petits soins pour elle, et personne ne s'était attaché à elle. Elle éprouva de la tendresse pour son patient qu'elle avait arraché à la mort, et comme vous le savez, on dit que la pitié est parente de l'amour. Toujours est-il qu'elle devint de plus en plus éprise, redoutant le moment où elle devrait le quitter. L'état du patient s'améliorant considérablement, il commença à remarquer certaines choses et ils ne tardèrent pas à en venir aux baisers pour se dire bonjour et bonne nuit, et à d'autres moments, quand ils étaient seuls.

» – Ethel, lui dit-il un jour – car maintenant ils s'appelaient par leur prénom – vous me manquerez quand vous ne serez plus là. Je vous aime et je crois que vous m'aimez; mais, j'espère que vous le savez, je suis marié.

» Elle l'ignorait, et ce fut pour elle un choc terrible. Sister McLeod est presbytérienne et elle ne se serait jamais laissée aller à des faiblesses avec un homme marié mais, à ce moment, il était trop tard.

» Elle était follement amoureuse de lui, et les choses ne s'améliorèrent pas quand il lui apprit qu'il était séparé de sa femme qui ne pouvait tolérer sa présence.

» Il voulait, bien sûr, que sister McLeod vive avec lui, lui offrant d'aller n'importe où avec elle; mais elle fit sa valise le jour même. Elle reçut une ou deux lettres de lui, qu'elle lui retourna. Je crois qu'elle regrette maintenant.

» Une autre chance ne s'est jamais présentée et, d'ailleurs, si elle était venue, elle ne s'y serait pas intéressée. Elle avait raison, mais je pense parfois qu'elle a peut-être laissé passer un grand bonheur. Il l'aimait, toutefois sait-on jamais ?

– Pauvre sister McLeod, dit Diana avec douceur.

– C'est exactement ce que j'éprouve pour elle, et cependant, elle ne semble pas malheureuse... Oh, Dieu! Je parle, je parle, et mon patient doit être réveillé.

Sister Williams la quitta en hâte.

Diana n'avait pas vu Jean le lendemain de son fameux éclat; elle en conclut donc que sister Williams avait fait face à la situation et que si Jean était venue, elle lui avait caché sa visite.

Diana passa le reste de la journée à essayer de s'intéresser à la lecture, mais sans y parvenir. De même, elle n'arrivait pas à se persuader d'aller marcher et se refusait, malgré les conseils du docteur, à monter un des chevaux de Ian. Elle avait le sentiment qu'elle ne pouvait le faire sans sa permission. Le souvenir de Starlight l'en empêchait.

Elle erra à travers la maison, touchant ceci et cela, faisant tous ses efforts pour s'intéresser à un album de photographies ou à quelques-unes des curiosités posées un peu partout, mais elle n'arrivait pas à fixer sa pensée.

Quoi qu'elle fît, où qu'elle allât, elle était hantée par la présence de Ian; il lui arrivait de regarder rapidement à la porte, comme si elle s'attendait à le voir entrer dans la pièce. La maison était si pleine de lui... chaque coin évoquait un souvenir qui lui faisait mal et la torturait en lui rappelant les heures passées à bouder au lieu d'être heureuse.

Le salon où il l'avait soulevée dans ses bras pour la porter au lit, la table où ils s'étaient fait face en silence ou en se querellant, le canapé où elle s'asseyait toujours après le dîner, et l'immense fauteuil en face dans lequel Ian s'installait avec les chiens à ses pieds.

Ils étaient pour elle une grande consolation à présent, et comme elle, ils avaient besoin de Ian. Ils se laissaient caresser par elle, mais tendaient l'oreille au moindre bruit, espérant la venue de leur maître. Ils savaient qu'il était malade, car ils passaient des heures à attendre à la porte de sa chambre; ils avaient essayé d'entrer le premier jour, mais ils avaient appris que la chambre leur était interdite.

Ian avait une vraie passion pour ses bêtes. Diana se souvenait du jour où, au retour d'une promenade à cheval, ils avaient trouvé le grand danois Rollo avec une patte blessée. Il s'était coupé sur un morceau de verre, souffrait et saignait abondamment. Il avait refusé de se laisser approcher par aucun des domestiques, grondant férocement dès qu'ils tentaient de le toucher et montrant les dents, prêt à mordre.

Puis son maître était arrivé, et dès qu'il l'avait vu, il s'était étendu gentiment en laissant bander sa patte et supportant même le désinfectant qui devait le brûler. Il eut seulement un petit gémissement mais demeura aussi sage qu'un enfant soumis.

Diana s'était émerveillée de l'habileté de Ian à prodiguer des soins, puis elle s'était souvenue immédiatement que sa vie de brousse avait dû exiger bien souvent qu'il fût à la fois médecin et infirmier, pour lui-même et pour ses compagnons.

La nuit qui avait précédé sa fuite de Ronsa, il avait été extrêmement gentil avec elle. Comprenant que ses nerfs étaient à bout, il l'avait traitée aussi tendrement que l'aurait fait une mère; il lui avait retiré ses chaussures mouillées et frictionné les pieds longuement pour les réchauffer. Puis, alors qu'elle était couchée, il était entré dans sa chambre uniquement pour s'assurer qu'elle était bien et pour remettre une bûche dans la cheminée.

Comme elle souhaitait maintenant avoir été malade après sa tentative de fuite par avion, avoir eu un rhume ou tout autre ennui de santé qui l'aurait gardée au lit, empêchant Jean de l'approcher. Si seulement c'était elle, et non pas Ian, qui était malade! Elle allait jusqu'à imaginer qu'elle trouverait plaisir à souffrir.

Sa nuit fut peuplée d'étranges cauchemars. Elle se noyait, mais personne n'était là pour la sauver. Puis Jean surgissait en canot à moteur, passait près d'elle en l'ignorant avec, sur le visage, une expression vengeresse. Diana appelait mais elle était seule.

Elle se réveilla, le front et les mains trempés de sueur, et poursuivie par ces images terribles, elle demeura longtemps les yeux ouverts, avant de se rendormir d'un sommeil lourd. Cette fois, elle rêva qu'elle était dans les bras de Ian et s'éveilla pour entendre sa propre voix qui disait : « Je vous aime, Ian. Ne comprenez-vous pas? Je vous aime. »

Le matin la trouva avec une atroce migraine et de grands cernes sous les yeux. Le docteur arriva à midi et, voyant sa mine, menaça, si elle n'allait pas mieux le lendemain, de lui administrer un fortifiant. Quand il redescendit après avoir vu son patient et avant qu'elle n'ait eu le temps de demander comme toujours comment allait Ian, il annonça :

– J'ai pensé à un meilleur médicament en ce qui vous concerne. Si vous le souhaitez, je vous autoriserai à voir le malade, mais pas plus de deux minutes.

» Il ne sait pas que vous êtes ici; nous ne le lui avons pas dit, craignant qu'il puisse s'inquiéter de vous savoir seule. Je ne suis pas certain d'avoir raison de vouloir le surprendre, mais c'est un risque que je dois courir; sinon j'aurai sur les bras deux malades au lieu d'un.

Diana était si heureuse qu'elle ne répondit pas. Sister Williams ouvrit la porte sans faire de bruit et ils entrèrent.

Les stores étaient à moitié baissés, mais la pièce n'était pas sombre. Ian était étendu, les yeux clos. Il était si pâle que Diana en eut le cœur serré. Il avait le bras gauche en écharpe et son front était bandé.

Elle s'approcha du lit timidement. Que dirait-il en la voyant ? Même le docteur ignorait leur désaccord. Elle pensait que, s'il avait été au courant, il ne lui aurait pas permis d'entrer. Elle avait une terrible peur de bouleverser Ian, mais n'avait pas eu le courage de refuser de le voir. Elle avait l'impression d'avoir attendu cet instant depuis des siècles. Le docteur était en face d'elle et dit d'une voix aimable :

– Ian, mon gars, j'ai une visite pour vous.

– Oh! pour l'amour du ciel, ne permettez pas les

condoléances, dit Ian d'une voix faible et faisant un effort pour sourire de son humour.

– Il ne s'agit pas de condoléances, et la visiteuse a attendu patiemment le privilège de vous voir.

Ian ouvrit lentement les yeux; quand ils se posèrent sur Diana, il sursauta et son corps sembla se raidir.

– Vous! dit-il faiblement.

Le docteur s'était écarté pour permettre à Diana de s'approcher du lit et était allé considérer la feuille de température posée contre la glace de la coiffeuse.

– Pourquoi êtes-vous ici? dit Ian à Diana, incapable de répondre immédiatement.

Sa vue l'avait choqué au delà de ce qu'elle redoutait.

Il avait l'air si malade, si loin de l'être fort qu'elle avait connu. Les mains serrées pour essayer de contrôler l'émotion qui s'était emparée d'elle, elle parvint à dire :

– Je suis revenue...

– Vous allez partir, interrompit Ian. Vous m'entendez? Vous allez partir tout de suite.

Sa voix augmentait en intensité et le docteur accourut à son chevet.

– Doucement, dit-il en tâtant le pouls. Vous ne devez pas vous exciter.

– Il faut qu'elle parte, répéta Ian. M'entendez-vous? Qu'elle parte d'ici.

– Allons, doucement...

Ian était visiblement bouleversé, il essaya de soulever la tête de l'oreiller. Diana debout était comme une statue de pierre puis, soudain, quelque chose en elle sembla se rompre et ses yeux s'emplirent de larmes.

Elle se sauva de la chambre et faillit, dans sa

précipitation, se heurter à sister Williams qui venait d'accourir en entendant la voix de Ian. Et tandis qu'elle courait, sans rien voir, le long du corridor qui menait à sa chambre, elle entendait la voix aimée qui criait sauvagement :

– Elle doit partir, partir immédiatement!

22

Ce fut le docteur qui se chargea d'arranger son départ pour le lendemain. Elle était si bouleversée qu'elle se sentait incapable de prendre la moindre décision.

Elle aurait bien voulu rester au château, mais il lui était impossible de forcer les ordres donnés par Ian et qui étaient connus non seulement du docteur, mais des deux infirmières; jusqu'au dernier moment, elle avait espéré qu'il la demanderait et, qu'une fois seule avec lui, elle réussirait à le persuader de la laisser attendre jusqu'à ce qu'il soit remis.

Quand le docteur vint la chercher pour l'emmener à Torvish dans son canot, elle lui dit :

– Je ne veux pas partir. Ne pouvez-vous pas demander à Ian...?

– Je l'ai fait.

Elle comprit alors qu'il n'y avait plus d'espoir.

– Adieu, lui dit-elle avec un petit sourire pathétique, comme le train entrait en gare, et merci d'avoir été aussi gentil avec moi.

– Dieu vous garde, jeune fille, répondit-il en prenant sa main dans les siennes, et souvenez-vous que les erreurs peuvent être réparées mais, pour cela, il faut de la patience et de l'énergie.

– Je m'en souviendrai, promit Diana et elle l'embrassa.

– Allons! Allons! dit-il en l'aidant à monter dans sa voiture.

Il agita la main jusqu'à ce que le train ait disparu. Plongé dans ses pensées, il demeura à contempler les rails vides puis, lentement, il finit par s'éloigner.

Dans son dernier regard jeté au château, Diana avait eu l'impression de mettre sous sa protection une partie d'elle-même. Même si Ian l'oubliait et si elle ne retournait jamais à Ronsa, elle savait qu'elle ne serait plus jamais celle qui, il y avait à peine un mois, avait atterri là après cet étrange enlèvement en avion.

Elle ignorait comment elle passerait les quelques semaines qui la séparaient du retour de ses parents.

Elle était entièrement seule et donc libre de faire ce qu'elle voulait. Cette liberté, cependant, ne l'enchantait pas. Elle se sentait trop fatiguée et trop lasse de tout pour songer à se distraire avec la joyeuse bande de ses amis. Ayant passé en revue les plus posés d'entre eux, elle comprit qu'elle ne pourrait pas davantage tolérer les attentions qu'ils se croiraient obligés d'avoir pour elle dès qu'ils découvriraient son besoin de paix et de repos.

La connaissant pour son goût de la fête, ils attribueraient tout naturellement ce désir d'isolement à quelque échec ou malheur amoureux. Ce qu'elle ne voulait pas.

Mais, sitôt arrivée à Grosvenor Square, ce fut pour apprendre que la vie avait décidé pour elle. Ellen était gravement malade. A la suite d'un refroidissement, elle avait de la fièvre et souffrait d'une crise de rhumatismes. Très âgée et malade depuis des années, elle n'avait pas la résistance suffisante pour combattre la maladie, et le docteur avait avoué à Diana qu'il n'avait pas le moindre espoir de la sauver.

L'idée de perdre Ellen la bouleversait et elle se faisait des reproches. Comme elle avait peu donné à Ellen pour vingt-cinq années de dévouement à sa personne! Pas une seule défaillance, pas un instant d'égoïsme au cours de toutes ces années passées à la servir.

Elle l'avait adorée alors qu'elle était enfant; elle s'en souvenait maintenant. Lady Stanlier, comme la plupart des mères mondaines, venait deux fois par jour passer un moment à la nursery; mais Ellen était toujours là, tout d'abord pour guider ses premiers pas, puis, plus tard, pour former son caractère.

Peut-être une affection moins excessive eût-elle été préférable pour Diana qui eût été moins gâtée; mais Ellen avait un tempérament maternel. Elle aurait été une mère parfaite si elle avait répondu aux offres de mariage qui lui furent faites.

Mais, dès qu'elle était venue s'occuper de Diana, elle avait renoncé à sa vie propre et n'avait vécu que pour l'enfant.

Lady Stanlier était parfois un peu jalouse d'Ellen en voyant qu'elle la supplantait dans l'affection de l'enfant. Mais elle était si digne de confiance qu'une mère ne pouvait qu'être reconnaissante de savoir sa fille entre de telles mains.

Et, maintenant, Ellen était étendue, malade et faible, incapable de servir mais continuant, dans son agonie, comme elle l'avait fait tout au long de sa vie, à ne penser qu'à Diana.

Les docteurs avaient fait en sorte que ses dernières heures s'écoulassent paisiblement et sans souffrance, et Diana fut autorisée à la voir dès son arrivée. C'est avec des larmes plein les yeux qu'elle se pencha sur la vieille femme.

– Vous êtes malheureuse, ma chérie, lui murmura Ellen, d'une voix faible.

– Je ne peux supporter de vous voir malade, répondit Diana.

Ellen posa sur elle un regard entendu, riche de sagesse.

– Ce n'est pas seulement mon état, dit-elle, il y a autre chose.

Diana ne pouvait mentir et, de plus, elle savait que c'était inutile. S'il était un être auquel Diana se soit jamais confiée, c'était bien Ellen, de même que c'était d'elle qu'elle avait toujours entendu la vérité.

– Oui, Ellen, il y a autre chose, mais ne vous inquiétez pas, chérie.

– Dites-moi. Qui est-ce?

– Je ne vais pas vous tourmenter maintenant.

Mais Ellen ne se laissait pas détourner aussi facilement.

– Je n'en ai plus pour bien longtemps, je veux savoir avant de m'en aller. Allons, allons, chérie, dit-elle à Diana qui laissait échapper un sanglot. Cela ne sert à rien de vous faire du chagrin. Nous devons tous renoncer un jour ou l'autre, et je suis heureuse de m'en aller. (Diana ne parvenait pas à maîtriser ses sanglots, mais elle faisait d'énormes efforts pour ne pas se laisser aller complètement à son chagrin afin de ne pas bouleverser Ellen.) Qui est-ce? demanda de nouveau la vieille femme.

Diana, se souvenant des recommandations de l'infirmière – « Vous pouvez lui parler, mais veillez à ce qu'elle parle peu » – pensa qu'il était préférable de ne pas tergiverser.

– C'est Ian Carstairs, dit Diana. Prononcer son nom lui fit mal.

– Vous l'aimez, chérie?

Ellen la regarda et sut la réponse avant que Diana lui ait fait un signe de tête affirmatif.

– De tous, il est le seul qui soit digne de vous, dit-elle. Tout s'arrangera, chérie, ne vous rendez pas malheureuse. Il vous aime. Je l'ai su le premier jour que je l'ai vu, et vous savez qu'il n'est pas facile de tromper Ellen. Il est digne de vous, répéta-t-elle dans un souffle. (Elle ferma les yeux comme si l'effort qu'elle faisait pour parler était au delà de ses forces. Elle demeura ainsi un long moment, avec Diana assise auprès d'elle; puis elle rouvrit les yeux.) Ma Diana! dit-elle, comme se parlant à elle-même... C'est un homme bien... J'aurais tant aimé avoir vu leurs enfants.

Elle eut un léger soupir et parut s'endormir. Un sourire demeura sur son visage tout au long de l'après-midi que Diana passa assise auprès d'elle dans la chambre obscure.

L'infirmière voulut la remplacer, mais Diana refusa. Elle savait qu'il lui restait peu de temps à passer avec Ellen et ne voulait pas perdre un seul instant.

Combien d'heures, si on en faisait le total, Ellen avait-elle pu passer, penchée sur son berceau? et devenue plus grande, Diana se souvenait que, toutes les nuits, Ellen se levait et venait sur la pointe des pieds pour s'assurer qu'elle allait bien.

Et plus tard, devenue invalide, elle avait souffert de devoir renoncer à préparer Diana pour la nuit. Alitée dans sa chambre au dernier étage de la maison, elle interrogeait les femmes de chambre, s'inquiétait de savoir si tout était comme il le fallait dans la chambre de Diana : le feu dans la cheminée, la fenêtre entrouverte, les vêtements préparés, et le verre près du lit.

Et si Diana sortait, elle attendait, éveillée, le bruit

de son retour : une voiture qui s'arrêtait, des voix à l'extérieur, la porte qu'on claquait, puis des pas dans l'escalier.

Il était inutile d'essayer de la persuader de ne pas s'inquiéter. Diana, assise au chevet de son lit d'agonie, se rappelait avec amertume l'avoir blâmée pour sa vigilance et l'avoir trouvée ennuyeuse. Comme cette vigilance allait lui manquer maintenant!

Elle lui aurait, tôt ou tard, raconté toute l'histoire de Ian; c'était inévitable, car Ellen savait tout de Diana, le bon, le mauvais. Toutes ses actions et même toutes ses pensées, elle finissait toujours par les confesser à Ellen qui l'écoutait avec sympathie et essayait de l'aider.

Elle eût aimé qu'Ellen entendît le récit de son aventure à Ronsa. Elle n'aurait osé en parler à personne, et pas davantage nommer Ian; mais Ellen l'aurait aidée à redresser les choses, à voir clair dans ses sentiments et aurait débrouillé l'écheveau de contradictions dans lequel elle se débattait. Maintenant, elle serait absolument seule et Ellen ne saurait jamais.

Il faisait sombre quand la vieille femme bougea de nouveau. Elle eut une faible palpitation qui précipita l'infirmière à son chevet. On la souleva légèrement sur ses oreillers, elle ouvrit les yeux, chercha Diana, bien sûr.

– Mon bébé! dit-elle avec affection. (On eut alors l'impression qu'elle remontait dans le passé, très loin, car elle dit gentiment, comme à un enfant plein de sommeil :) Bonne nuit, chérie, et que Dieu te bénisse.

Elle poussa un petit soupir et expira.

Les jours qui suivirent, les funérailles furent pour Diana un cortège de misère. Elle vécut comme dans un rêve, incapable de croire qu'Ellen l'avait quittée; ce ne fut que quand on eut fermé la petite chambre où Ellen avait vécu ses dernières années que Diana mesura l'affreuse solitude de la vie sans elle.

Le frère de lord Stanlier vint de la campagne pour s'occuper des détails des obsèques. Effrayé par la mine de Diana, il l'envoya au bord de la mer.

« Le remède à beaucoup de maux, pensait Diana misérablement, mais mon mal à moi n'est pas physique et je doute que le changement d'air me fasse du bien. »

Mais elle était trop lasse pour protester, et en dépit de sa tristesse, l'air marin et le repos lui firent retrouver l'équilibre.

Elle alla chez son oncle dans le Devonshire où fort heureusement il n'y avait que les domestiques, ce qui lui permit de passer des journées entières sur la plage quand le temps était beau avec, comme seuls compagnons, les mouettes et les cormorans, qui la regardaient du haut de la falaise.

L'endroit était ravissant. La maison était bâtie à l'embouchure d'une petite rivière près de l'endroit où elle se jetait dans la mer, en créant un banc de sable sur lequel, par temps calme, les vagues venaient se briser. Des escaliers avaient été taillés dans les falaises rouges et la mer qui, sous le soleil, était aussi bleue que la Méditerranée, venait lécher les sables dorés.

Pas de village, mais seulement une rangée de cottages au toit de chaume, habités par les pêcheurs et un « pub » minuscule qui servait un délicieux cidre à la pression.

A midi, après le bain, Diana allait quelquefois s'asseoir sur le gros banc de chêne du bar, un gobelet de cidre en main.

Tom Broom, tenancier de l'*Ancien Marinier* avait de la personnalité. C'était un homme corpulent, qui avait été pêcheur, boxeur et célèbre pour sa brutalité; mais le mariage, qui l'avait fait grossir, l'avait, en même temps, rendu doux comme un agneau. Il était maintenant la créature la plus inoffensive qui se puisse trouver et adorait ses enfants qui, visiblement, le lui rendaient.

Quand Diana rencontra pour la première fois la femme qui avait opéré un tel miracle, elle faillit éclater de rire car Mrs Broom était la plus petite femme qu'elle ait jamais vue. Quelques centimètres de moins et c'était une naine; mais elle était admirablement proportionnée et avait dû être très séduisante dans sa jeunesse. On comprenait qu'elle ait attiré Tom.

On avait l'impression qu'il aurait pu la briser entre le pouce et l'index et, quand ils marchaient côte à côte, ils formaient le couple le plus risible qui soit. Mais Tom la redoutait. Elle commandait, il obéissait. S'il discutait ou traînait, elle s'emportait après lui comme un chiot impertinent qui jappe après un dogue, et Tom s'excusait, honteux, et faisait ce qu'elle voulait.

Les deux garçons, fort heureusement, tenaient de leur père. Larges d'épaules et de forte constitution, ils promettaient de devenir de beaux hommes. Ils étaient la fierté de leur mère, mais la préférée de Tom était sa fille, une enfant minuscule qui, à cinq ans, pouvait encore dormir dans un berceau et qui dansait joyeusement dans la maison comme une fée.

– Elle est adorable, Tom, lui dit Diana, comme deux yeux bleus l'épiaient à travers un rideau de cheveux blond cendré. Dans un an ou deux, il vous faudra tenir les hommes à l'écart avec un bâton.

Il éclata d'un gros rire sonore qui faisait plaisir à entendre.

– Mais sa mère y veillera, dit-il. Elle a déjà fait tous les plans pour ses enfants; elle va nous ruiner.

Billy est pour la marine; Roland pour la marine marchande et Jennie... que pensez-vous qu'elle veuille pour elle?

– Difficile à deviner, répondit Diana. Dites-moi.

– Eh bien, elle ira au pensionnat, comme une demoiselle, dit Tom d'un ton impressionnant. Auriez-vous imaginé?

– Je pense que Mrs Broom est très sage, répondit Diana.

– Elle l'est, et ambitieuse. Vous ne croiriez pas quelle ambition a cette femme. Est-ce qu'elle ne voulait pas, en un temps, que je fasse partie du conseil du Comité? Moi! (De nouveau son rire retentit.) Vous me voyez, assis, tout bichonné, au milieu de ces gens sérieux?

A cet instant, curieuse de ce qui pouvait amuser ainsi son mari, Mrs Broom passa la tête à travers le passe-plats.

– Oh! bonjour, milady, dit-elle vivement en voyant Diana et réprimant les reproches qu'elle était prête à adresser à Tom.

– Nous parlions de votre famille, dit Diana en souriant. Ainsi Jennie s'apprête à aller au pensionnat, d'après ce que me dit Tom.

– Oh! pas avant quelques années, milady. Ce sera d'abord les garçons. (Une ombre passa sur son visage.) J'aimerais beaucoup vous montrer leurs dernières photos, dit-elle.

– Oh oui!

Mrs Broom disparut. Elle revint quelques instants plus tard, tenant délicatement une photo de ses deux garçons. Debout, très raides, se tenant contre l'échelle d'un studio avec une expression sérieuse, très sages et soignés, Diana eut peine à reconnaître les deux enfants qui jouaient gaiement dehors, les cheveux en broussaille, le visage aussi sale que leur tricot de marin, nu-pieds et assez beaux pour inspirer un pinceau d'artiste.

Mais, pour Mrs Broom, ils étaient uniques.

– Est-ce qu'ils ne sont pas beaux? dit-elle fièrement en regardant la photo. Mais ils ne resteront pas ainsi. Regardez déjà quels petits voyous ils sont.

– Ils ont l'air si heureux et si pleins de santé! Je crois que vous n'avez pas de souci à vous faire, répliqua Diana.

– Juste ce que je lui dis, gronda Tom. Jamais un jour de maladie; c'est mieux que tous les beaux vêtements, pas vrai, mère?

Mrs Broom répondit par un sourire, mais modéré. Il était clair que son ambition était d'avoir des modèles de garçons genre « petit lord Fauntleroy ». Elle courut à la porte donnant sur la rue en criant :

– Billie, Roland, venez ici tout de suite et allez vous laver! Je ne comprends pas comment vous pouvez vous salir de cette façon. C'est sans arrêt que je dois laver vos vêtements. Vous me faites honte! Allez, rentrez.

Les garçons obéirent sans murmurer.

– Elle est merveilleuse, dit Tom, comme sa femme disparaissait à l'arrière de la maison derrière les garçons, tout en continuant de les gronder. Elle se tuera avec eux. Un peu maniaque, mais ça leur est égal; ils savent qu'elle fait tout ce qu'elle peut pour eux et c'est ce qui compte. Pas vrai? De toute façon, c'est mieux d'être aimé n'importe comment que de ne pas être aimé du tout, que je dis toujours.

– Vous avez tout à fait raison, répondit Diana.

Quand elle se sentit mieux physiquement, elle réfléchit à son problème, sachant que, en dépit de ce que sa vie venait de connaître, en dépit de la perte d'Ellen et du besoin qu'elle avait de Ian, elle ne pouvait pas et ne devait pas s'effondrer sous l'échec.

Elle devait continuer à vivre, même si elle était mutilée, comme elle avait l'impression de l'être. C'était comme si une partie d'elle-même seulement existait, l'autre moitié étant divisée entre Ronsa et la petite tombe de Kensal où reposait Ellen.

Mais on ne peut pas se contenter de s'étendre sur le sable et de cesser d'exister, et Diana, qui avait toujours détesté la faiblesse, comprenait que la sienne, maintenant, la rendait méprisable à ses propres yeux.

« Où est ma fierté? se demandait-elle. Où est le courage que j'ai toujours cru avoir? »

Elle comprenait, toutefois, que ces qualités qu'elle avait toujours considérées comme faisant partie d'elle-même ne lui offraient pas, quand on les confrontait à la réalité, le soutien qu'elle avait imaginé.

C'est facile de risquer sa vie en montant à cheval ou en conduisant une voiture, ou en se lançant dans une aventure dangereuse, mais c'est autrement difficile de faire face sans broncher à l'incapacité dans laquelle vous vous sentez d'atteindre les seules choses qui donnent un sens à votre vie.

La fierté est facile quand on croit à sa propre puissance, mais elle devient difficile une fois qu'on est tombé de son piédestal.

Mais Diana avait beau se diminuer à ses propres yeux, son courage et sa fierté existaient, cependant. Mis à l'épreuve par la souffrance, ils en sortaient renforcés pour affronter l'avenir.

23

Diana rentra à Londres quelques jours avant l'arrivée de ses parents à Southampton et elle reprit sa vie mondaine. Tous ses amis revenaient, les uns de la Riviera, les autres d'Ecosse ou des différents points du monde où ils avaient passé leurs vacances.

Si la plupart d'entre eux avaient le sentiment d'un changement chez Diana, ils ne pouvaient cependant l'expliquer. Elle n'était pas moins belle; mais son visage avait acquis une sorte de douceur, son expression s'était faite plus profonde, et ses manières ainsi que son comportement étaient moins provocants.

Plus tolérante, elle acceptait aussi d'être contrariée, de se plier parfois aux volontés d'autrui; et bien que ces petits changements eussent tout d'abord échappé à ses amis, ceux-ci en prirent graduellement conscience, et furent attirés vers elle par quelque chose de nouveau et de moins superficiel que sa séduction antérieure.

Quant à lady Stanlier, elle fut véritablement intriguée par Diana. Elle n'aurait jamais pensé que la mort d'Ellen pût la transformer ainsi.

Diana passait maintenant plus de temps à la maison et ses parents, qui n'en avaient jamais espéré tant, étaient heureux de jouir ainsi de la compagnie de leur fille. Ils étaient conscients d'être ennuyeux pour la plupart des jeunes.

Diana, d'ailleurs, n'avait pas fait exception à la règle. Elle avait aimé ses parents, les embrassait pour la forme quand elle les rencontrait, mais les rejetait en tant que « lents et un peu lassants, pauvres chéris ». Quand elle commença à rechercher leur société, ils en furent si sincèrement surpris que quelqu'un d'étranger à la maison aurait trouvé la situation amusante, si ce n'est un peu pathétique.

– Ton compte est à découvert à la banque? lui avait demandé son père quand Diana, pour la première fois depuis qu'elle était adulte, lui avait proposé de l'accompagner au golf.

– Non, avait-elle répondu. Pourquoi?

Et lui, ahuri par son attention et plutôt flatté intérieurement, renonça à percer les raisons de cette soudaine gentillesse.

– Mais, ma chérie, ce sera si ennuyeux pour toi, protesta lady Stanlier quand Diana annonça son intention de l'accompagner dans une de ces manifestations de charité qui absorbaient la majeure partie de son temps.

» Je serai ravie, bien sûr, si tu viens, avait-elle ajouté bien vite, mais tu sais combien tu trouves ces réunions ennuyeuses.

– Non, maman, je serai vraiment ravie d'y aller, avait répondu Diana.

Lady Stanlier, tout agitée par une occasion aussi inhabituelle, passa l'après-midi à présenter Diana à ses relations, aussi fière de montrer sa ravissante fille que l'est une poule de montrer son poussin nouvellement éclos.

Aucune nouvelle du Nord ne venait pour Diana. Elle attendit, semaine après semaine, d'apprendre quelque chose de Ian, puis le temps passant et l'espoir s'amenuisant, elle avait finalement décidé d'être raisonnable et d'oublier.

Mais, en dépit de ses résolutions, le désir de Ian ne cessait de l'habiter.

En octobre, elle prit froid et dut garder le lit. Rien de bien sérieux, mais ces deux semaines lui parurent terriblement longues.

Parmi les lettres arrivées un matin, il s'en trouva une d'écriture ronde et précise qu'elle ne reconnut pas. Elle l'ouvrit rapidement; elle était signée « Florence Williams » et venait de Lossiemouth.

« Chère lady Diana,

Je voulais vous écrire depuis mon départ de Ronsa, mais j'ai été terriblement occupée.

Dès que Mr Carstairs fut suffisamment remis, sister McLeod et moi-même avons été envoyées à Caithness auprès d'une vieille dame qui s'était cassé la jambe; elle a quatre-vingt-deux ans et n'a pas souffert, mentalement, de cet accident.

De là, je suis allée auprès d'un colonel en retraite où je suis actuellement et où j'ai connu une première semaine très difficile – température élevée en permanence. Il est enfin entré en convalescence, ce qui me permet de vous écrire.

Mr Carstairs a eu une légère rechute après votre départ, mais rien de sérieux. Nous n'avons eu aucun visiteur jusqu'à la semaine qui a précédé notre départ; puis le docteur a autorisé miss Ross à voir le patient. Je pensais, quant à moi, que c'était une erreur, vu la façon dont elle s'était comportée avec vous. Mais vous savez comment sont les docteurs et, de toute façon, cela n'aurait servi à rien que nous intervenions.

Elle alla donc le voir et il y eut évidemment un

terrible remue-ménage, bien que nous n'ayons jamais su exactement ce qui s'était passé.

Quoi qu'il en soit, elle est redescendue en larmes et Mr Carstairs, durant toute la soirée, a paru bouleversé, renfrogné et pas du tout comme à son habitude.

J'en ai fait part au docteur, bien sûr; il n'a rien dit, mais nous fûmes surprises d'apprendre par Margaret, quelques jours plus tard, qu'il avait trouvé un emploi pour miss Ross comme secrétaire dans un hôpital du continent. Elle n'est jamais venue au château pour dire au revoir, mais me trouvant faire une promenade, j'ai assisté à son départ, et je n'ai pu m'empêcher de penser " Bon débarras! ".

Je redoute seulement de retrouver l'hôpital car j'ai appris que ce cher Dr Simpson était parti, et Dieu sait quelle sorte d'homme le remplacera. Je déteste les changements, je trouve que les nouveaux ne savent pas distinguer ceux qui connaissent leur travail.

Je pense souvent à vous et cherche votre nom dans les journaux. J'espère que vous vous donnez du bon temps. De toute façon, je compte bien que nous nous rencontrerons à nouveau. Je n'ai pas oublié nos petites conversations.

Très sincèrement vôtre

Florence Williams. »

Diana relut le passage concernant le départ de Jean. Ainsi, le serpent avait quitté le paradis. Mais, même dans ces conditions, le rôle d'Eve n'était plus exigé d'elle désormais.

Elle se demanda pendant un long moment ce qui avait vraiment pu se passer entre Ian et Jean. Elle en avait une idée, bien sûr, mais son esprit était tellement absorbé par ses propres émotions qu'elle n'était certaine de rien en ce qui concernait Ian.

Tandis qu'elle était toujours plongée dans ses pensées, le téléphone sonna. C'était Rosemary.

– Chérie, dit celle-ci d'une voix angoissée, il faut que je vous voie, c'est très important. Puis-je venir tout de suite?

– Certainement, dit Diana, je suis seule, venez directement dans ma chambre.

– Je suis là dans cinq minutes.

Diana se demanda de quoi il pouvait bien s'agir. Elle était rentrée du Midi avec lord Leadhold, ce n'était donc pas de ce côté qu'il fallait chercher. Bien avant les cinq minutes annoncées, Rosemary arriva.

Elle était pâle et échevelée. Elle embrassa Diana avec effusion, puis s'écroula dans un fauteuil, visiblement pressée de commencer son histoire.

– Qu'y a-t-il, chère Rosemary? demanda Diana.

– Je ne l'aurais jamais cru possible, éclata-t-elle. Jamais! Si j'avais pensé un seul instant à une telle chose, je ne serais jamais partie. Revenir pour trouver ceci! C'est un tel choc que je sais à peine comment le dire, même à vous, Diana. (Elle fit une pause pour reprendre son souffle.) Donnez-moi une cigarette.

Diana prit une cigarette dans la boîte en émail posée près de son lit, la lui tendit et Rosemary l'alluma.

– Prenez les choses depuis le commencement, et racontez vite, dit Diana. Que se passe-t-il exactement?

– C'est Henry.

– Henry! répéta Diana.

Il était bien la dernière personne à laquelle Diana aurait songé à attribuer l'agitation de Rosemary.

– Je le trouvais bizarre quand je suis revenue, différent, et un peu mal à l'aise comme quelqu'un qui aurait fait des bêtises. Je n'y ai pas vraiment prêté attention au début. Je pensais que, peut-être, il n'était pas bien, avait pris froid ou avait des préoccupations avec sa circonscription. Et c'est alors que Vera m'a dit l'avoir vu une ou deux fois, et m'a taquiné au sujet d'une charmante brunette qui l'accompagnait.

» Je n'ai, bien sûr, pas écouté cette histoire. Vous connaissez la dévotion qu'Henry a pour moi, et vous savez qu'il n'y a jamais eu d'autre femme dans sa vie. Bref, je dirai que j'ai commencé à avoir des soupçons qui se sont confirmés quand j'ai découvert une lettre. Une lettre terrible disant du mal de moi et suggérant toutes sortes de choses à Henry.

» La femme est une certaine Mrs Peachey, Ruby Peachey, que nous ne connaissons pas, bien sûr, et qui n'est pas de notre monde. Je crois que j'aurais trouvé cela moins choquant si elle en avait été. Et, ma chère, ils ont passé plusieurs week-ends ensemble alors que j'étais dans le midi de la France.

» Je ne parviens pas à le croire – Henry! Même devant l'évidence, je ne le croyais pas. Puis je l'ai cuisiné et il a fini par tout m'avouer. Il est amoureux d'elle, s'il vous plaît, et il veut l'épouser.

L'étonnement de Diana répondait à ce que Rosemary avait espéré mais, tout en étant navrée pour son amie, elle ne pouvait cependant s'empêcher de penser que l'attitude de ce pauvre Henry était peut-être justifiée.

Il s'était conduit, il fallait le reconnaître, d'une façon stupide, et même honteuse, dans l'aventure de sa femme avec lord Leadhold, acceptant tous les avantages qu'elle pouvait lui obtenir; mais, en même temps, on ne pouvait nier qu'elle le négligeait de plus en plus, l'avait abandonné pendant deux mois pour aller dans le midi de la France, ne se préoccupant ni de son bien-être ni de la façon dont il pourrait se distraire.

« Comme les femmes sont étranges! » pensait Diana. Rosemary ne désirait pas vraiment Henry pour elle-même, elle n'avait pas d'amour pour lui, et peu d'affection, mais elle ne pouvait tolérer qu'il appartienne à une autre femme et qu'elle cesse d'être le centre de ses pensées.

Voyant qu'elle était sincèrement malheureuse, Diana essaya de la calmer et de la consoler.

– Mais je ne veux pas divorcer, répétait-elle. J'aime être mariée à Henry et, après tout, nous nous entendons bien. Il ne sera pas heureux avec cette femme; je sais qu'il ne le sera pas. Personne ne le comprend comme moi. Pensez à tout ce que j'ai accepté : sa pauvreté, son peu d'ambition, son manque d'initiative, sa paresse. Et maintenant, juste au moment où il est sur le point de réussir dans une carrière politique, il est prêt à tout gâcher pour une créature qu'il a ramassée Dieu sait où!

– Qu'en dit lord Leadhold? demanda Diana.

– Il est furieux, répliqua Rosemary. Il ne pourrait pas m'épouser, même si j'étais libre. Sa femme n'a que quarante-cinq ans, elle peut donc vivre éternellement, et un homme dans sa position ne peut pas se permettre un scandale. Mon mariage était commode. Tout était facile avec Henry comme couverture. Personne ne pouvait jaser sur notre amitié aussi longtemps que mon mari approuvait. La situation, maintenant, va être atrocement compliquée. De la part d'Henry, non seulement c'est cruel, mais c'est un extraordinaire manque d'égards. (Elle se leva et arrangea son chapeau devant la glace.) Je ne sais pas encore ce que je vais faire et je suis terriblement bouleversée. Mais il fallait que je vous le dise, chérie, parce que je savais que vous me comprendriez. Je pense qu'Henry s'est conduit comme un mufle et je le lui ai dit.

» Vous êtes mieux? demanda-t-elle en arrivant à

la porte, se souvenant tout à coup que Diana avait été malade.

Mais elle n'écouta pas la réponse; elle était si absorbée par ses propres problèmes qu'elle n'avait pas de temps à consacrer à ceux d'autrui.

Elle venait à peine de partir que lady Stanlier montait en apportant un énorme bouquet d'œillets rouges et blancs.

– C'est de la part de Ronald, chérie, il est en bas qui attend. Rosemary lui a emprunté sa voiture. Il dit qu'il aimerait beaucoup te voir, même pour un instant, mais qu'il comprendra si tu ne veux pas.

– Mais bien sûr, dit Diana. Je serai ravie de le voir.

Ronald, très beau et bronzé, l'air un peu embarrassé, mais désirant sincèrement se rendre agréable, serra la main de Diana puis vint s'asseoir près du lit.

– Je suis navré de savoir que vous avez été souffrante, dit-il.

Diana lui sourit.

– Je suis beaucoup mieux maintenant, et c'est tellement gentil à vous de m'avoir apporté ces jolies fleurs.

– Je ne suis rentré que la nuit dernière, dit-il, et je me suis précipité dès que j'ai appris que vous étiez malade.

– Vous êtes adorable.

– Cela ne vous ennuie pas de me revoir? demanda-t-il.

– Bien sûr que non! Vous savez que nous avons toujours été des amis, Ronald, et nous nous sommes beaucoup amusés ensemble. C'est ma faute s'il... (elle hésita) ...s'il n'y a rien eu d'autre. M'avez-vous pardonné?

– Ecoutez, Diana (Ronald se pencha en avant avec empressement), je ne veux pas parler de ces choses, si vous n'y tenez pas. Je sais que vous et bien d'autres gens pensez que je suis complètement fou, et je me rends parfaitement compte que je ne suis pas assez bien pour vous. Mais j'aimerais vous aider si je le pouvais. Cela ne vous ferait rien si je disais quelque chose?

– Je vous en prie.

– Eh bien, après votre départ, je me suis creusé la cervelle pendant longtemps pour essayer de trouver ce qui avait pu tout bouleverser. Puis, c'est alors que j'ai mis la main sur le journal que vous lisiez; vous l'aviez monté dans votre chambre – vous vous souvenez? – la nuit de la danse. Et j'ai deviné que tout cela avait quelque chose à voir avec Carstairs. Si je me trompe, pardonnez-moi.

– Vous ne vous trompez pas, dit Diana d'une voix calme. (Et quelque chose lui fit ajouter soudain :) Je l'aime, Ronald.

– J'ai pensé que vous l'aimiez, répliqua-t-il gravement. Mais est-ce que cela n'arrange pas tout?

Diana hocha la tête.

– Non, répondit-elle. Je ne peux en parler à personne, même pas à vous, Ronald. Il a été très attiré par moi, en un temps, mais maintenant, et tout est ma faute, il me hait.

– Il vous hait! répéta Ronald au comble de la surprise. Pourquoi? Il doit...

Mais Diana leva la main.

– Non, de grâce, Ronald. Vous ne comprenez pas. Honnêtement, ce n'est pas sa faute, c'est entièrement la mienne. Je me suis comportée comme une... folle, et il est trop tard maintenant.

Il y eut un silence, puis Ronald prit la main de Diana dans la sienne.

– Ecoutez, Diana chérie, dit-il, vous savez ce que j'éprouve pour vous, et tout et tout. C'est une regrettable malchance et je ferais n'importe quoi pour que vous soyez heureuse. Je vous aime et je pense que je vous aimerai toujours, mais je sais que je n'ai aucun espoir. Toutefois, si vous souhaitez avoir quelqu'un pour vous tenir compagnie, appelez-moi, voulez-vous. C'est promis?

– Ronald... dit Diana.

Elle ne put continuer. Elle avait les yeux pleins de larmes. Il était si bon, si bienveillant, et la bienveillance, ces derniers temps, la bouleversait.

– Maintenant ne parlons plus de cela, dit Ronald avec son entrain habituel. Courage. Ne faites pas cette tête d'enterrement! Tout finira par s'arranger, tôt ou tard. Au diable la tristesse!

Il était si gai, si réconfortant, si égal à lui-même qu'elle ne put s'empêcher de rire, et ne vit pas le temps passer. Quand il la quitta, elle se sentait mieux et avait retrouvé le contrôle de ses émotions.

De toute façon, elle savait qu'elle avait trouvé un véritable ami, et l'expérience de ces dernières semaines venait de lui apprendre que toutes ses relations masculines n'avaient que faire d'elle alors qu'elle était malheureuse et pas très divertissante.

Cher Ronald, il était si gentil, mais de là à l'épouser... L'idée était si absurde qu'elle éclata de rire.

Il n'y avait qu'un seul être avec lequel elle pût envisager le mariage mais, en y songeant, son sourire disparut, et elle relut la lettre de sister Williams.

24

C'est vers le milieu de novembre que lady Stanlier pria sa fille de lui rendre un service – démarche qu'elle n'aurait jamais envisagée sans l'attitude si pleine de considération que Diana n'avait cessé d'avoir à son égard depuis son retour d'Amérique.

Lord Stanlier avait accepté d'aller chasser chez son cousin, le duc de Montderry. Lady Stanlier devait l'accompagner, mais son docteur insistait pour qu'elle commence un nouveau traitement électrique contre ses crises de névrite qui se déclenchaient dès les premiers froids.

Elle tenait à suivre ses instructions mais, comme elle l'expliqua à Diana, lord Stanlier n'aimait pas partir sans elle. La visite ne devait durer qu'une semaine et lady Stanlier était si navrée qu'elle se risqua à demander à Diana si elle accepterait de la remplacer.

– Je sais bien, ma chérie, que Towerley n'aura rien d'excitant pour toi, dit-elle en manière d'excuse. Guy invite les mêmes gens, tous les ans, à ses parties de chasse, mais papa serait si heureux – et moi aussi – si tu y allais.

A la grande surprise de sa mère, Diana accepta. Une semaine plus tard, ils partaient, suivis d'une armée de bagages, ce qui était ridicule pour un séjour aussi court.

Towerley était une de ces résidences campagnardes qui ont grandi avec chaque génération pour devenir un patchwork de trois ou quatre périodes. La façade était de style « queen Ann » à laquelle on avait adjoint plus tard deux ailes géorgiennes, et les cuisines étaient inconfortablement victoriennes.

Le tout était surmonté par un dôme de verre érigé dans les années 1880 par le dernier duc, qui était passionné d'astronomie. Ce dôme donnait une curieuse allure à la maison; il apparaissait au-dessus des parapets et des cheminées de pierre comme un chapeau melon sur un gentleman plein de dignité.

Toutefois, les nombreuses péripéties de la construction avaient fait de la maison un terrain de jeu adoré des enfants. C'était un lieu idéal, plein de possibles aventures, pour les parties de cache-cache, avec ses nombreux escaliers, ses pièces aux formes baroques.

Diana avait adoré y séjourner quand elle était enfant, mais elle n'y était pas revenue depuis des années. Le duc, devenu vieux et fantasque, ne s'intéressait plus qu'à la chasse aux faisans, et passait la moitié de sa vie à regarder couver ses poules faisanes ou à relire ses livres sur la chasse.

La duchesse jouait son rôle dans la vie campagnarde avec une perfection et une monotonie auxquelles n'atteignent que les duchesses anglaises. Année après année, elle répétait le même speech dans les ventes ou les concerts de charité, les fêtes de la Légion ou les réunions de boy-scouts. Elle recevait d'innombrables bouquets des mains de petites filles émues vêtues de robes de mousseline. Elle n'oubliait jamais, parfois mal à propos, de s'enquérir de la santé du vicaire, des enfants du docteur et des mères de quelques visiteurs du district.

L'héritier du duché, le marquis de Wyman, n'était pour eux qu'objet de déception. Il était en réalité le second fils, mais la guerre leur avait enlevé le meilleur, comme dans beaucoup d'autres maisons. Gee Wyman avait peu de cervelle et encore moins de dons physiques; il avait épousé, n'ayant pu résister à la détermination de sa mère, la fille de propriétaires terriens du voisinage – créature simple qui, depuis son mariage, était devenue une effroyable snob en même temps qu'une passionnée de bridge.

Bridget Wyman fut la première personne qu'aperçut Diana tandis que son père et elle passaient devant le pavillon d'entrée de Towerley.

– Je regrette, dit-elle, que Bridget soit là.

Lord Stanlier approuva avec un léger grognement. Une partie de bridge était pour lui un réel plaisir, mais la façon de jouer de lady Wyman, qui faisait toujours suivre la partie de critiques désagréables, lui gâchait son plaisir et, chaque année, en rentrant de Towerley, il se jurait de ne jamais plus jouer à la même table qu'elle.

A leur arrivée à la porte principale, Bridget, qui était allée promener les chiens, salua lord Stanlier avec effusion et accueillit Diana d'une façon qu'elle jugeait appropriée et consistant en insinuations malveillantes sur la prétendue gaieté de Londres.

– Ainsi, dit-elle, vous vous êtes arrachée au monde pour venir rendre visite à vos pauvres cousins de la campagne! Il faut que nous ayons une petite conversation ensemble, un peu plus tard, Diana, et vous me conterez tous les scandales dont vous pouvez vous souvenir.

Elle les garda debout à bavarder sur le seuil. Lord Stanlier fut soulagé quand il put s'échapper et entrer dans la maison où il trouva le duc qui l'attendait dans le hall. Diana retira son manteau, donna ses gants et son sac à la femme de chambre et déclara qu'elle était prête à prendre le thé immédiatement.

Tout en parlant des projets sportifs pour le lendemain, le duc les conduisit au salon où la duchesse les attendait. Diana aperçut en entrant un groupe de gens autour de la cheminée : hommes âgés en tweed, à la voix pleine de suffisance et à l'estomac proéminent, femmes vêtues elles aussi d'épais tissus, avec des teints brouillés par les intempéries.

Tous et toutes étaient plus ou moins du même type, mais une personne se détachait de l'ensemble – une personne qui n'aurait pu échapper à Diana, eût-elle été entourée d'un million d'autres gens – Ian.

Pendant un instant, tout tourna devant ses yeux; elle n'avait aucune idée de ce qu'elle disait; ignorait quelles mains elle serrait, jusqu'au moment où la voix de la duchesse l'arracha à son trouble. Elle disait :

– Permettez-moi de vous présenter Mr Carstairs... lady Diana Stanlier.

Diana sentit la main de Ian toucher la sienne et entendit son grave « Comment allez-vous? ».

Ce fut son père qui interrompit les présentations en disant :

– Mais nous connaissons Ian, n'est-ce pas, Diana? Il y a longtemps, mon garçon, que nous ne vous avons vu. A quoi pensez-vous de vous enterrer ainsi dans votre île perdue?

Et tandis que son père plaisantait avec Ian, la soustrayant ainsi à son attention, elle en profita pour aller occuper le fauteuil que lui désignait la duchesse, heureuse de s'asseoir, car ses jambes se dérobaient sous elle et elle était consciente que ses mains tremblaient.

Ian ne chercha pas à lui parler et elle essaya de s'intéresser à la conversation autour d'elle.

– J'ai dû finir par protester, disait la duchesse; je l'ai fait avec autant de tact que possible. J'ai dit : Chanoine, j'ai patronné cette église pendant plus de trente ans et j'estime que six bougies sur l'autel, c'est non seulement ostentatoire, mais aussi un gaspillage d'argent à un tel moment...

Un vieux monsieur assis à sa gauche et dont elle n'avait pas entendu le nom gronda :

– Honteux! Absolument honteux! Si le jeune type avait dépendu de moi, en 1899, il aurait baissé le ton!

Lady Ada Grantley s'était arrêtée de tricoter.

– ... lèvres rouges et cheveux teints. Je ne me trompe jamais, Lucy, je vous assure...

Lady Lucy Morgan, la douairière, fit un signe de tête.

– Juste comme la femme du pauvre Henry; il voulut l'épouser et le résultat fut, bien sûr, ce que nous attendions tous.

– Deux cent cinquante paires, ce n'est pas mal, hé, mon garçon?

– Non, sir. Nous nous considérons chanceux à Ronsa d'en avoir cinquante.

O Ian! Diana ne pouvait supporter cela. Sitôt le thé terminé, elle se sauva dans sa chambre. Là, elle s'accroupit devant le feu un peu maigre comme c'est toujours le cas dans les grandes résidences de chasse; habituée au chauffage central comme elle l'était, la chambre lui semblait froide.

Elle se demandait comment cela avait pu se produire; mais comment aurait-elle pu deviner qu'elle allait rencontrer ici l'homme qu'elle mourait d'envie de voir? Elle se disait que le destin n'aurait pas pu choisir un lieu plus inadapté pour les réunir.

Ici, à Towerley ni l'un ni l'autre n'était dans son élément; tous deux, quelles que fussent leurs différences, étaient semblables en ce sens qu'ils étaient pleins de vie dans ce groupe de gens qui avaient croupi dans une eau stagnante.

Elle se rendait compte, cependant, que Ian était davantage à sa place au milieu d'eux qu'elle. Lui, au moins, était un sportif et appartenait, de ce fait, à cette union universelle qui regroupe les plus étranges extrêmes et supprime les distinctions de classe.

En y pensant maintenant, elle se souvenait vaguement avoir entendu son père parler du colonel Carstairs, disant qu'il venait tirer chez le duc; et le colonel étant mort, le duc avait tout naturellement adressé à son fils l'invitation très appréciée qu'était celle de la première chasse au faisan.

Eviterait-elle Ian pendant qu'ils étaient ici ou essayerait-elle de provoquer cet entretien dont elle avait été frustrée quand il l'avait renvoyée de Ronsa?

Elle s'interrogeait sans fin et quand la cloche du dîner retentit, elle n'avait pas encore pris de décision sur la conduite à tenir. Elle ne cessa d'y réfléchir tout en s'habillant et quand, enfin, elle fut prête, elle était plus indécise que jamais.

Elle était absolument certaine d'une chose : elle aimait Ian plus que jamais et elle était prête à faire n'importe quoi, même, se dit-elle avec un sourire bizarre, à faire le tour du monde nu-pieds pour qu'il soit à nouveau amoureux d'elle.

Elle passa tout le dîner à l'épier, indifférente à ce qu'elle mangeait ou buvait, et ses voisins de table, un général distingué et un ex-ministre d'Etat, étaient heureusement trop absorbés par la conversation pour la trouver ennuyeuse ou stupide.

Elle n'avait conscience que de la voix de Ian, de

l'attention qu'il semblait prêter au caquetage vide de Bridget Wyman et de la courtoisie avec laquelle il s'efforçait de converser avec son autre voisine, un peu dure d'oreille.

A part Gee Wyman, il était le plus jeune de l'assistance. Chacun des autres hommes présents avait l'âge de son père, et Diana ne pouvait s'empêcher de remarquer qu'il plaisait à ces hommes âgés, qui recherchaient même son opinion et l'écoutaient attentivement; et tous lui donnaient du « mon garçon », ce qui est le privilège des aînés.

Comme elle aurait été fière si seulement les choses avaient été différentes, et s'ils avaient été ici, ainsi qu'ils auraient pu l'être, en qualité de mari et femme!

C'est dans une amertume silencieuse qu'elle acheva son dîner et passa dans le salon une demi-heure ennuyeuse en compagnie des dames avant que les hommes ne les rejoignent.

Dès qu'ils apparurent, Bridget se hâta de rassembler ses tables de bridge et ce ne fut qu'après une longue discussion que Diana réussit à la convaincre qu'elle était incapable de jouer et, de plus, n'aimait pas les cartes. Elle s'excusa, mais dut subir les sarcasmes de Bridget, navrée de n'avoir à offrir à Towerley ni jazz ni attractions de night-club.

Six mois plus tôt, Diana aurait répondu à sa cousine par une repartie pleine d'esprit qui l'aurait désarçonnée. Mais ce soir, elle se contenta de sourire d'un air las et s'éclipsa dès qu'elle le put pour gagner sa chambre.

Elle ne se mit pas au lit tout de suite mais resta à contempler le feu. Deux heures plus tard, alors qu'elle se levait pour remettre un peu de bois dans la cheminée, un petit coup frappé à la porte la fit sursauter.

– Entrez, dit-elle, interloquée.

La porte s'ouvrit et Ian entra. Elle laissa tomber les pincettes qui firent un petit bruit métallique et se tourna pour le regarder; son cœur battait et ses mains s'agitaient fébrilement dans l'espoir d'en arrêter les battements désordonnés.

– Je suis navré de vous avoir ainsi effrayée, mais il y avait quelque chose que je tenais à vous dire, et je me rendais compte que ce ne serait pas facile, ici, de vous voir seule.

Diana s'assit. Le visage qu'elle leva vers lui était tendu, et ses doigts blancs se crispaient nerveusement sur le velours rouge de sa robe. Ian était dans sa chambre, pensait-elle sauvagement...

Combien de fois l'avait-elle guetté avec effroi, redoutant le moment où il la toucherait? La désirait-il encore?... Lui revenait-il?... Si seulement il avait encore besoin d'elle...

Elle sentait qu'elle respirait avec difficulté et que ses joues étaient brûlantes. Mais devant l'expression grave du jeune homme elle se sentit soudain glacée; elle comprit, avant qu'il n'ait prononcé une parole, que sa visite n'était pas celle d'un amoureux poussé par la passion.

Il s'avança vers la cheminée et resta là debout à regarder dans le vide; il parla d'une voix calme mais décidée et dit, choisissant ses mots avec soin :

– Après votre départ de Ronsa, je me suis rendu compte combien je m'étais mal conduit en vous renvoyant comme je l'ai fait, alors que vous aviez eu la générosité de revenir pour me voir. Non, je vous en prie, fit-il comme Diana esquissait un mouvement. Laissez-moi finir. C'est à moi de vous dire mon sentiment sur tout cela. Aucun homme qui s'est conduit comme je me suis conduit envers vous ne peut exprimer ses regrets par des mots, même s'il a conscience de l'énormité de sa faute. Je devais avoir perdu la raison. Je pense maintenant que la façon dont vous m'aviez traité m'avait rendu fou de rage. Mais ce n'est pas une excuse.

» Je dirai, pour ma défense, que ma vie dans les grands espaces m'a peut-être éloigné de la civilisation, et ne m'a certainement pas rendu apte à fréquenter quelqu'un comme vous.

» Ce que j'ai éprouvé pour Jack et l'amour que j'avais pour vous me semblaient les plus grandes choses qui me soient jamais arrivées dans la vie. Mais cela non plus n'est pas une excuse. Alors que les forces me revenaient à Ronsa, l'horreur de ce que j'avais fait m'apparut; tous les jours, au cours de ce dernier mois, j'ai essayé de trouver le courage de vous écrire; je voulais vous demander de me voir, ne fût-ce qu'une seule fois, afin de pouvoir vous dire à quel point je me méprise.

» Il n'y a rien que je puisse faire, si ce n'est de vous promettre d'éviter toute possibilité de rencontre. Tout ce que je souhaite, c'est que vous m'oubliiez et oubliiez jusqu'à l'existence de Ronsa. Quant à moi, je ne pourrai jamais oublier ni me pardonner à moi-même.

Il se tut.

Diana avait baissé la tête, et ne voyait pas son visage. Puis, comme elle se taisait, il se dirigea vers la porte.

– Je voulais partir d'ici demain, dit-il, mais cela ferait jaser, ce qui rendrait les choses plus difficiles pour vous. Nous n'avons que cinq jours à passer ici; et vous pouvez me considérer comme quelqu'un de négligeable.

Il dit ces derniers mots avec un petit sourire amer, puis, comme Diana ne répondait toujours pas, il ouvrit la porte et disparut aussi soudainement qu'il était venu.

Le bruit de ses pas s'évanouit; une porte claqua et Diana se laissa tomber sur le sol, secouée par une irrépressible crise de larmes.

25

Les cinq jours qui suivirent furent pour Diana les plus torturants qu'elle ait jamais vécus.

Consciente jusqu'à la souffrance de chacun des mouvements de Ian, de chacune de ses paroles, elle devait cependant se comporter devant lui et devant les autres comme s'il lui était parfaitement indifférent.

Elle avait l'impression qu'elle allait céder, lui dire et leur dire à tous qu'elle l'aimait et que sa vie sans lui était désespérément vide. Il lui semblait incroyable que tous ces gens ne soupçonnent rien du drame qu'elle vivait et que même son père prenne pour un léger ennui, dû à l'environnement, l'émotion qu'elle éprouvait.

Les journées passées en plein air où elle pouvait observer la chasse, qui était de grande qualité, lui semblaient plus ou moins supportables, mais les soirées, en revanche, étaient pénibles.

Il lui fallait s'asseoir après un dîner long et monotone auprès de la duchesse, la regarder broder ou tricoter et l'écouter caqueter tout en cherchant à entendre la seule voix qui l'intéressait.

Un soir, elle se risqua à interroger la duchesse sur le père de Ian, réussissant, pendant quelques minutes à détourner son attention des iniquités du chanoine aux tendances papistes.

– Le colonel Carstairs était un homme charmant, dit la duchesse. Egoïste, bien sûr, mais la plupart des hommes le sont; un homme de bonne compagnie et un excellent fusil.

» Je me souviens que Guy disait toujours de lui qu'il était un des meilleurs tireurs d'Angleterre.

– Et la mère de Ian? demanda Diana. La connaissiez-vous?

– Mais bien sûr. C'était une de mes meilleures amies. Je me souviens d'Edith Stanforth présentant sa fille à une réception d'après-midi à la cour en 1896. Alice était ravissante et elle n'avait aucune peine à éclipser les autres débutantes. Je la revois, en robe de satin blanc, naturellement, et portant un bouquet de muguet. Même Guy, qui en ce temps-là était assez exigeant, avait trouvé qu'elle était la plus jolie fille qu'il ait vue depuis longtemps. Il l'avait dit à Edith et elle en avait été ravie. Cette année-là, les prétendants, tous des hommes bien, furent nombreux. Je me rappelle que lord Darwell était follement amoureux d'elle, mais elle le dédaigna, et mon neveu eut le cœur brisé en se voyant éconduit.

» Puis Alice rencontra George Carstairs; entre les deux, ce fut le coup de foudre et, fort heureusement, elle plut au père de George. Il était difficile, vous savez. Toujours est-il qu'ils se marièrent, connurent huit années d'un bonheur parfait, puis elle mourut. Ce fut un choc terrible pour tout le monde, ç'avait été si soudain – une pleurésie. Ils se trouvaient à Rome à ce moment-là, et Edith arriva trop tard.

» Chère Alice! Tout le monde l'aimait. C'était un être exquis, souhaitant toujours que chacun soit aussi heureux qu'elle. (La duchesse soupira.) De nos jours, les filles attendent plus longtemps, continua-t-elle. Vous, Diana, devez bien avoir vingt-cinq ans? Je me rappelle votre naissance, c'était l'automne où Gee avait la coqueluche, ce qui avait dérangé toutes les parties de chasse. Guy était furieux et nous n'y pouvions rien... Où en étais-je?... Ah oui, je disais qu'il était temps, Diana, ma chère, que vous songiez au mariage. Je sais que vous menez une vie très gaie, que vous êtes très entourée, mais cela finira un jour. Regardez Maud Weston, elle a trop attendu. Et cette jolie fille Jackson; sa mère était désespérée quand elle a refusé lord Bridgewater, mais il n'y a rien eu à faire, et je suppose que maintenant elle le regrette. Quand allez-vous vous décider?

– Ce n'est pas si facile que cela, dit Diana. Je veux faire un mariage d'amour.

– C'est ce que nous voulons toutes, répondit la duchesse, mais je continue à penser qu'il vaut mieux un mariage malheureux que pas de mariage du tout.

– Oh non! s'exclama Diana.

La duchesse sourit.

– Tous les mariages, tôt ou tard, semblent arriver à la même phase. La passion s'évanouit, je suppose, et ce sont alors les hauts et les bas. De mon temps, nous faisions de notre mieux pour nous arranger des deux; mais, maintenant, les gens demandent le divorce à la première querelle.

« Je veux me marier, se dit Diana cette nuit-là. Je veux épouser Ian. »

Que de fois elle s'était moquée du mariage et avait méprisé ses camarades pour leur impatience à trouver un mari, et leur vigilance à le garder.

« Quels cornichons! » avait-elle dit à propos d'une amie qui était partie s'installer à la campagne avec son mari, renonçant, apparemment sans le moindre regret, à la vie gaie qui était la sienne avant le mariage.

Comme ce couple amoureux avait été sage de fuir la stupidité et les tentations de Londres, de ce Londres où le fait d'être vue chaque nuit avec son mari faisait de vous un objet de risée, et où ne pas avoir de chevalier servant était un constat d'échec.

Diana se souvenait d'un jour où, lui ayant désigné plusieurs personnes connues dansant à l'Embassy, Ian lui avait demandé sur un ton sarcastique :

– Personne ne s'intéresse donc à son mari à Londres ?

Cherchant à être brillante et cynique, Diana avait répondu :

– Seulement à celui des autres.

Elle songeait à cela, à présent. Aimant Ian comme elle l'aimait, elle comprenait ce que peut ressentir une femme quand on lui ravit l'affection de celui qu'elle aime.

C'est déjà assez mal quand le vol est sincère, mais quand il s'agit d'un jeu, d'une passade, c'est impardonnable. Et pourtant, Diana se souvenait maintenant avoir déclaré sur un ton de mépris : « Les femmes qui ne savent pas retenir l'amour de leur mari n'ont que ce qu'elles méritent. »

Ses paroles, ses actions la condamnaient. Elle méritait de souffrir. Elle avait défié le destin, appelé cette souffrance et elle devait maintenant la supporter.

Elle désirait ardemment voir finir son séjour à Towerley et, en même temps, elle ne pouvait accepter l'idée qu'elle ne reverrait peut-être plus jamais Ian. Il ne prendrait pas le risque de la rencontrer à Londres, et il était douteux que le hasard les réunît de nouveau, comme il venait de le faire.

Se rappelant l'intimité qu'ils avaient connue, c'était si étrange de le voir maintenant distant et indifférent.

« Peut-être, pensait Diana, est-ce ce qu'on éprouve en rencontrant un mari dont on s'est séparée? »

Mais, si tel avait été le cas, comme elle aurait été riche de souvenirs encore beaucoup plus merveilleux.

La voix de Ian disant « l'amour que *j'avais* pour vous » la poursuivait maintenant comme un écho... Il avait parlé au passé! Tout ce qu'elle désirait semblait maintenant lui avoir appartenu dans le passé. Sans Ian, sans son amour, il ne pouvait y avoir d'avenir pour elle; elle dormit peu, étendue, les yeux grands ouverts dans l'obscurité, les bras vides et le cœur douloureux.

La dernière soirée à Towerley arriva. Les invités étaient restés pour le week-end.

Bridget Wyman, passionnée de bridge, ne pouvait résister au plaisir de continuer à jouer. Les autres tables avaient déjà terminé et réglé leurs dettes; mais Bridget, portée par le seul stimulant qui l'amusait, se refusait à convenir que l'heure avançait. La duchesse s'était déjà retirée depuis longtemps, mais Diana se sentait nerveuse et ne tenait pas à retrouver la solitude de sa chambre où elle avait déjà passé tant d'heures misérables.

Les hommes se servaient des rafraîchissements et les femmes, rassemblées autour du feu, s'entretenaient de la belle condition physique de leurs chevaux et des ennuis de santé de leurs enfants. Diana s'éclipsa sans dire bonsoir et son départ ne fut pas remarqué. La plupart d'entre elles n'avaient pas une bonne opinion d'elle et les autres la jugeaient ennuyeuse, car elles n'avaient rien en commun.

Diana monta le large escalier et prit celui en spirale, qui menait à la tour. Elle venait de se souvenir qu'elle ne s'y était pas rendue depuis son arrivée. La chambre en forme de dôme avec son cachet plaisant d'étrangeté l'avait toujours amusée, lorsqu'elle était enfant.

La pièce était demeurée intacte depuis la mort du précédent duc. On y voyait toujours son grand télescope sur ses supports d'acajou de hauteur réglable comme les pieds d'un vieil appareil de photo. La pièce entière était en verre, à l'exception de l'entrée côté nord, et d'un mur d'environ un mètre vingt-cinq de hauteur dans lequel s'ouvrait une fenêtre. Des cartes de constellations pendaient sur ce mur, certaines en couleurs et d'autres simplement dessinées.

Diana se souvenait que Gee et elle, âgés respectivement de douze et dix ans, avaient un jour endommagé une de ces cartes en se disputant le privilège d'utiliser le télescope; et tous deux avaient été envoyés au lit avant le dîner par une gouvernante courroucée. Gee avait jeûné, mais Ellen s'était glissée jusqu'à Diana avec du cake et du lait chaud, et lui avait même fait la lecture pour l'endormir.

« Chère et bonne Ellen », pensa Diana. Rien d'étonnant à ce qu'elle fût gâtée. Jusqu'à maintenant, elle n'avait jamais été réellement punie.

Elle ouvrit la porte capitonnée qui devait protéger l'astronome dans son travail. A sa grande surprise, une lumière brillait à travers la tenture. Elle l'écarta et demeura soudain pétrifiée, se détachant dans sa robe blanche et argent contre la draperie bleu sombre, ses joues brusquement et joliment colorées, car Ian était là, debout, dans la pièce.

– Je ne m'attendais pas à vous trouver ici, dit-elle d'un ton gêné.

Il lui montra sa pipe en souriant.

– Il m'a semblé que c'était le seul endroit sûr pour commettre un tel crime, dit-il.

Il n'y avait pas la moindre trace de malaise dans

ses manières, et elle essaya de se détendre, luttant pour dominer la gêne qui la paralysait et lui donnait envie de fuir.

Il semblait avoir changé. Il était plus paisible et même un peu plus mûr dans son comportement. Il ne gardait aucune trace de son accident, mais Diana avait la sensation qu'il avait perdu quelque chose qui faisait partie de son personnage. La vitalité, peut-être, ce magnétisme si puissant qui émanait de lui et dont elle avait toujours eu conscience, même quand il lisait ou était endormi.

Il n'était pas aussi plein de vie, et sa virilité était moins évidente. Etait-ce une conséquence de sa maladie? Diana avait-elle, comme Dalila, détruit sa force? ou était-ce la façon dont il réagissait à l'effet qu'elle produisait sur lui?

– J'aimais tellement cette pièce, quand j'étais enfant, dit-elle, que j'avais peur qu'elle se sente négligée si je ne venais pas lui rendre visite avant de partir.

Elle traversa la pièce et alla ouvrir toute grande une des fenêtres cintrées. La nuit n'était pas très noire, mais une brume qui s'était levée de la rivière obscurcissait la vue et enveloppait les arbres, s'enroulant presque tendrement autour des buissons et des fleurs.

On avait l'impression d'être perché très haut au-dessus de la mer, et Diana dit presque involontairement :

– On pourrait se croire à Ronsa.

Il y eut un moment de silence, puis ayant replacé sa pipe dans sa poche après l'avoir vidée contre le rebord de la fenêtre, Ian demanda :

– Pourquoi y êtes-vous revenue?

Diana hésita.

– J'avais appris votre accident, dit-elle. J'étais sur la Côte d'Azur quand je l'ai lu dans le journal.

– Mais pourquoi êtes-vous revenue? répéta-t-il avec insistance.

De nouveau, elle hésita. La seule réponse à une telle question ne pouvait être que la vraie. Et pourtant elle répondit : « Je ne sais pas », tout en continuant à regarder par la fenêtre.

Avec un retour d'impétuosité, il la saisit par l'épaule et la contraignit à lui faire face.

– Je veux savoir, dit-il.

Elle évita son regard, baissant les yeux pour regarder la perle qui brillait sur sa chemise blanche. Elle se taisait toujours.

– Etait-ce un sens exagéré du « fair-play »? demanda-t-il. Vous sentiez qu'estropié comme je l'étais, je ne pouvais retourner vous chercher? Ou était-ce parce que vous désiriez revenir?

Et cependant, elle ne pouvait répondre, car maintenant que le moment était venu, elle se sentait soudain terrifiée. Il n'avait pas prononcé un seul mot d'amour, même pas à Ronsa quand, nuit après nuit, il l'avait tenue dans ses bras. Comment pouvait-elle lui dire qu'elle l'aimait, et que tant qu'elle l'aimait, elle était prête à accepter ce qu'il choisirait de lui donner, et que c'était pour cela qu'elle lui était revenue?

Mais, maintenant, elle ne pouvait plus se dérober, elle devait répondre et tandis qu'elle tournait et retournait dans son esprit les répliques possibles, il la prit par le menton et lui releva la tête. Leurs regards se croisèrent.

– Oh, Diana! dit-il d'une voix soudain étrange, et un peu douloureuse, ne pouvez-vous vraiment me dire pourquoi, ou n'y avait-il aucune raison?

– Vous m'avez renvoyée, répliqua-t-elle d'un air de défi, quand je voulais vous dire pourquoi j'étais venue.

– Je craignais que vous n'éprouviez de la pitié,

dit-il. Je savais que j'étais malade. J'ignorais à quel point, mais même si j'avais été mourant, je n'aurais pas voulu de votre charité. (Il lui lâcha brusquement le menton et se détourna avec l'expression résolue qu'elle connaissait et qu'elle aimait tant.) Je suis navré, dit-il. Je suis fou de vous tourmenter ainsi. Souhaitons, dans votre intérêt, que nous ne nous rencontrions plus jamais. Car c'est inutile, Diana, je ne peux pas feindre. Je vous aime... Je vous ai toujours aimée... et je ne suis pas de ceux qui acceptent de ne pas obtenir ce qu'ils désirent. (Diana crut défaillir. Il n'avait pas pu dire cela, elle avait dû rêver. Mais il continuait :) J'irai à l'étranger, j'y resterai jusqu'à ce que vous soyez mariée et m'ayez oublié. J'irai en Afrique, et je prierai de devenir trop vieux pour aimer...

Et comme s'il lui était impossible de parler davantage, il se détourna et se dirigea vers la porte qu'il eût franchie si Diana n'avait pas poussé un cri.

Arrêté dans sa marche, il eut d'elle une image floue, tremblante et cependant radieuse, les bras tendus vers lui. Puis elle fut auprès de lui, parlant avec précipitation, de façon incohérente, la respiration entrecoupée de sanglots. Et cependant, le sens de tout cela lui apparut peu à peu.

– Je vous aime! lui disait-elle. Je vous aime! Oh! mon chéri, ne le voyez-vous pas?... Je vous aime tellement! (Les larmes ruisselaient sur ses joues.) C'est pourquoi j'étais revenue pour vous dire, pour vous demander, à genoux si vous l'exigiez, de me reprendre... comme votre maîtresse... ou comme vous voudriez... cela m'était égal. C'est de cette façon que je vous aime.

Soudain, l'espèce de maléfice sous lequel Ian se trouvait s'évanouit; il la prit dans ses bras, la serra contre lui comme s'il allait l'étouffer.

– Redites cela! ordonna-t-il. Ma Diana, ma femme, ma chérie, redites-le encore!

Avec dans son cœur tout un paradis de bonheur, la joue contre la sienne, Diana lui murmura :

– Je vous aime, Ian.

mais elle n'a rien appris de l'amour.

Les deux cousines (1384★★★)
L'homme qu'elle aime est aussi celui qu'elle hait le plus au monde.

Vanessa retrouvée (1385★★)
Une nuit, dans une auberge, une inconnue se réfugie dans la chambre d'un jeune homme.

Rencontre à Lahore (1401★★)
Ensemble, ils connaîtront le froid, la faim et la peur.

Brelan de dames (1402★★★)
Comment choisir entre trois femmes, également ravissantes ?

L'amour démasqué (1414★★)
Elle affronte un homme cynique et misogyne.

Evelyne et la panthère noire (1415★★★)
Pour elle, cet homme ressemble à une panthère noire.

Un baiser pour le roi (1426★★)
Le roi a passé la nuit auprès d'elle en tout bien tout honneur.

La maison des colombes (1427★★★)
Un homme pourchassé surgit dans sa chambre.

Lune de miel au Rajasthan (1440★★)
Pour de l'argent il épouse une inconnue.

La duchesse a disparu (1441★★)
Et si l'homme qu'elle aime avait tué son épouse ?

Fortuna et son démon (1454★★)
Elle est l'enjeu d'une impitoyable machination.

Pirate d'amour (1455★★)
Bertilla devient missionnaire au cœur de la jungle malaise.

Un amour qui ne meurt jamais (1468★★)
atonia passe pour frivole. L'est-elle vraiment ?

L'énigmatique marquis (1469★★)
Couvert de dettes, il peut encore vendre sa sœur.

Les romans préférés de Barbara Cartland

Le Cheik (1135★★)
par E.M. Hull
Prisonnière dans le désert, Diana doit céder à son ravisseur.

Candide Evangéline (1157★★)
par E. Glyn
Naïve et pure, elle se rêve femme fatale.

La lune au trésor (1179★★)
par J. Farnol
Il est des nuits magiques où tout devient possible.

Mystérieuse Alathéa (1205★★)
par E. Glyn
Qui se cache derrière le masque figé d'Alathéa ?

Le fils du Cheik (1216★★)
par E.M. Hull
Il est brutal, mais si beau !

Ardente Amaryllis (1240★★)
par E. Glyn
Peut-on trouver le bonheur auprès d'un homme diminué ?

L'apprenti gentleman (1311★★)
par J. Farnol
Comment réunir les gens qui s'aiment, sauver les jeunes filles en détresse et découvrir l'amour ?

Ramazan le rajah (1336★★)
par Vere Lockwood
Une jeune Anglaise est enlevée par un séduisant prince hindou.

Le valet de carreau (1362★★)
par E.M. Dell
L'affrontement passionné de deux êtres que la vie avait séparés.

Sauvage Kamala (1386★★)
par E. Glyn
Après une grave maladie, Kamala oublie tout de l'homme qu'elle vient d'épouser.

Le pont des amours (1456★★)
par Berta Ruck
Elle cherche une fiancée pour celui qu'elle aime.

Achevé d'imprimer sur les presses de l'imprimerie Brodard et Taupin
7, Bd Romain-Rolland, Montrouge. Usine de La Flèche,
le 5 août 1983
1007-5 Dépôt Légal août 1983. ISBN : 2 - 277 - 21506 - 6
Imprimé en France

1506
★ ★ ★

Editions J'ai Lu
31, rue de Tournon, 75006 Paris
diffusion France et étranger : Flammarion